종수이야기, 그 이후

그는 사랑의 씨앗을 남기고 갔습니다

사랑과 희망이 있어 세상이 아름답게 피어납니다.

오늘도 누군가에게 사랑을 전하며

가슴을 따뜻하게 만들어주는

__________________ 님께 드립니다.

종수이야기, 그 이후

그는 사랑의 씨앗을 남기고 갔습니다

초판 인쇄 2014. 5. 26.

초판 발행 2014. 6. 1.

지은이 이진순 | **펴낸이** 김광우

편집 박은영, 박효주 | **디자인** 박정실 | **영업** 권순민, 이은경

펴낸곳 지와사랑 | **주소** 서울시 영등포구 선유동1로 50. 908호

전화 (02)335-2964 | **팩스** (02)335-2965

홈페이지 www.jiwasarang.co.kr

등록번호 제2011-000074호 | **등록일** 1999. 1. 23.

인쇄 동화인쇄

이 도서의 국립중앙도서관 출판시도서목록(CIP)은 서지정보유통지원시스템 홈페이지(http://seoji.nl.go.kr)와 국가자료공동목록시스템(http://www.nl.go.kr/kolisnet)에서 이용하실 수 있습니다.(CIP제어번호: CIP2014016153)

ISBN 978-89-89007-75-3 (03810)

값 12,000원

종수이야기, 그 이후

그는 사랑의 씨앗을 남기고 갔습니다

이진순 지음

知와 사랑

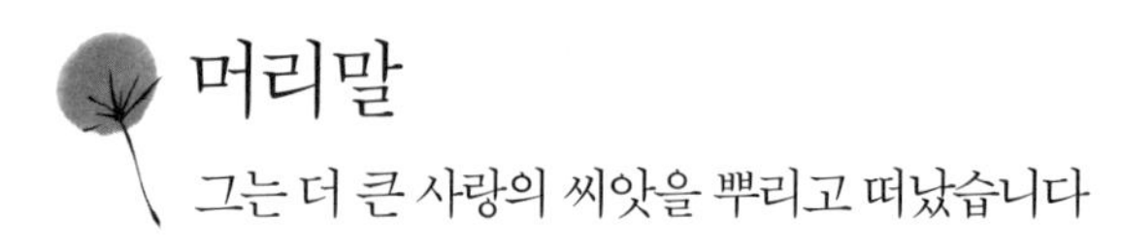

머리말

그는 더 큰 사랑의 씨앗을 뿌리고 떠났습니다

《종수이야기》는 2000년 2월에 세상에 나왔으니 벌써 햇수로 15년이 흘렀다. 지난 2013년 6월 1일 이종수 씨는 생의 끈을 놓고 하늘나라로 돌아갔다.《종수이야기》라는 책과 내 가슴에 눈물로 새긴 사랑만 남긴 채.

솔직히 말하면 함께 산 27년 동안의 삶은, 특히 3분의 2 정도는 지나치게 힘들었으며 나 자신의 경험인데도 믿기지 않을 만큼 고통스러웠다. 그렇지만 그가 떠나자 나는 온전히 내 정신으로 지내지 못하였다. 내 시간을 어떻게 사용할지 알 수가 없었고, 심지어 내 몸을 어떻게 쓸지 몰라 어색하고 부자연스러웠다. 상상해보지 못한 문제였다.

내 눈길이 머물고 내 손길 닿는 곳 어느 한 곳도 그와의 기억이 없는 곳이 없었고, 어떤 물건도 그와 관련 없는 것이 없었다. 내 감정을 건드리지 않는 공간도 물건도 없었다.

그가 떠나고 계절이 두 번 바뀌고 새로운 계절이 또 찾아올 무렵, 나는《종수이야기》를 다시 꺼내 읽었다. 그리고《종수이야기》이후, 나 혼자 남겨지기 전까지의 14년이라는 시간을 이야기하고 싶다는 생각이 들었다. 그가 이 세상에 살았다는 흔적으로 그가 하늘나라로 가는 지점까지 그려진 책 한 권을 남기고 싶었고, 동시에 이 책을 끝으로 그에 대한 이야기도, 그에 대한 기억도 곱게 접어 나만의 서랍 속에 잘 챙겨두고 싶었다. 그렇게 이 책을 쓰기 시작했다.

14년 동안의 이야기를 쓰면서 이전 책에 실렸던 이야기도 조금 다듬고 구성도 새롭게 맞추어보았다. 세월의 힘일까? 그 당시보다는 '용서'를 조금이나마 더 실천하게 되었기 때문일까? 서운하고 이해할 수 없었던 사람들에 대한 부분은 가능한 없애거나 조절하였다. 좋지 못한 내용은 전부 없앨까도 싶었지만 처음 이 책을 읽는 분들을 위해 내용의 이해 차원에서 완전히 삭제할 수는 없었다.

책을 쓰는 과정은 내게 아주 소중했다. 진정으로 떠나보낸다는 것의 의미와 먼저 떠난 사람을 가장 잘 추억하는 방법에 대해 뚜렷하게 알게 되었기 때문이다. 원고를 마무리하면서 나는 더 이상 슬픔이라는 감정으로 그를 기억하지 말자고 결심할 수 있었고 동시에 그와의 삶을 통해 알게 된 큰 사랑을 더 다양한 방법으로 폭넓게 실천하는 것으로 내 남은 삶을 보내리라는 계획도 세우게 되었다. 주님의 은총이고, 그가 남긴 선물이라 생각한다.

하지만 한편으로 다시 책을 내는 것이 조금 걱정스럽기도 하다. 《종수이야기》를 출간했을 때의 기억 때문이다.

2000년 한 해 동안《종수이야기》출간으로 유난히 마음이 무거웠다. 책이 이종수 씨에게 긍정적인 방향으로 커다란 발전을 할 수 있게 도와준 것이 분명한데도 그랬다. '진정으로 조현병 가족에게 도움이 되었을까, 오히려 누가 되지나 않았을까'라는 생각이 수없이 반복되었기 때문이다. 게다가 일부였지만, "남편을 파는 여자", "천사인 척한다"는 등의 비난도 들어야 했다. 내가 처한 상황에서 어떻게 그런 생각을 하겠는가? 남편을 팔아서 유명해지고 싶다는 생각이나 천사인 척하는 것 말이다. 두 번째 출간을 앞두고서도 스스로 갈등도 되고 사람들의 엄한 비난이 걱정스럽기도 하다.

하지만《종수이야기》는 우리 부부에게 참 소중하고 고마운 역할을 해주었다. 그래서 그 이후의 이야기를 덧붙여 이종수라는 사람의 인생을 완성된 한 권으로 갖고 싶었다.《그는 사랑의 씨앗을 남기고 갔습니다》로 이제 이 세상에서의 그는 잊고 싶다.

남편 이종수는 꽃다운 열아홉 살에 조현병을 앓게 되어 멋진 할아버지가 되도록 병에서 벗어나지 못하고 살았다. 그가 떠난 후 지난 세월을 찬찬히 되돌아보면서 다시금, 27년 동안 서로 인내하면서 가정을 꾸려 갈 수 있었음에 감사를 느낀다.

조현병으로 54년 동안 약을 먹으며 살았지만, 삶에 대한 그의 의지는 매우 강했다. 하루 세끼는 어떤 방법으로든 달라고 했고, 잘 먹었다. 주면 먹는 것이 아니라 당당하게 요구했다. 함께 살면서 그는 삶의 의지가 굉장히 강한 사람이라는 사실을 여러 번 확인할 수 있었다. 그러한 그의 의지는 약해지려는 내게 힘이 되었다.

남편은 '난 안 죽어'라는 강한 믿음을 갖고 있었다. 그래서 나는 그의 마지막 모습이 아름답고 편안하기를 늘 기도드렸다. 그리고 그가 하늘나라로 가는 모습은 아름답고 고왔으며 조용했다. 기도에 대한 응답이었다.

두 번째 책을 내기로 마음먹고 나니, 《종수이야기》를 손에 들고 "진순이 제법이네"라며 빙그레 미소 띠던 그 모습이 떠오른다. 부족한 글을 두 번씩이나 세상에 내주신 知와 사랑 대표님 내외와 출판사분들에게 감사하다는 말씀드린다.

잔잔한 꽃무늬처럼 그와 내가 큰 웃음소리는 아닐망정 잔잔하게 미소 지으며 따스한 손 마주 잡고 끝까지 함께 살아온 것에 감사드리며, 비록 부칠 수도 없고 대답도 들을 수 없지만 사랑하는 마음으로 이 책을 이종수 씨에게 드린다.

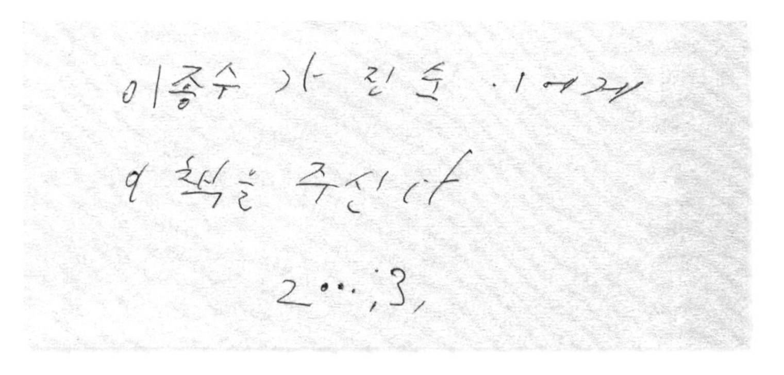

이종수 씨 글씨. 2000년 3월 《종수이야기》가 출간되었을 때 손수 적어주었던 고마운 글귀다.

차례

그는 사랑의 씨앗을
남기고 갔습니다

제1부

나를 기다리고 있던 운명

그가
기다리고 있었기 때문이다

"진순이는 비장애인보다 정신장애인과 훨씬 더 죽이 잘 맞는 것 같아!"

1977년인가 1978년, 홀트아동복지회 후원회에서 만난 정 선생은 이따금씩 이렇게 말하곤 했다. 그 말이 나의 운명을 족집게처럼 콕 집어 말하는 것이었음을 꿈에도 생각지 못했던 당시의 나는 그저 빙긋 웃으며 고개를 끄덕일 뿐이었다.

그랬다. 이상하게도 나는 비장애인을 만날 때보다 정신장애인들과 어울리는 것이 더 마음 편했다. 홀트아동복지회에서 한 아이를 정해 후원하면서 한 달에 두 번씩 찾아가 봉사활동을 할 때도 나는 정신장애아 쪽을 택했다.

굳이 왜 그랬느냐고 묻는다면 비장애인 아이와 관계를 맺고 서로 좋아하게 되면 그 아이 쪽에서 나에게 무언가 바라는 마음이 생기지 않을까 하는 염려 때문이었다고 할까. 상대 아이에게 기대감을 심어주고 그로 인해 새로운 상처를 주게 될까봐 두려웠는지도 모르겠다. 나는 단지 내가 가지고 있는 것, 내가 나누어줄 수 있는 것을 그냥 나누어주고 싶을 따름이었다.

정신장애아들을 씻기고 밥을 먹이면서 나는 마냥 즐거웠다. 그 아이들과 나는 서로 잘 어울리는 색의 배합처럼 자연스럽게 어울렸다. 뇌 발달이 미숙한 아이들이 모여 생활하는 방에 들어서면 무어라 설명하기 어려운 역겨운 냄새가 풍긴다. 의학적인 이유는 모르겠지만 몸, 특히 입에서 냄새가 나는 탓이다. 그래서 처음에는 힘들어하는 이들도 적지 않다.

나는 그렇지 않았다. 처음 방문한 날에도 냄새가 좀 나는구나 싶긴 했지만 별다른 거부감은 없었다. 아니, 전혀 거부감이 느껴지지 않았다는 것이 더 정확한 표현이리만큼 그 냄새는 나를 밀어내지 못했다. 나는 그 아이들과 어울려 떠들고 장난치면서 밥도 한 그릇씩 먹어치웠다.

그렇게 하루를 보내노라면 일부러 애쓰지 않아도 자연스럽게 내 수준이 아이들 수준과 똑같아지는 것 같았다. 내가 불쑥불쑥 던지는 질문에 아이들이 동문서답을 해도 웃거나 어이없어하기보다 적당히 맞장구를 쳐주었다. 그러다보니 그런 아이들과 대화를 나눌 줄 아는 지혜가 생겼다.

결혼 전 몇 년 동안은 보훈병원 정신건강의학과 병동에서 자원 봉사를 했는데, 우리 역사의 뼈아픈 상흔이라 할 6.25, 4.19, 5.16, 그리고 월남전에 참가했다가 후유증으로 정신병을 얻은 남자분들이 치료를 받고 있는 병동이었다. 그분들은 대부분 사회와 가족으로부터 버림받고 잊힌 채 고독한 내면의 싸움을 기약도 없이 계속하고 있었다.

나는 그분들에게 취미로 배워두었던 양초공예를 가르치기로 했다. 정신장애아들과 상당 기간 교류했던 나는 나름대로 자신감을 갖고 첫 수업에 임했다. 그러나 나보다 나이가 훨씬 위였던 그분들의 반응은 아이들과는 사뭇 달랐다.

"쳇, 지가 무슨 선생이야!"

"그래, 제까짓 게 뭔 선생이라구!"

비웃는듯한 눈빛으로 삼십대 처녀 선생을 쳐다보며 두런거리는 소리가 내 귀에까지 들렸다. 하지만 아랑곳하지 않고 수업을 진행했다. 두 번째 날도 마찬가지였다.

세 번째 수업시간이었다. 양초공예를 하려면 먼저 파라핀 왁스를 녹여야 했다. 한참 왁스를 녹이고 있는데, 한 분이 뜨거운 촛농이 담겨 있는 세숫대야를 번쩍 들더니 나를 향해 좍 끼얹었다.

"어머!"

깜짝 놀라 짧은 비명을 지르며 뒤로 물러섰다. 그 순간 함께 수업을 하던 분들의 시선이 팽팽한 긴장 속에 일제히 나에게 꽂혔다. 나는 재빨리 정신을 가다듬고 온몸을 살펴보았다. 놀랍게도 나에게 정면으로 퍼부어진 촛농은 앞치마와 스커트 앞자락만 적셨을 뿐 얼굴은 물론이고 손등이나 다리에는 한 방울도 튀지 않았다.

'하나님, 감사합니다!'

나도 모르게 감사의 기도가 가슴속에서 밀려올라왔다. 그러면서 그분들을 위해 봉사하는 것이 정말 하나님의 뜻이구나 하는 확신이 생겼다.

네 번째 날, 내가 수업 장소로 들어서자 그분들의 얼굴에 뜻밖이라는 표정이 번졌다.

'지가 별 수 있어. 그런 일을 당했으니 이제 안 오겠지.'

이렇게 생각하고 있었을 텐데 내가 담대하게 나타나서였는지 그날 이후로 나를 대하는 그분들의 태도가 180도 달라졌다.

그 후 3년 동안 그분들과 참 재미있게 지냈다. 첫해 12월에는 양초공예품 바자회를 해서 모은 기금으로 오디오를 장만하기도 했다. 병원의 지시에 따라 내키지 않게 시작한 취미활동이었지만 손수 만든 공예품이 하나둘 늘어나고, 그것들을 팔아 오디오를 사고, 듣고 싶은 음악을 마음껏 들을 수 있게 되자 그분들은 무척이나 즐거워했다.

양초공예를 할 때면, 나는 그분들에게 말했다.

"파라핀 왁스가 다 녹으면 각자 원하시는 모양의 용기에 부은 다음 다 식을 때까지 두 손으로 감싸 쥐고 있으세요."

그러면 어떤 분은 두 눈을 지그시 감고 기다렸고 어떤 분은 어린아이처럼 몸을 들썩거리며 촛농이 빨리 식기를 기다렸다. 용기 안의 양초를 뚫어지게 들여다보는 분도 있었다. 나 역시 따뜻한 양초

용기를 두 손으로 꼭 잡고 기다리면서 마음속으로 간절히 바랐다. 그 따뜻한 온기를 통해 내 작은 사랑이 전해져 그분들의 마음도 따뜻해진다면 얼마나 좋을까 하고.

바자회에서 거둔 성공은 그분들의 마음에 희망이랄까 용기의 불씨를 던져주었다. 나는 내친김에 그분들에게 박공예도 가르쳐보겠노라고 병원 측에 제안했다. 박공예는 인두와 칼을 사용해야 하기 때문에 병원 측에서는 난감해했다.

"사고가 염려된다고요? 그런 일은 절대로 없을 거예요. 저는 그분들을 믿어요. 허락해 주세요."

끈질긴 설득으로 병원 측의 허락을 얻어낸 나는 바로 박공예를 시작했다. 내 믿음은 헛되지 않았다. 박공예를 하는 동안 사고는 단 한 건도 일어나지 않았다.

이미 양초공예를 해보았고 그것으로 소득도 얻었던 그분들은 열심히 수업에 참여했다. 그분들이 하루 종일 하는 일이라야 그저 세 끼 밥 먹고 시간 맞춰 약 먹고 간호사들이 어떤 프로그램이 있다고 하면 따라서 왔다 갔다 하는 것이 고작이었다. 스스로 생각하고 두 손을 움직여서 하는 일은 몇 날 며칠이고 몇 달 몇 년이고 없었고 할 기회도 주어지지 않았다.

그처럼 단조롭고 무료하기 짝이 없는 생활을 되풀이하던 그분들에게 자신의 두 손을 직접 움직여서 해야 하는 박공예는 생기를 불어넣어 주었다. 그림을 직접 그리고 칼로 파고 인두로 지지고 하는 동안, 그분들의 얼굴에서 나는 생기를 역력히 느낄 수 있었다.

작은 일에서 큰 기쁨을 맛볼 줄 아는 그분들의 마음이 고마웠고 잘 해보고 싶어 애쓰는 그분들의 모습이 더없이 보기 좋았다. 일주일에 한 번씩 돌아오는 박공예 시간은 그분들뿐만 아니라 나에게도 꽤나 기다려지는 시간이 되었다.

"박 선생님, 점점 솜씨가 좋아지시네요."

"고마워요, 이 선생님."

박공예 교실에서는 가르치는 사람이건 배우는 사람이건 서로를 '선생님'이라고 불렀다. 그분들은 이 나라를 위해, 사회를 위해 희생한 우리들 모두의 선배였으니 마땅히 '선생님' 소리를 들을 만하다는 생각이 들었다.

박공예 수업은 양초공예 수업보다 심리적 면에서도, 경제적 측면에서도 큰 효과를 거두었다. 박공예품 전시회로 우리는 피아노를 장만했다. 피아노가 병동으로 배달되던 날의 기쁨과 자랑스러움은 전쟁에서 이기고 돌아온 개선장군 저리 가라 할 정도였다. 병동이 떠들썩하도록 웃고 말하며 피아노를 '딩동땡똥' 두드려보는 그분들의 표정은 때 묻지 않은 어린아이를 닮아 있었다. 그 속에서 활짝 웃으며 나도 덩달아 깊은 행복감에 휩싸였다.

비록 나잇살이나 들긴 했지만 시집도 안 간 처녀가 그렇게 정신장애인들과 죽이 잘 맞았던 것은 왜였을까? 지나놓고 보니 내 남편 이종수를 만나기 위한 준비 기간이 아니었나 싶다. 그분들과 보낸 시간들이 있었기에 극심한 조현병 환자였던 이종수를 만나는 것이 내게는 그다지 어렵지 않았다.

이제
병 다 나았어요?

홀트아동복지회 후원회 모임인 오성회에서 같이 활동하던 명희 언니가 어느 날 내게 뜻하지 않은 말을 꺼냈다. 1986년 7월쯤이었다.

"진순아, 우리 큰아버지 한번 만나줄래?"

짓궂은 농담도 서슴없이 하고 속마음을 감추지 못하는 나와는 달리 내성적이고 침착한 성격의, 어쩌면 그래서 나와 친하게 지내왔던 명희 언니는 그날따라 더 조심스러워 보였다.

"수진이 큰아버지?"

"그래."

"정신병원에 계시다면서?"

"응. 너무 안 되셨어. 그분 생각하면 마음이 아파. 수진이 큰아버지가 병원에 들어가신지 벌써 27년째야. 지난 2월에는 시아버님마저 돌아가셨잖아. 이제 혈육이라고는 시어머님하고 큰아버지하고 수진이 아빠, 윤미 아가씨, 넷뿐인데, 언제까지 병원에 계시게 할 수도 없고…."

명희 언니는 한숨을 푹 내쉬었다. 명희 언니 시댁 이야기는 그간에도 여러 차례 들어온 터였다. 시아버지는 모 대학교 명예박사인데다 자유당 때 이름깨나 날린 명사였으며 인권 옹호 단체를 설립하고 오랫동안 회장을 지낸 분이었다고 했다. 재산도 상당하다는 소문이었다. 명희 언니는 말하자면 대단한 집안의 유일한 며느리로서 어깨가 상당히 무거운 입장이었다.

그때 나로서 이해하기 어려웠던 점은 대외적으로는 내로라하는 인권운동가였던 명희 언니 시아버지가 왜 자신의 큰아들을 한두 해도 아니고 27년 동안이나 정신병원에 방치해야 했는가 하는 것이었다.

"이유가 뭐냐고? 나도 잘 몰라. 내가 결혼하기 훨씬 전의 일이니까. 큰아버지가 정신병을 얻게 된 건, 수진 아빠 얘기로는, 집안 어른들께서 너무 공부를 강요하셨기 때문이었다나 봐. 큰아버지는 공부에 별로 취미가 없으셨다는데. 경기중학교에 어찌어찌해서 집어넣고는 경기고등학교 때까지 내내 꼭 서울대 가야 한다면서 공부공부했대. 그걸 이겨내기 어려웠는지 고3 때 정신병을 얻어 청량리 정신병원으로 갔다지. 그 후로 오늘까지 집에 돌아오지도 못하고 이 병원에서 저 병원으로 전전하며 살아온 셈이지. 생각하면 참 불쌍하신 분이야."

"근데, 왜 처음부터 정신병원에 입원시켜 버렸느냐구? 원인이 뚜렷하니까 초기에 가족들이 사랑으로 감싸면서 적극적으로 치료했으면 좋아질 수도 있지 않았을까? 그리고 27년간이나 병원에 내버려두다니 좀 너무하지 않아? 보통 집안도 아닌데."

"글쎄, 그 이유는 나도 잘 모른다고 했잖아."

명희 언니는 왠지 그 이야기는 더 이상 하고 싶지 않은 눈치였다. 나도 머쓱해져 입을 다물었다. 잠시 후 명희 언니가 다시 말했다.

"어쨌든 지금 나로서는 어찌해야 좋을지 모르겠어. 시아버님은 안 계시고 애들 아빠는 사업한다고 미국으로 왔다 갔다 하고. 내가 삼청동 집에서 시어머님 모시고 살고 있으니까 큰아버지도 돌보아야 할 것 같은데, 솔직히 말해서 두려워. 큰아버지를 위해 기도도 열심히 했지만 판단이 잘 서질 않아. 적십자병원에서는 퇴원시키라고 하는데, 그렇게 오랫동안 병원에만 있던 분이 나와서 제대로 생활할 수 있을까? 진순이는 경험도 있으니까 수진이 큰아버지 한번 만나보고 나랑 의논 좀 해줘."

나는 선선히 그러겠다고 했다. 며칠 후 삼청동 명희 언니 집에서 작은 예배 모임을 가졌다. 참석한 사람은 전도사님과 명희 언니, 명희 언니 친구, 정신병원에서 외출 나온 수진이 큰아버지, 명희 언니 시어머니, 그리고 나 이렇게 여섯 명이었다. 명희 언니와 오성회 활동을 하면서 삼청동 집은 여러 번 드나들어 수진이 큰아버지를 제외한 다른 식구들과는 격의 없이 지내던 터였다.

오전 열한시쯤 다들 모이자 예배를 시작하려고 하는데, 수진이 큰아버지가 나를 보더니 대뜸 물었다.

"이제 병 다 나았어요? 언제 퇴원했어요?"

"네?"

누구에게 한 말인가 싶어 주위를 둘러보았지만 분명 나를 보고 한 말이었다.

"얘는 병원에 입원한 적 없어요. 오늘 처음 만나시는 거예요."

명희 언니 친구가 어이없다는 듯 웃으며 말하자 수진이 큰아버지는 정색을 하며 부정했다.

"아니에요. 나보다 더 심했는데, 퇴원을 했군요."

예배를 드리는 동안 수진이 큰아버지 이종수는 나를 보며 계속 웃고 있었다. 예배가 끝나고 식사를 함께하는 동안에도 웃음을 그치지 않고 무슨 이야기인가를 쉴 새 없이 했다. 아마도 병원에서 있었던 일인 듯했으나, 나로서는 이해가 되지 않아 어색한 미소로 답하며 식사를 계속할 뿐이었다.

오후 네시 삼십분경 이종수 씨는 병원으로 돌아가고 우리도 곧 헤어졌다. 그로부터 두 달 남짓 후 그가 퇴원했다는 소식을 다른 친구를 통해 들었다.

그 해 시월, 낙엽이 꽤 물들어갈 무렵 명희 언니에게서 만나자는 연락이 왔다. 언니는 뭔가 하고 싶은 말이 있어 보였다. 한참을 망설이더니 언니는 결심한 듯 말했다.

"하나님께서 말씀하시기를 아흔아홉 명의 의인 앞에 서느니 한 명의 죄인 앞에 서라고 했잖아? 우리 큰아버지와 결혼해서 함께 사는 게 어때?"

꿈에도 생각지 못했던 제의에 나는 적잖이 놀라고 당혹스러웠다.

"언니, 왜 갑자기 그런 말을…?"

"큰아버지가 퇴원해서 집에 오더니 결혼을 해야겠다는 거야. 깜짝 놀라서 누구랑 하느냐고 물었더니 제수씨 후배 되는 사람이랑 하겠대. 진순이 말이야. 물론 안 된다고 했지. 그런데 큰아버지가 밤에 통 잠을 못 이루는 거야. 밤 열시가 넘으면 창문을 열고 노래를 부르기 시작해. 별의별 노래를 다 불러. 밤새 그렇게 노래를 부르다 새벽녘이 되어야 잠이 들어. 식구들 걱정이 이만저만이 아니야. 외롭고 장가가 너무 가고 싶어 상사병에 걸렸다, 저러다 정신병이 더 깊어지면 어쩌나 하고 말이야."

나는 아무 대답도 하지 않았다. 그리고 그날 이후로 명희 언니와의 관계를 끊다시피 했다.

죽을 때까지
나 좀 돌봐줘요

어느 날, 집으로 전화가 걸려왔다. 수화기를 드니 낯선 목소리가 들려오기에 잘못 걸려온 전화인가 싶어 끊으려는데 문득 짚이는 게 있었다.

"수진이 큰아버지…?"

"네—."

그제야 마음이 놓인다는 듯 이종수 씨는 특유의 톤으로 길게 말끝을 뽑으며 대답했다.

"우리 집에 좀 와요. 약속해요. 오늘 와요?"

상대방의 사정이야 어찌 되었든 자기 말만 하고 끊으려고 하기에 나는 급히 말했다.

"오늘은 못 가고요, 나중에 가게 되면 전화 드릴게요."

"나중에 온대"라는 흐릿한 말을 남기며 수화기를 누군가에게 건네주는 기색이더니 명희 언니의 차분한 목소리가 들려왔다.

"나야. 오늘 만나서 점심이라도 함께 할까 해서…."

그래도 오랫동안 친하게 지내던 명희 언니와 관계를 끊고 지내는 것이 마음에 걸렸던 나는 내키지는 않았지만 그러자고 했다. 명희 언니는 이종수 씨를 데리고 나왔다. 우리는 인사동에서 만나 점심을 먹고 오랜만에 삼청동 집에 가서 차도 마셨다.

집에 돌아오기가 무섭게 나는 점심에 먹은 설렁탕을 모두 토했다. 급체를 했는지 배가 뒤틀리고 꼬여 데굴데굴 구를 정도였다. 응급실에 실려 가서 치료를 받고서야 조금씩 가라앉았다. 이종수 씨와의 처음 만남은 내게 그만큼 부담스러웠다.

사흘 후 그는 기사를 대동하고 우리 집에 직접 찾아왔다. 대문을 열자 기사가 깍듯이 인사를 하며 말했다.

"과천에 가고 싶어하셔서 모시고 왔습니다."

그날 내가 시간이 빈다는 걸 어떻게 알았을까? 나는 당황한 나머지 거기까지는 미처 헤아리지 못했다. 이종수 씨는 내 답변을 기다리며 물끄러미 서 있었다.

그때 나는 좀 더 생각을 깊이 했어야 했다. 하지만 그럴 수가 없었다. 그가 보통 사람이었다면 "나 안 가요" 하고 대문 닫고 들어오면 그뿐이었다. 그러나 그를 그대로 돌려보낼 수가 없었다. 마흔여섯 살이나 먹은 남자가 선생님에게 벌 받는 어린아이마냥 처량하게 서 있었다. 내 처분만 바라면서.

'내가 뭐 그리 잘났다고.'

이런 생각이 들었다. 여자의 자존심이고 뭐고 하는 것은 끼어들 여지도 없었다.

"가지요, 뭐."

결심도 하기 전에 대답이 먼저 나왔고 그와 나는 기사가 모는 차를 타고 과천으로 향했다. 그것이 이종수 씨와 나의 첫 데이트라면 데이트인 셈이었다. 세상에 그렇게 싱거운 데이트도 있다면 말이다. 그는 도대체 말이 없었다.

"큰아버지, 좋으세요?"

답답해서 내가 먼저 물으면

"네."

그뿐이었다.

"어떻게 좋으세요?"

"뭘 그런 걸 다 물으세요?"

차 안의 어색한 공기를 눈치 챈 기사가 대화를 거들었다.

"날씨 참 좋지요? 과천 가는 길 진짜 멋있네요."

하면 나는 "네" 하고 예의상 대답하는 식이었다.

도착해서도 상황은 마찬가지였다. 그는 입을 꾹 다문 채 밥 먹고 동물 구경하고 미술관 구경까지 일사천리로 끝냈다. 한번 획 보면 그만이었다. 내가 천천히 걸으면 그는 앞장서서 빨리빨리 걷고 2층에 올라가서 보자고 하면 볼 것 없다고 했다. 차 마시자고 하면 안 마신다고 하고. 그러고는 집에 가자고 했다.

또 며칠이 지나서였다. 이번에는 명희 언니가 전화를 했다. 수진이 큰아버지가 교보에 가고 싶어하니까 나보고 안내 좀 해달라는 거였다.

'정신병원에 27년이나 갇혀 있던 사람이 교보를 다 아나?'

당연히 나는 그때 그런 의구심을 가졌어야 했다. 그러나 나는 아무 생각 없이 그러겠다고 했다. 명희 언니에게 이미 내 의사를 분명히 밝힌 이상 순수한 의미에서 도와주는 것이야 어떠랴 싶어서였다.

약속 시간, 이종수 씨는 교보 앞에 서 있었다.

"혼자 왔어요?"

"아니요, 운전기사가 데려다 주고 갔어요."

"그래, 사고 싶은 책이라도 있어요?"

"여자 벗은 책 사주세요."

순간 픽 웃음이 나왔다. 그러면서도 '이 남자가 섹스에도 관심이 있구나' 하는 생각이 들었다. 그랬기에 그가 섹스를 하지 못하리라고는 전혀 예상하지 못했다.

"그런 책은 여기 없어요. 여기는요, 보통 공부하는 책이나 월간지만 있어요."

나는 교보에 있는 책들에 대해 나름대로 자세히 친절하게 설명해 주었다. 이종수 씨는 맥이 빠진 듯 말했다.

"그럼 가요."

만난 지 얼마 되지 않아 그냥 집으로 보내기 뭣해서 물었다.

"우리 덕수궁 갈까요, 경복궁 갈까요?"

"덕수궁 가요."

그래서 서른여섯 살의 노처녀와 마흔여섯 살의 늙은 총각이 연인들의 단골 데이트 코스인 덕수궁 돌담길을 걷게 되었다. 그도 여자와 그 길을 걷는 것이 처음이겠지만 나 역시 남자와 그 길을 걷는 것이 처음이었다.

발밑에 구르는 낙엽에 감상이 휩싸여 나는 저만치 앞서 걷던 이종수 씨를 불러 세웠다.

"수진이 큰아버지, 낙엽이 참 좋지요?"

"가을에 무슨 뭐 그런 것 갖고 살아요?"

"우리 커피 마실까요?"

"나 그런 맛없는 것 안 마셔요."

"그럼 뭐 마실래요?"

"사이다요."

'이 가을에 덕수궁 돌담길까지 와서 웬 사이다? 이 사람이 나이가 많아서 그런가, 성격이 원래 그런가. 혹시 병이 아직 많이 덜 나았나? 명희 언니 말로는 꽤 좋아졌다고 했는데.'

마음이 복잡했다. 당시 나는 정신건강의학과 환자들이 보통 사람보다 물을 많이 마신다는 사실까지는 몰랐다.

"이런 데 와서 무슨 사이다를 마셔요?"

"입이 타니까 사이다 좀 줘요."

"그냥 우리 커피 마셔요."

그때까지도 나는 가을 분위기에 젖어 커피 마시자고 고집을 부렸다. 그러자 그는 벌컥 화를 냈다.

"나 집에 갈래요."

나도 화가 났다.

"가세요."

"못 찾아가요."

답답할 노릇이었다. 짜증 섞인 눈길로 그의 얼굴을 쳐다보니 한 순간에 회반죽을 뒤집어쓴 양 새하얘지는 것이었다. 놀란 나는 가게로 달려가 사이다 한 병을 사다 주었다. 이종수 씨는 톡 쏘는 차가운 사이다 한 병을 맹물 마시듯 단숨에 비웠다. 그와 동시에 온몸에서 힘이 다 빠져나가는지 축 늘어졌다.

"나 집에 가야 하는데 집을 못 찾겠어요."

이렇게 말하며 나를 바라보는 그의 눈에는 두려움이 가득했다. 나는 서둘러 택시를 잡아 그를 태우고 삼청동 집으로 향했다.

집에 도착하자 그는 잘 가라, 들어와라 소리 한 마디 없이 문을 탁 닫고 들어가 버렸다. 씁쓸하게 돌아서면서 나는 결심했다.

'다시는 저 사람 만나지 말아야지.'

그런 내 마음을 눈치 채기라도 한 듯 그 날 명희 언니가 위로 전화를 했다. 큰아버지가 얼굴이 새하얘져서 들어왔더라, 우리도 놀랐는데 너는 얼마나 놀랐겠니? 좀 들어오지 왜 그냥 갔어 운운하며. 나는 건성으로 대답하고는 전화를 끊었다.

전화를 받는 내 태도가 마음에 걸렸는지 며칠 후에는 그의 어머니 되는 분이 우리 집을 직접 방문했다. 놀란 얼굴로 맞이하는 우리 어머니에게 그분이 말했다.

"따님에게 말씀은 들으셨을 줄 압니다만, 따님이 우리 아들에게 친절하게 대해주어서 정말 고맙습니다. 오늘 찾아뵌 연유는…."

그의 어머니는 그와 나의 결혼 이야기를 서둘러 꺼냈다. 우리 어머니는 속마음이야 어땠는지 모르지만 정중하게 거절했다.

"제 딸이 신학교에 다니고 정신병원에서 봉사도 하다 보니 아드님께도 조금 도움을 드렸나 본데, 그런 정도로 이해하시고 그 이상으로는 받아들이지 마셨으면 합니다."

나는 그것으로 이종수 씨와의 관계가 끝났다고 생각했다. 그런데 얼마 지나지 않아 그가 또 전화를 했다. 수화기를 들기가 무섭게 급하게 뱉어내는 목소리가 들려왔다.

"종수예요. 경복궁 가요, 오늘."

상대방이 누군지 확인도 하지 않은 채 그는 말을 이어갔다.

"동사무소 앞에 내려가 있을게요. 지금 빨리 와요."

말을 마치자마자 수화기를 내려놓을 듯한 기세길래 "큰아버지, 수진이 큰아버지!" 하고 불러보았지만 뚜뚜뚜뚜 하는 신호음뿐이었다. 서둘러 전화를 했으나 받지 않았다.

할 수 없이 나는 얼른 옷을 차려입고 삼청동으로 갔다. 그때 우리 집이 보문동이었으니 전화 끊고 준비해서 그곳까지 가는 데 한 시간 반은 족히 걸렸을 것이다. 내가 가는 시간은 계산도 하지 않고 무턱대고 집에서 나와 기다리고 있을지도 모른다는 생각에 마음이 조급해졌다.

아니나 다를까, 그는 동사무소 앞에 벌써 와 있었다. 집안에서 입는 얇은 티셔츠 바람으로. 십일월의 찬바람에 온몸을 뒤틀어가며 덜덜 떨고 있는 그의 모습을 보면서 문득 '나와 함께 사는 것이 진정 저 사람의 소원이라면 죽이 되든 밥이 되든 같이 살아볼까' 하는 생각이 처음으로 꿈틀했다.

그는 나를 보자 반색을 하며 말했다.

"나 오래 기다렸어요. 경복궁 가요, 우리."

"경복궁 가긴 가는데요, 티셔츠만 입고 가면 추우니까 집에 가서 잠바라도 입고 가요."

"이제 추운 것 끝났어요. 가요."

결국 그는 입고 나온 차림대로 경복궁으로 갔다. 우리는 경회루 앞 연못가 돌 위에 앉았다. 그림 그리러 온 아이들이 연못의 잉어들에게 먹이를 던져주고 있었다.

"수진이 큰아버지 돈 있어요? 잉어 먹이 좀 사게요."

"십 환도 없어요."

그는 그때까지도 '환'이라는 돈 단위를 사용하고 있었다.

"돈도 없는데 왜 왔어요? 따끈한 차라도 한잔 사줘야지요. 왜 그렇게 멋이 없어요, 사람이?"

농 삼아 던진 내 말에 그는 진지하게 대답했다.

"다음에 사줄게요. 근데… 부탁이 있어요."

"무슨 부탁이요?"

"나 좀 돌봐줘요."

"무슨 뜻으로 말하는 거예요?"

결혼 전 삼청동 집 뒤뜰에 앉아 있는 이종수씨. 1986년 10월.
이때만 해도 나는 그가 평생을 정신장애인으로 살게 되리라고는 생각하지 못했다.
그의 외모는 나의 관심을 끌기에 충분히 매력적이었다.

"복잡하게 생각하지 말고 우리 결혼해요."

"그러면 큰아버지가 진순이에게 청혼하는 거예요?"

"청혼은 아니구요, 그냥 결혼해요."

"결혼요?"

"그래요. 뭐가 그렇게 복잡해요? 죽을 때까지 좀 돌봐줘요, 그러지 말고. 추우니까 이제 가요."

하지만 난생 처음 남자로부터 청혼을 받은 나는 그 자리를 그대로 떠나고 싶지는 않았다. 뭔가 확인해야 할 것이 있을 것 같았다.

"조금 더 있다 가요."

"아휴, 추워서 지금 금방 얼 것 같아요."

할 말을 다 했다는 걸까, 그는 얼떨떨해 있는 내가 따라오거나 말거나 혼자 팔짱을 끼고 온몸을 잔뜩 움츠린 채 뚜벅뚜벅 걸어갔다. 멀어지는 그의 뒷모습을 바라보는 내 마음은 착잡하기 이를 데 없었다.

'정말로 내가 아흔아홉 명의 의인 앞에 설 건가, 한 명의 죄인 앞에 설 건가?'

그와 헤어진 이후로 이런 생각이 뇌리에서 떠나지 않았다. 두어 달 동안 이종수 씨를 만나고 관찰하면서 연민의 정 같은 것을 느낀 건 사실이었다. 피지도 못한 열아홉 나이에 정신병원에 들어가 마흔여섯이라는 나이에야 세상 빛을 본 남자. 교도소에서 그 세월을 보냈다 해도 한 가지 기술은 배워서 나왔으련만 그는 밥벌이는커녕 제집도 제대로 찾아갈 줄 몰랐다.

삼청동 집의 분위기도 왠지 마음에 걸렸다. 아들이 27년 동안이나 정신병원에 있다 나왔으면 가엾고 불쌍해서라도 따뜻하게 대해줄 것 같은데, 그의 어머니는 자식을 몹시 부끄러워하는 듯했다. 지나가는 말로라도 자기가 그때 무엇을 잘못해서 아들이 그렇게 되었다는 식의 얘기는 내비치지 않았다.

"죽을 때까지 나 좀 돌봐줘요, 그러지 말고."

그 날 경복궁 연못가에서 추위에 떨며 말하던 그의 절박한 모습이 자꾸만 눈에 밟혔다. 그 어떤 운명이 나를 끌었는지 나 자신조차도 정확히 알 수 없지만, 그러한 그의 모습을 떠올리는 시간이 점점 길어졌다.

삼십대 후반이라는 내 나이가, 그리고 연애하고 놀기보다 기도하고 봉사하기에 더 끌리던 내 성격이 나를 이종수 씨 쪽으로 밀어갔는지, 하나님께서 나를 이끄셨는지, 나는 마침내 결혼을 결심했다. 그리고 하나님께서 그 길을 이끄시는 것이라 믿었다. 정신병력이 있다 하지만 착하고 날 좋아하고 내 말도 잘 들으니, 신앙생활을 같이하면서 의미 있는 삶을 더불어 살 수 있으리라는 꿈을 갖고 내린 결단이었다. 물론 부부생활도 하고 자식을 낳아 기를 수 있으리라는 기대도 했다.

막상 결혼을 결심하자 부모님과 형제들, 가까이 지내던 언니가 한사코 반대했고 어머니는 급기야 드러눕기까지 하셨다. 그러나 내 고집 또한 만만치 않음을 잘 알고 있는 부모님은 결국 원치 않는 결혼을 허락하셨다.

결혼식을 보름쯤 남겨둔 어느 날, 이종수 씨 어머니가 삼청동 집으로 나를 불렀다. 명희 언니가 문을 열어주며 놀란 얼굴로 물었다.

"웬일이야?"

"어머니께서 전화로 부르셨어. 언니 몰라?"

명희 언니는 그의 어머니 방으로 가서 내가 온 사실을 알렸다. 내가 방으로 들어가자 그의 어머니는 대뜸 이렇게 말했다.

"우리 종수와 결혼은 하되 재산은 줄 수가 없어. 진순이가 재산 포기한다는 공증을 먼저 해주어야 결혼을 허락하겠어."

순간 기가 탁 막혔다. 그와의 결혼 문제를 고민하면서 나이 들고 병든 남자의 절실한 바람과 하나님을 향한 믿음, 그것을 바탕으로 한 희망 외에는 내 마음을 움직인 것이 없었다. 그 집 재산이 얼마나 되는지 알지도 못했고 관심도 없었다. 나는 그 자리에서 단호히 말했다.

"저 결혼 안 하겠어요."

나는 명희 언니를 불러 그의 어머니가 한 말을 전했다. 그러자 명희 언니는 대들듯이 말했다.

"어머니, 그게 무슨 말씀이세요? 진순이가 돈을 내놓으라 하면 돈을 내주면서라도 큰아버지를 위해서 결혼시켜야 할 입장인데 어떻게 그런 말씀을 하실 수가 있어요?"

방 안이 시끄러워지자 일하는 아주머니까지 들어와 울면서 말했다.

"할머니, 인간적으로 그러시면 안 되십니다."

그러자 이종수 씨 어머니는 내 손을 잡으며 사과의 말을 했다.

"내가 잘못했다. 그냥 한번 해본 소리야."

자리를 어색하게 마무리하고 방에서 나오려는데 그가 들어섰다.

"무슨 일이야?"

그는 내 기색을 살피더니 자기 어머니를 힐끗 쳐다보는데, 그 눈초리가 여간 사납지 않았다. 그러고는 나를 보며 말했다.

"제주도로 신혼여행 간대요. 집은 이 집에서 살아야 한대요. 도배도 해요. 잔칫집이에요."

그때 내 기분은 엉망이었지만 아무것도 모르고 신 나게 떠들어대는 그의 얼굴에 대고, 당신 어머니가 이래저래 해서 나 결혼 못하겠어요, 라고는 차마 말할 수가 없었다. 그 순간 처음으로 느낀 그의 어머니에 대한 반감이 내 오기를 자극했는지도 모르겠다.

'당신은 저 남자를 낳았지만 나는 기도로써 저 남자를 변화시켜 보겠어요.'

나도 모르게 내 속에서 강한 반발감이 치밀었다. 명희 언니는 돌아가는 나를 붙잡고 달래려는 듯 말했다.

"패물은 잘 해주실 거야, 큰아버지가 돈이 있으니까."

"병원에만 있던 사람이 무슨 돈이 있어?"

"돌아가신 아버님께서 재산 일부를 큰아들 몫으로 남겨주셨어."

건물 등의 임대 부동산이 꽤나 많은데 그동안 그의 동생이 모두 관리해 왔다는 이야기였다. 이종수 씨에게 뜻밖의 상당한 재산이 있다는 사실을 비로소 알게 된 셈인데, 그것이 앞으로 나에게 얼마나 큰 고통을 안겨 주리라는 것을 그때는 미처 깨닫지 못했다. 그에게 재산이 있다는 사실은 내가 그와 결혼하겠다고 결심했던 마음에는 그 어떤 영향도 주지 못했다. 재산 유무가 아니라 그를 대하는 그의 어머니의 마음이 나를 잠시 흔들었을 뿐이었다.

이종수 씨 어머니는 명희 언니의 기대와는 달리 패물도 후하게 해주지 않았다. 나에게 반지 호수를 묻더니 당신 혼자 가서 다이아몬드 반지와 시계를 샀을 뿐이었다. 그렇게 인색하게 군 이유는 "종수가 돈을 못 벌잖아"였다. 명희 언니가 실망해서 묻자 그의 어머니는 이렇게 대답했다고 한다.

"내 며느리지 수진 엄마 며느리야?"

보잘것없는 패물 외에는 옷 한 벌 안 해 준 그의 어머니는 예단은 격식대로 요구했다. 시이모에 일하는 아주머니 몫까지.

"우리 쪽은 종수가 환자잖아."

아무래도 그의 어머니는 작은며느리 성화에 못 이겨 큰아들 결혼을 밀고 오기는 했지만 막상 결혼이 현실로 다가오자 마음이 편치 않은 듯했다.

우여곡절 속에서도 정해진 결혼식 날은 다가왔다. 1986년 12월 18일, 이종수 씨와 나는 가회동성당에서 혼배예식과 그의 영세식을 겸해서 가졌다. 여느 신부처럼 사십여 분간의 결혼식은 어떻게 흘러갔는지, 정신이 없었다. 식을 마치고 밥 먹고 차 마시고 공항에 가서 친지들의 배웅을 받으며 비행기에 오를 때까지도 나는 결혼식의 주인공이 나라는 실감이 나지 않았다.

나도 그도 비행시간 동안 별다른 말이 없었다. 그도 나처럼 몸도 정신도 피곤해서라고 단순하게 생각했다. 하얏트 호텔의 예약된 방에 들어가서 짐을 풀 때까지 우리의 신혼여행은 여느 신혼부부들처럼 무리 없이 자연스럽게 진행되는 듯싶었고, 나는 앞으로 내가 걸어가야 할 길이 어떤 길인지 전혀 알지 못했다. 알 수 없는 힘에 끌려서 들어선 길, 운명이라 생각하고 싶었던 길이 가시밭길과 모난 자갈길일 줄 짐작하지 못했다. 그가 정신장애인으로 30년 가까운 세월 동안 입원 생활을 했다는 사실을 알고 있었다는 것은 아무런 도움이 안 됐다.

빛이 보이지 않는 길로 들어서다

호텔 방에 짐을 풀고 나니 그때야 내가 오늘 결혼식을 올렸다는 사실이 조금 실감이 났다. 호텔 방의 한 공간에 나랑 함께 있는 저 남자가 내가 평생을 함께 살아갈 남편이라는 생각이 들었고, 그의 얼굴을 찬찬히 살피게 되었다. 몇 번 만나지 않았지만 전과는 다른 느낌이 느껴지는 것도 같았고, 알 수 없는 감정들이 한번에 일어나 복잡한 마음이 되었다.

나는 창 쪽으로 갔다. 창밖에 펼쳐진 서귀포의 바다 풍경이 무척이나 아름답게 보여 말했다.

"수진이 큰아버지, 우리 밥 먹기 전에 산책해요."

"바다가 무서워요."

"왜 무서워요?"

"어휴, 저 시퍼런 바다가 무서워서 나 밥 먹으러 못 내려가요."

"왜 못 내려가요?"

예기치 않았던 반응에 되물은 내게 그는 신경질적으로 대답했다.

"왜가 어딨어요? 못 내려가면 못 내려가는 거지!"

그 순간 그의 눈빛이 이상하게 빛났다. 겁이 덜컥 났다. 그곳까지 오는 동안 한 번도 느끼지 못했던 낯선 두려움이었다. 그는 양복을 벗고 넥타이를 풀고 와이셔츠 차림으로 침대에 어색하게 걸터앉아 있었다.

"수진이 큰아버지, 와이셔츠 벗고 편한 옷으로 갈아입으세요."

그는 꼼짝 않고 앉아 나를 째려보았다. 나도 아무 말을 할 수 없어 가만히 있었다.

그럭저럭 하는 사이에 저녁 먹을 시간이 다가와 나는 밥 먹으러 가자고 말을 꺼냈다. 그는 들은 척도 하지 않았다. 여러 가지 말로 살살 달래자 마지못해 따라나서기는 했는데, 와이셔츠 바람이었다.

"추우니까 스웨터라도 입고 가요."

막무가내로 버티는 바람에 할 수 없이 나는 맨 와이셔츠 바람에 실내 슬리퍼를 신은 그와 식사를 하러 내려갔다. 내가 생각했던 신혼여행의 꿈이 깨지기 시작하는 순간이었다.

그는 배가 고팠는지 허겁지겁 밥을 먹더니 큰 소리로 물었다. 나는 아직 식사 중이었다.

"몇 호실이에요?"

"나 아직 덜 먹었어요."

"내가 알게 뭐야. 지 문제 지가 하지. 왜 나한테 뒤집어 씌워."

그때까지는 들어보지 못했던 거친 말투였다. 식사를 마치고 그런 차림이나마 우아하게 커피라도 한잔 할 생각이 깨진 것보다 그의 말투에 나는 몹시 놀랐다. 하지만 내색하지 않고 아무런 대답도 하지 않고 밥을 계속 먹었다. 그는 지나가는 사람이 놀라 돌아다볼 정도로 목청을 돋워 물었다.

"몇 호실이에요?"

나는 당황스럽고 화가 났지만 주위의 시선을 의식해 참았다. 마흔여섯 살의 그와 서른여섯 살의 내가 다른 사람들 눈에 신혼부부로 비칠 리는 없고 부부가 제주도에까지 와서 싸우는 것으로 보일 게 뻔했다. 말없이 호텔 방으로 돌아오자 억눌렀던 감정이 폭발했다.

"오늘은 우리가 결혼한 첫날이에요. 옷도 좀 갖춰 입고 차 마시면서 대화라도 나누면 좀 좋아요. 결혼한 날 왜 그래요, 정말!"

그 순간 그의 얼굴이 회반죽 뒤집어쓴 것처럼 새하얗게 질리면서 입에서 심한 냄새가 풍겨 나왔다. 내 심장이 큰 소리로 빠르게 뛰기 시작했다. 무서웠다. 문득 출발할 때 명희 언니가 준 약이 생각났다. 다행히 그는 내가 떨리는 손으로 내미는 약을 받아먹었다.

시간이 지나자 좀 진정이 되었는지 그가 말했다.

"난 여자랑 한방 안 써봐서 같이 못 자요."

갈수록 산이었다. 나는 머리가 빙빙 도는 것 같았지만, 참고 차분하게 말했다.

"우리는 결혼했으니까 한방에서 자야 돼요."

"결혼했다고 한방 쓰는 건 없어요."

더 이상 말씨름하기도 싫었다. 나 자신이 슬퍼졌다.

"나 먼저 샤워할게요."

그는 대답도 하지 않았다. 나는 욕실에 들어가 슬픔을 벗겨내듯 옷을 하나하나 벗고 온몸을 구석구석 닦고 또 닦았다. 샤워를 마치고 나오니 시간이 벌써 꽤 되어 있었다. 그는 연신 하품을 해댔다.

"졸리세요?"

"물어보지 말아요."

"씻으세요."

"씻고 왔어요. 머리 감고 왔어요."

"목욕했어요?"

"남인데 왜 물어봐요?"

"우린 결혼했잖아요."

내가 그때 좀 더 능숙하게 대했다면 그의 태도가 달라졌을지도 모르겠다. 하지만 나이 서른여섯이 되도록 연애 한번 변변히 해보지 못했던 나는 남자를 어떻게 대해야 하는지, 어떻게 다루어야 하는지 몰랐다. 첫날밤을 어떻게 보내야 하는지에 대해서도 숙맥이었다. 가슴만 두근거릴 뿐이었다.

무슨 생각을 했는지 그는 갑자기 벌떡 일어나더니 욕실로 들어갔다. 샤워를 하나 싶었지만 물소리는 나지 않았다. 잠시 후 욕실 문이 열리고 잠옷으로 갈아입은 그가 나타났다. 그런데 그 차림이라니!

양말 속에 잠옷 바지 자락을 집어넣고 잠옷 윗도리 위에 허리띠를 질끈 졸라매고 침대 위에 드러눕는 것이었다.

"왜 그렇게 불편하게 입고 자요?"

"남 옷 입고 자는데 왜 참견해요?"

악을 버럭 쓰고는 이불을 잡아 올리며 그가 말했다.

"나는 이 침대에서 혼자 자야 되니까 나가서 자고 들어와요."

"여기는 예약을 하지 않으면 방이 없어요."

"그럼 저 의자에서 알아서 자요."

그는 내가 못 끼어들게 하려는지 이불을 자기 엉덩이 밑으로 밀어 넣고는 두 팔로 꼭 누르고 눈을 감았다. 나는 일부러 이불을 잡아 빼며 말했다.

"세수 안 해요?"

"아침에 했는데 왜 또 세수를 해?"

"그래도 자기 전에 씻어야지요."

"이년아, 내가 아침에 씻었는데 너 좋으라고 또 씻어? 나는 아직 어린애야. 어려서 너랑 같이 못 자."

이제는 욕설까지 했다. 놀란 내 얼굴을 보았는지 못 보았는지 그는 그대로 잠에 곯아떨어졌다.

아무런 생각이 떠오르지 않았다. 어떤 느낌도 들지 않았다. 얼마나 앉아 있었을까. 몇 분 같기도 하고, 몇 시간이 지난 것 같기도 했다. 벽에 걸린 시계를 보니 열한시가 넘어서고 있었다. 막막했다. 막막한 바다 위에 떠 있는 작은 나무배 위에 혼자 있는 듯했다. 베란다 문을 열고 나갔다. 출렁이는 바다를 보노라니, 비로소 내가 무슨 일을 한 건가 하는 생각이 들었다. 가슴이 죄어오고 머릿속이 혼란스러웠다.

이종수 씨의 정신병이 완전히 낫지 않았다는 것은 짐작했지만 이 정도일 줄은 몰랐다. 그간 만났을 때도, 결혼식하고 제주도까지 오는 동안에도 그는 단순하고 어린애 같고 앞뒤가 맞지 않는 구석이 있기는 해도 착하고 내 말이라면 잘 들어주지 않았던가.

그런데 신혼여행 첫날, 그의 행동은 뜻밖이었다. 그렇다면 그동안은 나랑 결혼하기 위해 거짓 행동을 했던 것일까. 정신병 환자가 어떤 목적을 가지고 사람을 속일 수도 있는 걸까. 도대체 이 사람의 병 상태는 어느 정도일까.

만 가지 의문이 교차했다. 그렇게 얼마 동안이나 서 있었을까, 혼란의 소용돌이가 차츰 가라앉으면서 한 가지 사실이 분명해졌다. 이 사람과 평생을 같이 살 수는 없다는 것이었다. 그렇다면 어떻게 해야 할까.

'지금 이대로 저 바다로 들어가야 하나, 저 사람은 여기 두고 내일 나 혼자 서울로 가나, 아니면 데리고 서울에 가서 헤어져야 하나….'

내가 선택할 수 있는 길은 셋 중 하나였다. 그러나 아무리 절박하기로 한겨울의 차디찬 검은 바닷속으로 들어갈 용기는 나지 않았다. 그럼 두고 가? 이종수 씨는 전화도 걸 줄 모르는 사람이었다. 당시만 해도 제주도에 갈 때는 동사무소에서 확인증을 받아 비행기를 타기 전에 공항사무실에 들러 상황을 설명하는 번거로운 절차를 거쳐야 했다. 그가 그런 일을 할 수 없었으므로 내가 나서서 처리해야 했다.

그런 사람을 육지도 아닌 머나먼 섬 한복판에 떨구고 나 혼자 갈 수는 없는 노릇이었다. 결국 나는 서울까지 같이 가서 헤어지기로 마음을 굳혔다.

남들은 부끄러움에 얼굴 붉히며 달콤하고 새콤하게 지새는 일생에 한 번뿐인 첫날밤. 그 밤을 나는 남편의 따뜻한 팔베개가 아닌 소파에 기대어 이불도 못 덮은 채 입고 간 잠바로 추위를 달래며 눈물로 지새웠다. 나는 울면서 기도했다.

'하나님, 당신의 뜻은 어디 있나요? 그를 서울 집에 데려다 주고 나는 내 갈 길로 가야 하나요, 아니면 이종수를 데리고 당신 부르시는 날까지 살아야 하나요? 어머님이나 다른 가족으로 인한 어려움이야 참을 수 있다 하지만 남편의 저런 모습마저 감당하기는 정말 어렵습니다.'

기도하다 잠이 들었는지 눈을 뜨니 아침이었다. 관광 안내를 해줄 택시 기사와 아홉시에 프런트에서 만나기로 한 약속이 생각났다. 나는 서둘러 준비를 마치고 그를 깨웠다. 여덟시 무렵이었다.

"일어나세요."

그는 꼼짝하지 않았다. 아무리 깨워도 일어날 것 같지 않아 프런트에 미리 전화해서 약속 시각을 열시로 늦추었다.

아홉시, 나는 다시 그를 깨웠다. 그래도 마찬가지였다. 미동도 하지 않고 자는 모습을 들여다보는데, 돌연 '죽었나?' 하는 생각이 들면서 더럭 무서워졌다.

"큰아버지, 정신 차리세요, 정신 차려요!"

그렇게 깨우기를 한 시간여 만에야 이종수 씨는 나를 탁 밀쳐내며 눈을 떴다. '죽지는 않았구나!' 하는 안도감에 한숨을 내쉬는 내게 그가 내뱉은 첫마디는 "배고파요, 밥 줘요"였다.

"씻으세요."

"아니, 어제 씻었어요."

"그래도 오늘은 관광하러 나가야 하니까 씻으세요. 머리도 감구요."

"결혼한다고 이발소에서 머리 자르고 감았어요."

자고 일어나서 까치집처럼 부스스한 머리를 흔들며 그는 또 고집을 부렸다.

"어서 씻어요."

그러자 그는 매섭게 나를 째려보았다. 검은 눈동자가 위로 훌떡 넘어가 흰자위만 보였다. 누렇게 곱이 낀 눈이었다. 무섭다기보다 '저렇게 더러운 사람과 평생을 어찌 사나'는 생각이 먼저 들었다.

"큰아버지, 내가 깨끗이 닦아줄게요."

"깨끗한데 뭘 닦아요. 신경 쓰지 말고 밥 줘요."

"여기는 밥이 없어요. 내려가서 먹어야 해요."

그는 벌떡 일어서더니 잠옷 바람으로 나가려고 했다.

"여기서는 그렇게 입고 나가면 안 돼요. 옷 갈아입으세요."

"왜 이렇게 하지 말라는 게 많아요? 댁이 선생이에요? 그냥 같이 사는 거지. 나한테 명령하지 말아요."

'저게 정말 미친 병인가?' 하는 생각이 들었다. 얼굴이라도 닦으라고 물수건을 주었더니 수건이 정말 아깝다는 듯 끝자락을 잡아 얼굴 가까이 대는가 싶더니 구석으로 냅다 던지는 것이었다. 그러고는 옷을 갈아입는다는 것이 잠옷 바지 위에 바지 입고 잠옷 윗도리 위에 양복을 걸쳤다.

"수진이 큰아버지, 이러면 같이 못 살아요. 나 먼저 서울 갈 거예요."

"어떻게 하란 말이에요?"

"잠옷 윗도리 벗으세요."

"추워서 못 벗어요."

"안 추워요. 옷 다시 입어요."

내가 강경하게 나가자 그는 볼이 잔뜩 부은 채 옷을 벗었다.

"머리도 빗어야지요."

"빗을 머리도 없는데 뭘 빗어요."

사사건건 반대하는 그를 어렵게 달래 옷을 제대로 입히고 머리도 대충 빗겨 식당으로 내려갔다. 아침 시간이라 죽과 빵 정도의 간단한 식사밖에 없었다. 그는 그따위 음식은 못 먹는다고 버티었지만 어쩔 수 없다고 하니까 전복죽을 먹는 둥 마는 둥 했다.

열한시 삼십분에야 우리는 제주도 관광에 나설 수 있었다. 택시 기사는 여느 손님들에게 하는 대로 경치가 좋은 곳에 차를 세우고 사진을 찍어줄 테니 포즈를 취하라고 했다.

"나는 나이가 어려서 어른들 하는 대로 못해요."

택시 기사는 그와 내가 신혼부부라는 것은 생각도 못 하고 나를 위로했다.

"아주머니, 아저씨가 얼마나 같이 사시다가 저렇게 되셨어요?"

나는 차마 우리가 신혼여행 온 신혼부부라고 말할 수가 없어 그냥 웃고 말았다.

점심 식사 후 다시 관광을 시작했다. 택시 기사는 바닷가를 따라가다 해녀들이 막 잡아 올린 멍게며 해삼 같은 것들을 맛볼 수 있는 곳에 차를 세웠다. 사람들이 삼삼오오 앉아 맛있게 먹고 있었다. 그런데 갑자기 그가 씩씩거리며 그들을 향해 달려가 입에서 거품을 뿜으며 호통을 쳤다.

"누가 이런 데서 거지새끼처럼 음식을 먹느냐?"

혼비백산 놀라고 당황하는 사람들에게 나는 일일이 사과를 하고 고함을 쳐대는 그를 끌고 도망치듯 그 자리를 떠났다. 충격 때문에 오히려 아무 감정도 생기지 않았다.

그는 키위 농장, 귤 농장에서는 아예 차에서 내리지도 않았고 기껏 눈 덮인 한라산에 올라가 사진이라도 한 장 찍자니까 막무가내로 내려가자고 했다. 신혼여행에서 필름 한 통도 채 쓰지 못한 부부는 우리뿐일 거라는 생각이 나를 처량하게 했다.

겉핥기식으로 관광이랍시고 하다 보니 세시 삼십분경에 벌써 모든 코스를 마치고 호텔 방으로 돌아오게 되었다. 원래 신혼여행은 3박 4일로 예정되어 있었지만, 나는 다음 날 저녁으로 비행기 표를 바꾸었다. 서울 삼청동 집에 전화도 해놓았다.

다섯시가 되니 아무 말도 하지 않고 있던 그가 저녁을 먹고 싶다고 했다.

"그럼 내려가요."

"난 다리가 아파서 한 발짝도 못 움직여요."

나는 어떻게하든 가라앉는 나 자신과, 어쨌든 결혼식을 하고 신혼여행까지 온 우리 두 사람을 위해 룸서비스로 그 호텔에서 제일 비싼 저녁을 시켰다. 새하얀 테이블보에 꽃이며 고급스러운 접시, 반짝이는 스푼과 나이프, 포도주까지 화려하게 차려진 식탁 앞에 앉으니, 조금이나마 마음이 위로되는 듯했다.

그런데 이종수 씨는 거의 먹지를 못했다. 그제야 생각해 보니 27년이나 병원 생활을 하다가 세상에 나온 지 얼마 안 된 그에게 병원 시트를 연상시키는 새하얀 테이블보며 여러 개의 칼은 공포스럽기도 하고 불안감을 주기도 하겠구나 싶었다. 미안한 마음이 들었지만, 나는 짐짓 명랑한 표정을 지으며 포도주를 권했다.

"자, 한 잔 드세요."

"뼁 돌아서 안 돼요."

입에 들어가는지 코에 들어가는지 모르는 심정으로 식사를 하고 나는 창밖만 바라보고 있었다.

여덟시쯤 되자 그가 다시 배가 고프다며 불평했다.

"아까 못 먹을 걸 줘서, 먹은 게 없어서 배고파요."

"그럼 내가 내려가서 김밥이라도 사올 테니까 기다려요."

나는 김밥을 사고 난 뒤 곧장 올라가지 않고 커피숍에 들러 차를 한 잔 마셨다. 뜨거운 차를 앞에 두고 조용히 앉아 있으려니까 갈등과 혼란이 본격적으로 밀려들었다.

'과연 이 남자와 살아야 할까, 헤어져야 할까. 그래도 하나님을 믿고 신학을 한다는 사람이 이래도 되는 걸까.'

그 무렵 나는 전도사 대기 발령 중이었다. 내가 결혼했다는 사실을 아는 사람은 다 아는데, 결혼하자마자 이혼한다면 신학을 계속하기도 어려울 것 같았다.

'그럼 파키스탄으로 도망이라도 갈까? 도대체 수진이 큰아버지가 어떻게 내게 이럴 수가 있을까?'

결혼 전과는 180도 태도가 달라진 이종수 씨에 대한 원망마저 들었다. 머리가 지끈거려 약을 사 먹고 호텔 방으로 돌아오니 시간이 삼십분 이상 걸렸다.

문을 열자 그가 문에 딸려 나오듯 나왔다. 귀를 문에 바싹 대고 붙어 기다리고 있었던 모양이었다. 나를 보자 그는 반갑게 씩 웃었다. 신혼여행에서 처음 보는 웃음이었다.

"김밥 사는데 왜 이렇게 오래 걸려요?"

나에게 먼저 말을 시키는 것도 처음이었다.

"왜요?"

"무서웠어요."

반색하는 그를 보는데, 말로는 설명하기 어려운 아주 묘한 감정이 일어났다. 호텔 방에서 남자가, 그것도 나이깨나 먹은 남자를 누가 건드린다고 무섭다는 것인가.

이종수 씨는 김밥을 달게 먹더니 내가 주는 약을 먹고 곧 잠이 들었다. 기분이 좋아서였는지 그날 밤은 내가 시키는 대로 허리띠를 풀고 잤다. 양말은 신은 채였지만.

이튿날 아침, 이종수 씨는 전날과는 달리 아홉시 삼십분쯤에 순순히 일어났다. 서울에 올라가면 헤어지겠다는 쪽으로 마음이 많이 기울었지만, 그래도 아쉬운 마음도 남아 있었고 그냥 우두커니 있는 것도 힘들고 해서 관광을 좀 더 하기로 마음먹었다.

"오늘 다섯시 비행기로 서울 갈 거예요. 택시 기사가 오기로 했으니까 몇 군데만 구경해요."

오전에 두어 군데 들러 역시 대충 구경하고 열두시 삼십분 무렵, 점심을 먹으러 가려고 할 때였다. 그의 얼굴이 갑자기 회반죽을 뒤집어쓴 것처럼 하얘지기 시작했다. 입 냄새도 심하게 났다.

"왜 그래요?"

"몸이 아파요. 다리를 한 발짝도 못 움직여요."

눈동자의 초점이 순식간에 없어지면서 사지의 힘이 풀렸다. 나는 늘어진 그를 한쪽 팔로 부축하고 다른 쪽 손에 짐 가방을 들고 간신히 택시에 올랐다. 아무래도 안 되겠다 싶었다.

"아저씨, 만장굴 가지 말고 지금 공항에 데려다 주세요."

"몇 시 비행깁니까?"

"다섯시예요."

"가서 몇 시간이나 어떻게 기다리려고 그래요?"

"빈자리가 있으면 바꿔 타지요, 뭐."

"그러지 말고 잠시 기다리세요."

택시 기사는 어딘가 다녀오더니 힘차게 말했다.

"가십시다, 예약됐습니다!"

고맙게도 택시 기사는 탑승 절차까지 친절하게 도와주었다. 공항에서 나는 서울로 전화를 했다. 올라오는 비행기 안에서 내 마음은 더욱 착잡해졌다. 처음에는 갑자기 드러나는 그의 증세가 충격이었다. 평생을 갈 수 없다고 생각했지만, 이종수 씨는 분명 누군가의 도움이 절실한 사람이었다. 부부로 살겠다는 결심을 바꾸고 내 길을 가는 것이 비겁하게 도망치는 것이 아닐까, 라는 생각과 그래도 어떻게 감당하며 살아야 할지 자신 없다는 마음이 엎치락뒤치락했다.

김포공항에 도착하니, 명희 언니와 이종수 씨의 여동생 윤미가 얼굴이 사색이 되어 기다리고 있었다. 일정보다 빨리 올라간다는 전화를 거듭 받고 틀림없이 무슨 사달이 났다 싶었던 것이다. 나를 보자 명희 언니는 무너지듯 달려와 나를 끌어안았다.

"진순아, 와줘서 고마워."

"오지 않으면 어떡해? 왜 그래?"

그제야 이야기를 들어보니 짐을 기다리지 못하고 혼자 먼저 나온 이종수 씨를 보고 가슴이 철렁했던 모양이었다. 윤미와 명희 언니가 "오빠, 새언니는?" "큰엄마는요?" 하고 동시에 물었지만 그는 "몰라요"라고만 했단다. 두 사람은 서로 손을 붙들고 "혼자만 보냈구나. 그럼 그렇지" 하고 이구동성으로 말했고 그래도 명희 언니는 "아니야, 진순이가 그럴 사람이 아니야. 헤어지더라도 같이 데리고 올라올 사람이야" 하면서 조마조마하게 내가 나오기를 기다렸다는 것이다.

다섯시 무렵 우리 일행은 삼청동 집에 도착했다. 그는 집에 오니 제주도에서와는 딴판으로 변했다.

"옷 줘요. 나 어떤 옷 입어요?" 하더니 여동생 윤미가 노크도 없이 "오빠" 하고 방에 들어오자, "어딜 들어와?"하는 것이 아닌가. 정말 사람 헷갈리게 집에서는 여봐란듯이 부부 행세를 하려 드는 것이었다. 나를 보면 실실 웃기까지 했다. 꿈 같은 신혼여행을 마치고 돌아온 새신랑처럼. 내 머릿속은 더 뒤죽박죽이 되었고, 내 마음은 더 많은 갈래로 갈라졌다.

집에 와서 명희 언니가 내게 제일 처음 한 질문은 "부부생활은 했어?"였다. 이종수 씨와 내가 신혼여행을 가 있는 동안 시집 식구들은 그 점이 가장 궁금했던 것 같았다.

"그건 왜 물어?"

"부부생활을 했으면 진순이, 아니 이젠 수진이 큰엄마지, 큰엄마가 큰아버지랑 살고, 못 하고 왔으면 가겠지? 큰아버지가 불쌍하다."

아직 마음을 결정하지 못 하고 왔지만 그런 질문을 노골적으로 받으니 순간적으로 강한 반발심이 치밀면서 나도 모르게 이런 대답이 튀어나왔다.

"불쌍한 건 명희 언니, 아니 나도 이젠 수진이 엄마라고 불러야겠

결혼하고 7일 만에 찍은 사진. 1986년 12월 24일 심청동 집 현관.
나는 신혼여행에서부터 앞으로의 생활이 만만치 않을 것이라는 예감을 했다.
시댁에 들어와 시댁 식구들을 대하면서 더 참담한 현실이 펼쳐졌고
내 마음은 더 복잡해졌다.

지, 불쌍한 건 수진이 엄마야. 부부생활을 하면 둘이 살고, 못 하면 헤어져? 그게 수진이 엄마가 생각하는 부부야? 내가 부부생활을 평생 못 한다 해도 이종수 씨와 같이 사는 모습을 보여주지."

수치심과 반발심에 순간적으로 튀어나온 그 말은 자존심 강한 나에게는 두 번 다시 주워 담을 수 없는, 내 운명을 결정해 버린 선언이 되고 말았다. 명희 언니는 그가 부부생활을 못 한다는 사실을 시어머니에게 전하지 않았다. 우리의 결혼을 썩 내켜 하지 않았던 시어머니가 두 사람을 갈라놓을까 염려스러웠던 듯했다.

열흘 후 명희 언니는 갓 결혼한 내게 집안일을 모두 맡기고 남편이 사업을 하고 있는 미국으로 떠났다. 대지가 600제곱미터 이상에 아래위층에 방이 대여섯 개나 되고 별채까지 딸린 넓디넓은 삼청동 집에 나는 나이 드신 시어머니와 정신이 온전치 못한 남편, 그리고 그 집에서 20년 넘게 일해 온 아주머니와 달랑 넷이 살게 되었다.

아내도 아닌,
며느리도 아닌

결혼한 지 한 달 반가량 지난 어느 날, 미국으로 건너간 시누이에게서 전화가 걸려왔다. 시누이는 안부 인사 끝에 조심스러운 말투로 혼인신고를 했느냐고 물었다. 아직 하지 않았다는 내 대답에 시누이는 뭔가 말할 듯하더니 그냥 서둘러 인사하고 전화를 끊었다.

무슨 일인가 싶어 찜찜해하던 중에 우연찮게 새로운 사실을 알게 되었다. 그가 적십자병원에 입원해 있을 때 형이 병원에서 아주 못 나올 줄 알고 시동생이 자신의 첩을 형의 호적에 부인으로 올려놓았다는 것이다.

그때야 시누이가 전화로 나에게 알려주고 싶었던 사실이 바로 이것이었구나 싶었다. 이토록 엄청난 사실을 나만 모르고 있었다니! 주체하기 어려운 충격에 온몸이 벌벌 떨렸다. 당장 어떻게 해야 할지 막막했다. 나는 일단 가슴을 진정시키고 미국의 시누이에게 전화를 걸었다.

"서류상으로 이혼을 시키면 언니가 재취가 되는 거예요. 언니가 왜 재취 자리로 들어가요? 그건 안 되죠."

시누이는 친구 남편인 현직 판사를 소개해 주었고 그가 다시 변호사를 소개해 주어 나는 결혼 두 달도 되지 않아 혼인무효소송이라는, 생전 듣도 보도 못한 송사에 휘말리게 되었다. 그 사실이 알려지자 미국에 건너가 있던 시동생이 득달같이 달려왔다.

"형수님, 혼인무효소송 취하해 주세요."

"왜요?"

"혼인무효소송을 하게 되면 상호 엄마가 지랄할 게 뻔하잖아요."

상호 엄마란 그의 호적에 올라 있는 시동생의 첩이었다. 나는 기가 막혔지만 아무 말도 하지 않았다. 시동생은 나를 끝까지 설득하려고 마음먹었는지 끈질기게 말을 늘어놓았다.

"형수님이 호적이 무슨 상관이에요? 호적 없으면 어때요? 호적이 무슨 소용이 있느냐고요?"

'그럼 수진 아빠 첩은 호적이랑 무슨 상관이에요, 그것도 시아주버니 호적이랑?' 하는 말이 입까지 나왔지만 참았다. 자기 첩은 형수 자리에 올려서라도 신분을 보장해 주고 형과 정식으로 결혼해서 사는 나는 호적에 이름도 못 올린 채 살다 쫓겨나기라도 하면 그대로 남이 되라는 말인가. 내가 아무 말도 하지 않자 시동생은 노골적으로 말했다.

"형님과 형수님의 결혼은 인정할 수가 없어요, 내가 결혼식에 참석해서 두 눈으로 보지 않았으니까."

더 이상은 듣고 있을 수가 없었다.

"자식이 결혼할 때 아버지가 반대하면 이미 한 결혼이 인정되지 않나요? 그렇지 않잖아요. 그리고 만에 하나 그렇다 해도, 내가 수진 아빠 자식이에요?"

시동생과 나의 관계는 그때부터 결정적으로 금이 가기 시작했다.

27년 동안이나 정신병원에 있다 나온 큰아들과 결혼한 며느리에게 고마워하기는커녕 재산 문제에만 신경을 쏟는 시어머니, 첩을 형수 자리에 올려놓고 큰소리치는 시동생, 그들과 한 가족으로 얽혀 괴로워하며 살아가느니 그때 일찌감치 포기하고 나오는 편이 나았는지도 모르겠다. 그러나 그럴 수가 없었다. 약한 자에게는 약하지만 강한 자에게 밟히고는 못 사는 내 성격이 그러지 못하게 했다.

민사소송이라는 것이 그렇게 골치 아프고 시간이 오래 걸리는 것인 줄 몰랐다. 혼인무효소송을 건 지 1년 반 만에야 나는 혼인신고를 할 수 있었다. 비로소 그의 부인이 된 것이었다.

상상도 못 했던 일은 한두 가지가 아니었다. 결혼 전부터 나를 탐탁히 여기지 않는 듯했던 시어머니는 나를 아예 며느리로 취급하지 않았다. 신혼여행에서 돌아온 다음 날 아침 댓바람부터 시어머니는 나를 부르더니 선언하듯 이렇게 말하는 것이었다.

"나를 어머니라고 부르지 마라. 나는 자식을 포기한 사람이다. 내 자식은 태성이와 윤미밖에 없다. 너는 그냥 같이 사는 거다."

시어머니는 나에게 다시 한 번 재산 상속을 포기하라고 종용하면서 도장을 달라고 했다.

"마음대로 하세요."

나는 몹시 불쾌하고 서운했지만 순순히 도장을 내주었다. 어차피 재산을 바라고 이 집에 들어온 것이 아닌 이상 시어머니와 재산 문제를 놓고 씨름하고 싶지는 않았다.

"그럼 우리는 이 집에서 동거인으로 사는 거네요."

나로서는 더 이상은 할 말이 없었다. 그 후로 시어머니는 나를 "에미야" 혹은 "새아가"라고 부른 적이 단 한 번도 없었다. 나에게 전화라도 오면 "진순이, 전화받아" 혹은 손님이라도 있는 자리에서는 곱게 목소리를 빼 "진순이, 전화받아요" 했다. 자신은 종수 어머니가 아니므로 나를 남들이 며느리를 부르는 호칭으로 부를 수 없다는 이유에서였다.

시어머니는 큰아들을 정신병원에 27년이나 넣어둔 가슴 아픈 사연이 있는 사람으로는 전혀 보이지 않았다. 언제나 명랑했고 화장 안 한 얼굴을 보기 어려울 만큼 몸치장에 신경을 썼다. 화사한 최고급 옷을 즐겨 입었고 갈색으로 염색한 머리는 늘 단정하게 손질되어 있었다.

말투며 행동거지가 고상하고 우아한, 어느 모로나 주변 사람들이 감히 같이 어울리지 못할 '삼청동 큰집 마나님'다운 면모는 내가 그와의 결혼 말이 나오기 전에 삼청동 집을 드나들면서 본 시어머니의 외견이었다. 결혼 말이 오가고 나서부터 시어머니가 나를 대하는 태도는 달라지기 시작했고 신혼여행에서 돌아온 후부터는 완전히 돌변했다.

이종수 씨와 나는 시어머니에게는 말 그대로 찬밥이었다. 시어머니와 한집에서 사는 동안 콩나물이라도 한 봉지 사들고 들어오면서 "이거 우리 종수가 좋아해서 사왔다"거나 "오늘 점심에는 종수가 좋아하는 음식 해 먹자" 같은 말은 한 번도 들어보지 못했다.

먹을 것에 의 상한다고 언젠가는 이런 일도 있었다. 아직 봄이었는데, 그가 난데없이 참외를 달라고 하는 것이었다. 지금이야 사시사철 온갖 과일이 다 나오지만 그때만 해도 과일은 제철이 아니면 귀하고 값도 비쌌다.

"갑자기 참외가 어딨어요?"

"정연경이랑 윤미 참외 먹어."

이종수 씨는 자기 어머니를 어머니라고 하지 않고 '정연경'이라고 이름을 불렀다. 내가 머뭇거리고 있자 일하는 아주머니가 곁에서 보기 안됐는지 한마디 거들었다.

"할머니, 어떻게 아들도 안 주고 드세요?"

그때 시어머니는 "얘가 사온 거라 못 줬어"라고 말했고, 시누이도 눈을 흘기며 말했다.

"요새 참외가 얼만데, 식구대로 다 먹여?"

나는 지금도 노란 참외를 무심히 보지 못한다.

큰아들한테는 그토록 냉랭한 시어머니가 미국에서 시동생이 오기라도 하면 표정부터 달라졌다. 큰아들한테는 식사 때만 "종수, 밥 먹어" 하는 것이 고작이지만 작은아들이 집에 오면 "수진 아빠, 수진 아빠"를 남발하면서 바쁘게 돌아치며 온갖 반찬을 즐비하게 내놓는 것이었다.

그런 눈치를 채서인지, 아니면 내가 모르는 그 어떤 이유 때문인지 이종수의 내면에는 자기 어머니에 대한 식을 줄 모르는 분노가 끓고 있었다.

일하는 아주머니와 본인에게 간간이 들은 이야기를 종합해 보면 그가 정신병을 얻게 된 과정은 이러한 듯했다. 그는 공부보다는 운동, 특히 체조를 좋아했다. 고등학교를 졸업하면 성균관대학교 체육과에 진학해 기계체조 선수가 되는 것이 그의 소박한 꿈이었다.

그런데 명문가 아버지와 어머니는 공부 열심히 해서 서울대학교에 가야 한다고 강요했다. 학교 선생님들의 독려도 무서웠다. 고등학교 3학년 어느 때부터인가 그는 부모가 원하는 대로 학교에서 돌아오기만 하면 무조건 2층 자기 방에 틀어박혀 나오지 않았다.

부모는 그가 이제야 맘잡고 공부하나 보다 하고 좋아했는데, 사실은 그때부터 정신병의 증세가 나타났던 것이다. 부모의 무관심 속에 그의 병은 깊어갔고 어느 날, 폭언과 폭행을 동반한 이상 증세를 보였을 때는 이미 병이 상당히 깊어진 뒤였다.

뒤늦게나마 온 가족이 그를 사랑과 관심으로 돌보면서 정성으로 치료했으면 나았을 수도 있었겠지만, 가정 치료는 포기한 채 오랜 세월을 정신병원에 넣어두었으니 낫기는커녕 더욱 심해져 치료 불능 상태에 이른 것은 당연한 일이었다.

왜 큰아들을 그렇게 버리다시피 방치했을까 하는 의문을 결혼 전부터 가지고 있었는데 결혼해서 시어머니를 겪고 시동생을 알고 시누이를 볼수록 그럴 수밖에 없는 사람들이구나 하는 씁쓸함으로 의문이 풀리곤 했다.

"죽을 때까지 나 좀 돌봐줘요, 그러지 말고."

이종수 씨가 청혼할 때 한 이 말이 그토록 절박하게 들렸던 것은 왜였을까? 비록 말로 설명하지는 못했지만 그런 가족들 속에서는 제대로 보호받고 살 수 없으리라는 것을 이종수 씨 자신이 누구보다 잘 알고 있었기에 불안하고 두려웠던 게 아니었을까? 그는 날마다 나에게 속삭였다.

"저년, 정연경이를 죽여야 된다."

자기를 그렇게 만든 아버지는 잘 죽었으니까 이제 어머니만 죽으면 자기가 완전히 이기는 거라는 주장이었다. 그는 자기 친아버지 장례식에 참석하지도 못하고, 아니 돌아가셨다는 사실을 통보받지도 못하고 텔레비전 뉴스에서 보았다고 했다. 오일장으로 거창하게 치르며 자꾸 뉴스에 나오니까 같은 병실에 있던 환자들이 "야, 니네 아버지 죽었다!" 하고 말해준 듯했다.

"진순이, 내가 오늘 정연경이를 죽인다. 칼 어딨냐?"

그럴 때마다 나는 말했다.

"당신이 정연경이를 죽이지 말고 내가 죽일 테니 당신은 점잖게 있어요."

시어머니는 그의 그런 마음 상태를 모르는지, 아니면 알지만 인정하고 싶지 않아서였는지 시도 때도 없이 그의 분노를 폭발시켰다. 한 예로 여고 동창회가 있으면 조용히 갔다 오면 될 것을 원색으로 화려하게 뽑아 입고는 꼭 그 앞에서 티를 냈다.

"종수, 나 오늘 동창회 있어서 가. 우리 여고 동창 모임이야."

그럴 때 마침 그가 물을 마시고 있다면 컵이 곧바로 날아갔다.

"이년아, 동창이 어딨냐, 이년아."

나는 그런 그의 심정을 이해할 수 있을 것 같았다. 자신은 동창도 없는데 어머니가 자랑하듯 말하니 부아가 났을 것이다. 일하는 아주머니가 "그런 얘기는 제발 큰아들한테 하지 마세요. 그거 큰아들한테 시비 거는 거예요" 하고 나무라면 시어머니는 발끈했다.

"내가 그런 말도 못하고 산다구? 내가 왜 그런 말도 못하고 살아, 내가 왜 그런 말도 못하고 살아!"

답답한 노릇이었다. 나는 말했다.

"이 세상에서 어머니와 저는 할 말이 없는 사람이에요. 정신과 환자를 아들로 둔 어머니, 남편으로 둔 아내로서 입이 열 개인들 무슨 할 말이 있어요?"

그래도 시어머니는 번번이 그의 화를 돋우었다. 시동생이 미국에서 나와 시어머니가 웃음을 흩뿌리며 집안을 누비고 다니면 그는 더욱 불이 났다.

"저년이 저 새끼 왔다고 뭐가 저리 신바람이 나는 거야?"

"왜 그래요?"

"저 새끼 나쁜 놈이야. 나를 안 도와준 놈이야. 병원에 한 번도 안 왔어. 나를 안 빼줬어. 나는 어렸을 때 지가 동네에서 애들한테 맞으면 말려줬어. 저놈은 나를 구해주지 않았어. 태성이는 나쁜 놈의 새끼야."

어느 날이었다. 시어머니가 나와 이종수 씨 앞에 앨범을 꺼내 보이며 자랑을 했다.

"이거 봐라, 우리 주인하고 세계 일주 하면서 찍은 사진이다."

'우리 주인'이란 시어머니가 남편을 일컫는 말이었다.

'아들을 정신병원에 넣어두고 부모가 세계 일주를 하다니…?'

나로서는 이해하기 어려운 일이었던지라 맞장구를 치기도 뭣해 거북하게 앉아 있는데, 돌연 이종수 씨가 고함을 지르며 앨범을 그대로 시어머니 얼굴에 날렸다.

"이년아, 나를 병원에 두고 니가 그런 데 다닌 게 자랑이냐?"

마침 그 광경을 시동생이 목격했다. 시어머니는 작은아들에게 달려가 울면서 매달려 하소연했다.

"난 종수하고 못 살아. 수진 아빠, 나 매일같이 이렇게 매 맞고 살아. 왜 내가 이런 천대를 받으며 여기서 살아야 해, 응?"

보다 못해 일하는 아주머니가 나섰다. 일하는 아주머니는 그 집에서 20년 이상 일해 왔기 때문에 한 식구나 다름없었다. 부엌에서는 안주인 행세를 해서 나를 고달프게 하기도 했지만 경우에 어긋난 처사는 못 보아 넘기는 성격이었다.

"수진 아빠, 할머니 새빨간 거짓말이야. 수진 아빠도 생각해 봐, 할머니 저 양반이 망령이 났지, 큰엄마 큰아버지 앞에서 세계 일주 갔다고 얘기를 하는 건 부엌데기인 내가 봐도 합당한 게 아니야. 수진 아빠, 잘 새겨들어."

이틀 후 저녁, 시동생과 시누이가 2층으로 나를 불렀다. 웬일인가 싶어 올라가니 시동생이 내 얼굴에 대고 다짜고짜로 퍼붓기 시작했다.

"인간쓰레기, 난지도에 갖다 버려도 난지도가 아까울 인간쓰레기, 이종수 개새끼를 죽여 버려야겠어요."

서슬 퍼런 기세로 시동생은 나를 다그쳤다.

"대체 남편을 어떻게 꼬셨길래 어머니께 그렇게 막 할 수 있는 거예요? 남편이 정신병자면 마누라라도 잘 해서 제대로 살아야지, 이러고 살려고 결혼했어요?"

기가 차서 말문이 막혔지만, 말을 하지 않고는 견딜 수가 없었다.

"인간쓰레기요? 수진 아빠, 이 세상 모든 사람들이 형보고 인간쓰레기라고 해도 수진 아빠나 아가씨는 그렇게 말하면 안 되죠!"

그리고 바로 시어머니에게 가서 따지듯 말했다.

"어머니, 수진 아빠가 큰아버지보고 인간쓰레기라고 하는데, 그런 말 하는 수진 아빠를 어떻게 그냥 놔둘 수가 있어요?"

"그럼 내가 어떻게 해?"

"따귀라도 때려야죠. 너 죽고 나 죽자 해야죠!"

"개가 엄마를 위해서 하는 말인데?"

"아무리 엄마를 위해서 하는 말이라도, 얼마나 불쌍한 자식이에요? 설사 큰아버지가 어머니를 때리고 욕한다 해도 어머니가 그러시면 안 돼요. 환자잖아요? 이 세상에 저하고 어머니는 어쨌거나 누가 뭐라고 해도 그러면 안 돼는 거예요!"

그날 나는 밤새도록 울었다. 울음이 북받치기도 했거니와 그 사람들 들으라고 일부러 목을 놓아 밤새 큰 소리로 울고 또 울었다.

하루는 시누이 남편이 어머니 방으로 나를 오라고 했다. 100억대에 이른다는 어마어마한 재산의 상당 부분을 차지하고 있는 형의 재산을 내가 어떻게 할까봐 온 집안에 비상이 걸린 것이었다.

결혼하기 전에야 형이 재산을 가지고 있다고 해도 정신이 온전치 않으니 어디까지나 명목상이었을 뿐이고 동생이 마음대로 주무를 수 있었는데, 난데없이 멀쩡한 형수가 들어오는 바람에 신경을 쓰지 않을 수 없게 된 것이었다. 시동생은 미국에서 잘 살고 있는 시누이 내외까지 국내로 들어오게 해 나를 몰아낼 계략에 합세시켰다. 나를 쫓아내고 이종수 씨를 다시 정신병원에 넣어버리면 만사가 자기 뜻대로 될 것이라는 계산이었다.

시어머니가 계신 자리에서 시누이 남편은 내게 말했다.

"형님 병은 나을 병이 아니니, 아주머니, 그만 집에 가세요."

"미친놈하고 사는 년은 미친년이죠. 근데 그 미친년이 집에 가겠어요? 노라 아빠, 딸을 둘이나 기르면서 말 함부로 하지 말아요."

참는 데도 한계가 있었다. 나도 모르게 악에 받친 말이 튀어나왔다. 인생의 황금기를 고스란히 정신병원에 바친 이종수 씨를 어떻게 또다시 정신병원에 집어넣게 할 수 있난 말인가. 그와 나를 지키기 위해 나는 점점 독해져 가고 있었다. 보통 집안이라면 상상하기 어려운 이런 사건이 터질 때마다 나는 하늘을 보면서 다짐했다.

'그의 가족들이 이러는 것은 나와 그가 함께 살라고 사탄의 접근을 막아주시는 거다. 나를 강하게 해주시려는 하나님의 뜻이다.'

개펄의 흙은 파도가 한 번 몰아치면 쉽게 휩쓸려 내려가지만 수없이 파도에 시달리다 보면 더없이 단단하게 굳어진다. 그렇게 굳어지기까지 얼마나 많은 시련을 견디어야 했겠는가. 나는 그렇게 신앙으로 하루하루를 버티었다.

질경이보다
더 질긴 뿌리를 내리리라

남편 이종수의 병은 내가 상상한 것보다 훨씬 심했다. 매일같이 아침 점심 저녁으로 한주먹이나 되는 약을 먹어야 하는 중증 환자였다.

옆에서 보기에 이종수 씨는 매 순간 공격 준비를 하고 있는 듯했다. 누가 슬쩍 건드리기만 해도 순간적으로 폭발해 욕설을 퍼부으며 달려들었다. 심지어 잘 때도 신경을 놓지 않는 것 같았다. 머리가 하도 길어 그가 잘 때 잘라보려고 했다가 "에이!" 하고 벌떡 일어나 손에 닥치는 대로 집어던지는 바람에 혼이 나기도 했다.

약을 많이 먹어서 그런지 로봇처럼 굳고 혈색 없는 얼굴은 늘 잔뜩 찌푸려 있었고 눈동자는 흐릿하게 풀린 채 초점이 맞지 않아 누가 보아도 한눈에 정신병 환자임을 알 수 있었다. 그런데 가족들은 누구 하나 그의 병에 관심을 두지 않았다. 각자가 추구하는 바가 너무 강했기 때문인지 서로 곁눈질조차 하지 않았다. 밥 세끼 먹는 데는 여유가 있었지만 누구를 도와주고 이해한다는 것은 상상도 못할 사람들이었다. 나로서는 그런 시댁 식구들의 태도가 이해되지 않았을 뿐만 아니라 너무 서운했다.

'왜 이 사람들은 남도 아닌 자기의 아들, 형, 오빠의 문제를 이리도 등한시할까?'

시댁 식구들이 그와 나의 문제를 등한시하니까 나 역시 그들을 냉랭하게 대할 수밖에 없었다. 그중에서도 나를 가장 실망시킨 사람은 명희 언니였다.

나는 원래가 꽁한 마음을 오래 간직하지 못했다. 누구하고 싸우고도 돌아서면 잊어먹고 웃는 성미였다. 어지간해서는 토라져서 다시는 안 만나고 절교하는 일 따위는 없었다.

호적 문제를 미리 말해주지 않았다는 것이 서운하긴 했지만 그래도 낯선 사람들 속에서 터놓고 속말을 할 수 있는 명희 언니가 있다는 게 내게는 마음 든든했다. 그래서 명희 언니가 미국으로 떠난 뒤 나는 속이 상하거나 의논할 일이 있으면 언니에게 전화했다. 명희 언니는 시동생의 아내인 데다 가족이 되기 전부터 알고 속을 터놓고 지내던 사이였으니 나로서는 유일한 내 편이라는 생각을 하였다. 게다가 함께 봉사활동을 하면서 만난 사이이니 나의 처지와 마음을 잘 알아주리라 믿었다.

그래서 내가 부탁만 하면 남편에게 잘 말해서 도와줄 줄 알았다. 집 구조를 리모델링할 수 있도록 도와달라고 부탁한 것도 그와 나를 위해 힘써줄 줄 알았기 때문이다. 삼청동 집은 오래된 구옥이라 생활하기에 구조가 아주 불편했다. 결혼하고 첫해 겨울을 나면서 나는 무엇보다 먼저 집 구조를 편리하게 고쳐야겠다고 결심했다. 봄이 되자 나는 명희 언니에게 편지를 썼다.

'큰아버지와 나는 잘 있어. 수진 엄마, 나 좀 도와줘야겠어. 수진 엄마도 살아보아서 알겠지만 우리 집 구조가 너무 불편하잖아. 다른 곳은 놔두고라도 화장실하고 목욕탕, 부엌만이라도 고쳤으면 좋겠어. 수압도 높이고. 수진 엄마가 조금만 도와주면 큰아버지와 나 꼭 잘 살게.'

명희 언니는 답장을 보내지 않았다. 나는 미국으로 전화를 걸었다.

"수진 엄마, 편지 받았어?"

"응, 받았어."

"도와줄 거지?"

명희 언니는 잠시 머뭇거리더니 단호한 목소리로 말했다.

"나, 큰아버지 문제에 대해 이제 손 뗐어."

그 순간 머리를 세차게 얻어맞은 듯 충격을 받은 나는 엉겁결에 "수진 엄마가 손을 떼면 어떻게 해?"라고 말하고는 "그래, 알았어" 하고 전화를 끊었다. 그 뒤로는 두 번 다시 명희 언니에게 도와달라는 이야기는 하지 않았다.

하긴 명희 언니에게 그런 기대를 한 내가 잘못이었는지도 몰랐다. 명희 언니는 미국으로 떠나면서 내게 이런 말을 했다.

"큰엄마, 아줌마 내보내고 딴 아줌마 둬도 돼."

일하는 아주머니와 명희 언니는 삼청동 집에서 20년이나 같이 살아온 사이였다. 명희 언니가 미국으로 간 뒤 아주머니는 언니와의 정리를 못 잊어 딴에는 비싼 옷을 한 벌 사서 시동생 편에 보냈다. 얼마 후 시동생이 아주머니에게 보내는 명희 언니 선물이라며 내놓은 것이 있어 기뻐하며 풀어 보니, 그 안에는 아주머니가 명희 언니에게 보낸 옷이 그대로 들어 있었다!

이종수 씨와의 결혼 전에 내가 알았던 명희 언니의 모습은 일부분에 불과했다는 사실을 깨닫게 되는 일이 늘어났다. 그렇게 삼청동 집에서 그나마 기댔던 마지막 기둥이 무너지자 내 마음은 점점 위축되어 갔다.

집을 뜯어고치지는 못한다 해도 나는 그에게 좀 더 나은 약을 먹이고 병원도 바꾸어보면서 적극적으로 치료하고 싶었다. 그러나 그것 역시 돈이 드는 문제였던 만큼 눈치만 볼 뿐이었다. 시어머니는 시동생, 시누이와 죽이 맞아 이종수 씨와 나를 두고 말했다.

"종수가 돈을 못 벌잖아?"

"종수는 소비하는 사람이야."

"종수 팔자가 좋아, 돈 안 벌어도 살구. 어떻게 저렇게 소비만 하고들 살아, 둘이?"

나는 그때 남편의 위치가 아내에게 얼마나 중요한지 뼈저리게 느꼈다. 남편은 무슨 짓을 해서라도 한 달에 얼마라도 벌어 와야 하

1991년 2월 삼청동 집 앞마당에서.
나는 그를 외면하는 가족들을 상대하면서
이빨을 세워 고양이를 물어 뜯어서라도 남편과 나를 지키고자 했다.
그러면서 너무 강하고 독하고 천해지는 내가 싫어 몸부림치기도 했다.

고 아침에 나갔다 저녁에 들어와야 대접을 받는다는 사실을 절감했다. 시동생은 자기가 번 돈도 아니고 아버지 재산으로 사업을 해도 미국에서 오기만 하면 모든 식구가 눈치를 보고 돈을 주기 바라고 처분을 바랐다. 내 생각에는 이종수 씨와 시동생이 다른 게 뭔가 했지만 현실은 그게 아니었다. 시동생은 말 그대로 왕이었다.

시어머니가 밥 먹듯이 우리 부부를 무시하는 말을 할 때마다 나는 마음속으로 대들었다.

'당신들은 얼마나 많은 돈을 쓰는데요? 종수보다 훨씬 더 많이 쓰잖아요. 그리고 그 돈이 당신들 돈이에요? 아버지 돈이잖아요?'

이런 생각에 사로잡히자 시댁 식구들을 바라보는 내 눈이 편하지 않았고 미움이 쌓였다. 그들이 듣기 싫은 말을 하면 부드럽게 풀어갈 생각을 하지 않고 잔뜩 꼬인 나 자신도 따라서 엇나갔다. 그들이 하는 한마디 한마디는 그대로 내 가슴에 상처가 되었고 그 상처는 긴 세월이 흐른 뒤에도 아물지 않았다.

만약 내 위치가 좀 더 편안했다면 잘 이해시키고 좋은 방향으로 이끌어나갈 수 있었을지도 모르지만 그때의 나는 막다른 골목에 몰린 쥐처럼 최악의 상태였다. 내가 할 수 있는 일이라곤 이빨을 세워 고양이를 물어뜯어서라도 남편과 나를 지키는 것이었다. 이 집에서 나와 이종수 씨는 어떻게든 살아남아야 한다는 생각이 갈수록 강해졌다. 나는 마당의 잡초를 뽑으면서 다짐하고 또 다짐했다.

'나는 너희들보다 더 질기다. 너희들은 질겨도 이렇게 사람 손에 뽑히지만 난 사람 손에 절대로 안 뽑힌다. 나도 잡초지만 난 어떤 일이 있어도 뿌리를 내리고 말겠다. 하나님, 전 어떤 일이 있어도 이 훈련을 무사히 마치고 승리하겠습니다.'

지금 돌이켜보면 사람다운 대접을 전혀 못 받았는데 무슨 힘에 살았을까 하는 의문이 든다. 1년이 지나면 '하나님, 저 1년 살았으니까 앞으로 1년은 어떤 일이 있어도 삽니다' 하고, 또 1년이 지나면 '하나님, 2년을 살았네요. 앞으로 2년은 어떤 악조건에서도 삽니다. 그 이후로는 어떻게 될지 저도 모릅니다' 하면서 버텼다.

그러면서도 순간순간 너무 사악해지고 강팍해지고 여유가 없어진, 강하고 독하고 천해진 자신을 발견하고는 그런 내가 싫어 몸부림치기도 했다. 그럴 때 내가 매달릴 곳은 하나님뿐이었다.

'내가 죽어 하나님 품에 안길 때 그들이 내게 어떻게 했는지 다 고해바치리라, 그날까지 나는 여하한 고난이 있어도 살리라'라는 환상을 품고 살아갔다. 주님의 십자가 보혈로 내가 산다면 그들에게조차 주님의 사랑을 베풀고 웃어줄 수 있어야 하는데 그 당시의 나는 그렇지 못했다. 그것이 잘못된 것인 줄 알고 회개하면서도 또 다시 독해지는 내 모습에 갈등이 그치지 않던 나날이었다.

그는 사랑의 씨앗을
남기고 갔습니다

제 2 부

세상에서 가장 작은 기도

어느 날
문득 가슴이 따뜻해지더니

내가 이종수 씨와 결혼하게 된 것은 물론 열렬히 사랑했기 때문은 아니었다. 내가 그에게 품었던 감정은 사랑보다는 편안함이었다. 그를 만나면 이상하게도 마음이 놓이고 편안하면서 상대에게 관심이 쏠렸다.

뜨거운 사랑을 체험해 보지 못했던 나는 그 정도면 같이 살 수 있는 거 아닌가 하는 생각으로 결혼했던 것 같다. 서른여섯이라는 나이가 어쩌면 인생과 결혼에 대해 어느 정도 기대를 접고 들어가는 여유를 갖게 했는지도 몰랐다.

아무튼 그는 내게 의외로 편안했고 어색하지 않았다. 정상적인 남자를 대하는 것보다 어떤 면에서는 더 편했다. 나이 차이가 커서 그랬는지 딸을 유난히 사랑하던 친정아버지 같은 느낌도 있었다.

하지만 그와의 결혼 생활은 예상하지 못한 방향으로 흘러갔다.

'신혼'이라는 단어는 다른 세상에 존재하는 단어였다. 이미 병원 이력을 알던 나로서도 감당할 수 없고 견딜 수 없을 만큼 심했던 그의 증세만으로도 충분히 고통스러웠는데 거기에다 끊임없이 벌어지는 시댁 식구와의 갈등 때문에 좋아하고 사랑하고를 느낄 틈이 없었다.

그런데 결혼한 지 10개월쯤 되던 어느 가을날이었다. 그를 바라보며 얘기를 하는데 문득 가슴이 따뜻해져 왔다.

"여보!"

내가 부르자 그가 나를 쳐다보았다.

"내 가슴 여기가 지금 따끈따끈해지는데, 이게 당신을 사랑하기 때문인가 봐."

독백처럼 한 고백인데 그도 내 말을 알아듣는 듯 환히 웃었다.

"당신도 언젠가 이렇게 가슴이 따뜻해지면 나에게 얘기해 줘."

"그래."

그 순간만큼은 어느 부부도 부럽지 않았다. 그때 느꼈던 따뜻한 감정이 그에 대한 내 사랑의 씨앗이었던 듯싶다. 욕을 먹고 맞기도 하면서도 정이 들었고 악조건 속에서 든 정이 더 강한 사랑이 되는가 하는 생각이 들었다. 나는 결심했다.

'그래, 언제 식을지 모르지만 이 따뜻함이 식기 전까진 같이 살자.'

그 따뜻함은 하나님이 내게 주신 선물이었다. '주님, 종수와 진순이 주님 사랑 안에서 서로 사랑하게 해주세요'라고 빌었던 내 기도가 10개월 만에 응답을 받은 것이다.

남편을 사랑하는 마음이 생겼다는 확신이 들자 소박한 바람도 갖게 되었다. 여느 부부들처럼 손잡고 산책도 하고 시장에도 가고, 지나가는 사람들이 부러워할 정도로 다정하게 나란히 걷고도 싶었다. 언젠가는 작은 공간에서나마 둘이 같이 살 수 있게 해달라는 기도도 많이 했다.

그러나 매일같이 벌어지는 시댁 식구들과의 전쟁 속에서 남편과의 사랑을 꽃피우고 발전시킬 여력이 내게는 없었다. 내가 할 수 있는 사랑의 표현 방법은 남편의 속옷을 아주머니를 시키지 않고 내 손으로 직접 빨고 식탁을 직접 챙기는 것이었다. 그가 좋아하는 음식을 자주 해주고 같은 음식이라도 변화를 주어 질리지 않게 하려고 노력했다. 그러한 일들이 나를 행복하게 해주었다.

남편과 내가 하나라는 확신은 나에게 용기를 주었다. 시댁 식구들이 뭐라 하건 개의치 않고 할 말은 하면서 나는 그를 지키는 방패 노릇을 하기 시작했다.

그도 내가 자기를 좋아하고 나 또한 자기에게 의지하고 기댄다는 것을 아는 것 같았다. 말로 표현하지는 못했지만 남편 역시 나를 감싸주려고 애쓴다는 것을 나는 알 수 있었다.

예를 들어 시어머니가 "진순이는 김치도 못 담그고, 아줌마 없으면 살림도 제대로 못 할 거야"라고 하면 그는 그 말이 떨어지기 무섭게 바로 "너는 잘했냐? 진순이가 더 잘하지. 진순이, 정연경은 음식도 못해. 그릇에서 물이 뚝뚝 떨어지고…"라며 나를 비호했다. 지나치게 노골적으로 내 편을 들어주어서 오히려 내 쪽에서 피하는 일이 많을 정도였다.

그뿐이 아니었다. 남편은 자기 식구들과 대판 싸우고 나면 나를 보고 승리자의 미소를 지었다. 그리고 내가 자기 식구들에게 구박을 받고 모욕을 당하면 나를 불쌍하다는 듯 슬픈 눈으로 물끄러미 바라보았다. 내가 밤새도록 울면서 잠을 못 자면 자기도 잠을 못 잤다.

그럴 때마다 나는 '아, 이런 것이 부부구나. 부부는 말을 안 해도 느낌이 통하는 거구나' 하는 느낌을 강하게 받았다. 내가 다른 사람들에게 우리 부부가 '정상'이라고 주장하는 것도 이런 '느낌'에 대한 확신이 있기 때문이었다. 비록 그가 사탕발린 말은 못 했지만 아내를 믿고 어떤 것도 용서해 주고 포용해 준다는 '느낌'이 있었기에 나 또한 그를 사랑하고 견딜 수 있었다. 만약 그런 '느낌'조차 전해지지 않았다면 이 시간까지 버티지 못했을지도 모른다.

그와 살면서 내가 가장 견디기 힘들었던 것 중 하나는 "돈 보고 결혼한 것 아니냐?"라는 시선과 말이었다. 시댁 식구들이야 물론 대놓고 그런 말을 아무렇지도 않게 했거니와 드러내놓고 말은 안 해도 그런 시선으로 나를 보는 사람들이 있다는 걸 알고 있었다. 그런 사람들에게 나는 묻고 싶었다.

'그럼 결혼할 때 상대의 조건을 전혀 안 보고 결혼하는 사람 있어요? 당신은 그렇게 했어요? 직장도, 장래 가능성도, 집안도, 건강도, 성격도 하나도 안 보고 무조건 결혼했어요?'

이런 질문에 그렇다고 대답할 사람은 아마 세상에 없을 것이다.

그런데 유독 내게만 그런 잣대를 들이대고 곱지 않은 시선으로 보고 수군거리는지, 견딜 수가 없었다. 그렇지 않다고 변명하기도 구차해 나는 사람들을, 가까운 친구들조차 거의 안 만나고 집안에만 틀어박혀 살았다.

만약 내가 진짜로 돈 때문에 이종수 씨와 결혼했고 살았다면 호적 문제가 처리되었을 때 거액의 위자료 받고 나오면 그만이었다. 정신이 온전치 않은 남편과 인정이라고는 티끌만큼도 없는 시댁 식구들과 그 마음고생을 하며 살 이유가 없었다. 하지만 나는 '내가 돈 보고 결혼한 게 아님을 세상이 알아줄 때까지 묵묵히 살리라'라는 결심으로 살았다.

그가 내게 전해준 사랑의 느낌은 내게 아무리 힘든 일이 있더라도 이기고 견딜 힘을 주었다. 상대가 가슴으로 보내주는 전파가 내게는 이 세상 무엇보다도 강하게 느껴졌다. 나는 남편의 요구에 "노!" 해본 적도, 얼굴을 찌푸려본 적도 없었다. 남편의 진심을 보았기에 나 또한 그를 믿고 따랐다.

아이는 안 길러보았지만 나는 부부도 아이와 엄마 사이나 마찬가지라고 생각한다. 아이가 안 자면 엄마도 못 자듯이 남편이 안 자면 나도 못 잤다. 어쩌면 자식이 없었기에 부부의 유대가 더욱 강해졌는지도 모른다. 비바람이 치고 나면 하늘이 더 맑아지듯이 시댁 식구들과의 내란 속에서 우리 두 사람의 결속은 더욱 다져지고 끈끈해졌다.

몸을 씻고,
옷을 갈아입게 해주세요

남편이랑 사는 동안 꿈속에서도 상상하지 못한 시련들로 많은 어려움을 겪었지만, 가장 힘들고 괴로운 것은 그가 씻지 않고 옷도 갈아입지 않으려고 하는 점이었다.

신혼여행 때는 낯선 데다 생전 처음 접하는 분위기 때문에 증세가 일시적으로 나빠져서 씻지도 않고 옷도 갈아입지 않으려고 하는 것이라 여겼다. 아니, 어쩜 그리 믿고 싶었는지도 모른다.

하지만 추측이든 기대든 그것은 신혼여행에서 돌아온 첫날부터 산산이 부서졌고, 오랜 세월 동안 가장 나를 힘들게 하는 요인이 되었다.

결혼하고 이듬해 여름이 되도록 남편은 목욕을 하지 않았다. 씻기 좋아하는 나로서는 그런 사람과 함께 생활한다는 것이 여간 고역이 아니었다. 여름이 되니 때와 땀이 뒤범벅되어 도저히 눈 뜨고는 볼 수 없는 지경인 데다 냄새까지 심해져서 더 이상은 참기 어려웠다.

그래도 결혼 초 3년 동안은 친정 동생의 도움으로 몇 달에 한 번씩이라도 목욕을 시켰다. 대놓고 목욕을 하자고 하면 화를 내거나 핑계를 댔기 때문에 이런저런 다양한 방법을 동원했다.

그런데 친정 동생의 사업이 바빠지면서 목욕을 못 시켜주게 되자 그는 삼청동 집에서 나올 때까지 10여 년 동안 몸을 거의 씻지 않고 살았다. 두세 번인가 친정 동생 부부가 데리고 놀러 가는 조건으로 목욕과 이발을 시켜준 것이 다였다.

생각해 보라, 말이 10년이지 그 긴 세월 동안 몸에 물을 묻힌 게 두세 번뿐이었으니 더럽긴 얼마나 더럽고 냄새는 얼마나 심했겠는가. 손톱도 자랄 대로 자라 부러질 지경에 항상 때가 새카맣게 끼어 있었다.

사람의 몸에서 떨어져 나오는 비듬이 그렇게 많은 줄, 나는 그 시절에 알았다. 아침저녁으로 방을 쓸면 한 주먹씩 때 가루가 나왔다. 그걸 쓸어낼 때마다 나는 기도했다.

'하나님, 제발 목욕 한 번만 하게 해주세요.'

발을 너무 안 씻으니까 발바닥이 갈라져 피가 나왔다.

"큰아버지, 발 좀 씻어요."

애원하다시피 말하면 어쩌다 응할 때가 있었다. 그러면 아주머니와 나는 그의 마음이 바뀔세라 서둘러 커다란 고무 함지에 물을 가득 받아 방으로 가지고 들어갔다. 뭔가 속이 뒤틀려 고무 함지를 뒤

얹을까 봐 그러기 전에 닦으려고 손길이 분주하게 돌아갔다. 너무 긴장한 나머지 씻기고 나면 온몸이 다 마비될 지경이었다. 그런데 '빨리 씻겨야지, 빨리 씻겨야지' 하면서도 때가 물에 닿아 불어 그가 종아리를 벅벅 긁으면 조금이라도 더 윗부분까지 씻기려고 욕심을 내다가 호되게 욕을 먹기도 했다. 두 발과 종아리까지 씻기고 나면 고무 함지의 물은 때 반 물 반이 되었다.

그를 씻기기 위해 나는 인간이 할 수 있는 온갖 방법을 다 생각했다. 수면제를 먹이고 잠든 새 씻길까. 그러나 가뜩이나 먹는 약이 많은 그에게 수면제를 먹였다가 예상치 못한 부작용이 나타날까 봐 그것도 선뜻 하기 어려웠다.

그냥 잠들어 있을 때 물수건으로 닦아보려고 했으나 자기 몸에 손대는 것에 어찌나 예민한지 금방 깨곤 했다. 그런 날 밤에는 집안이 발칵 뒤집혔다. 할 수 없이 본인보고 직접 닦으라고 물수건을 내밀면 아주 조심스럽게 천천히 얼굴 가까이 대는가 싶더니 순간 냅다 팽개쳐버렸다.

미국에서 사는 시동생이 오면 형님 데리고 목욕 좀 가라고 부탁도 해보았다. 그러면 시동생은 "내가 어떻게 데리고 가요? 사업하는 사람이 그런 데까지 신경 쓸 시간이 어디 있어요? 집안에서 해결해야지"라며 오히려 나에게 핀잔을 줬다.

남편이 티눈 때문에 서울 중앙병원에 입원한 것은 그렇게 목욕을 못 했을 때였다. 입원한 날 진찰을 받게 하려고 그의 윗옷을 올리던 간호사가 갑자기 눈을 동그랗게 뜨고 묻는 것이었다.

"아저씨, 배가 왜 이래요?"

"왜요?"

무슨 일인가 싶어 가까이 가서 보니 온몸이 얼룩덜룩 했다.

"이게 뭐예요?"

"때지 뭐야."

"때요?"

간호사는 몸에 때가 얼룩이 질 정도로 많다는 것을 도저히 이해하지 못하겠다는 표정이었다. 수술하기 전날 목욕을 시키려고 했지만 남편은 말을 듣지 않았다. 의사가 말하면 들을까 싶어 레지던트에게 부탁했다. 레지던트가 흰 가운을 입고 근엄한 얼굴로 "아저씨, 샤워하세요"라고 하자 그는 순순히 "네"라고 대답했다. 그러나 말뿐이었다.

"내일 다리를 절단해야 하니까 오늘 꼭 목욕을 해야 돼요."

내가 간곡히 말하고 또 말하자 그는 다리를 절단한다는 말에 겁을 먹었는지 더 이상은 싫다고 하지 않았다. 마지못해 화장실로 끌려 들어온 그를 앉혀 놓고 몸을 씻기는데, 그 때라니!

그런데도 수술 후 열이 올라 몸에 알코올을 붓고 문지르니 때가 다시 불어 슬슬 일어났다. 어찌나 많이 나오는지 알코올을 부어도 소용이 없을 것 같았다. 알코올이 체온을 내려야 하는데 때를 불리느라 살까지 닿지도 못할 것 같았다. 간호사와 나는 목욕탕에서 하듯이 침대에 방수비닐을 씌우고 물을 부어 때부터 밀까 어쩔까 별의별 궁리를 다 했다.

퇴원해서 개포동 집에 살 때도 역시 그는 목욕을 막무가내로 하지 않았다. 다리는 절단해서 붕대로 매고 있는데다 당뇨가 있어 그런지 냄새가 심해 도저히 어떻게 해볼 도리가 없었다.

마침 이동목욕 서비스라는 게 있다는 얘기를 듣고 전화를 해보았다. 그러나 집 안에 들어와 씻어주는 게 아니라 차를 아파트 문 앞에 대고 환자가 나가서 씻어야 한다는 설명이었다. 그는 도무지 밖에 나가려고 하지 않았기 때문에 그것도 이용하기가 어려웠다.

그 무렵에는 그의 정신 상태가 많이 좋아져 말귀를 웬만큼 알아들었기 때문에 겁을 주어서라도 씻게 하려고 거짓말을 해보았다. 그가 제일 무서워하는 것은 경찰이었다. 경찰을 무서워하는 이유는 자신을 붙잡아 가둘 수도 있다는 생각에서였을 것이다. 실제로 정신병원의 남자 간호사들이 경찰로 가장하고 그를 병원에 입원시킨 일이 있었다.

그래서 친구인 정 선생에게 컴퓨터로 공문서를 하나 가짜로 만들어달라고 했다. 개포경찰서장 명의로 하고 정 선생의 빨간색 사각 도장도 그럴듯하게 찍었다. 사실 개포경찰서란 있지도 않았다. 내용은 대략 이렇게 썼던 것으로 기억한다.

'이종수 씨가 씻지를 않아서 이웃 주민들이 냄새가 난다고 신고를 했으므로 본 경찰서 경관이 모월 모일 방문할 테니 이종수 씨는 우리가 보는 앞에서 목욕하기 바랍니다.'

가짜 공문서를 모르는 척 건네주고 나니 목욕을 하겠다고 먼저 목욕탕으로 들어갔다. 하지만 팬티와 러닝셔츠는 입은 채였다.

"속옷을 입고는 못 씻어"라고 했더니, 러닝셔츠만 벗었다. 나는 샤워기로 몸에 일단 물을 뿌려놓은 다음에 다시 말했다.

"팬티도 벗어. 어차피 젖었잖아."

그러자 그는 아내가 아닌, 남의 여자 앞에서 벗듯이 부끄러워하면서 마지못해 팬티를 벗었다. 1986년 결혼해서 1997년이 되도록 중앙병원에서 환자로서 목욕시킨 것을 제외하고 이종수의 벗은 몸을 본 것은 그때가 처음이었다.

씻기를 거부하는 것만이 아니었다. 남편은 속옷이든 겉옷이든 두세 달은 입어야 벗었다. 잠옷은 물론 입지 않았다. 그런 줄도 모르고 결혼할 때 나는 꿈도 야무지게 남편 것으로 옅은 하늘색 잠옷에 감색 가운까지 준비해 갔었다. 그것도 최고급으로. 그런데 남편은 잠옷과 가운은 고사하고, 한 달이든 두 달이든 옷을 갈아입지 않으려 했다.

어떻게 하루 종일 입고 있던 옷을, 심지어 외출해서 돌아와서도 그대로 입고 자느냐고 물으면 별걸 다 물어본다면 화를 냈다. 하루 이틀도 아니고 며칠씩, 심지어 한 달씩 입고 있던 옷차림으로 씻지도 않은 채 외출하려는 그에게 나는 정말 간절하게 매달리며 말하곤 했다.

"제발 씻고 나가세요. 냄새가 많이 나서 사람들이 싫어해요. 양치

질도 하고요. 옷도 너무 더러워요. 제발 갈아입고 나가요."

그러면 그는 "경찰이에요? 심문해요?"라고 오히려 따졌다. 추운 날에도 집에서 입는 옷차림으로 나가려고 해서 추우니 잠바라도 걸치라고 해도 "난 여지껏 그러면서까지 살아오지 않았어요"라며 화를 냈다. 옷을 갈아입는 문제로 남편과 내가 입씨름을 하면 시어머니는 이렇게 속을 뒤집었다.

"아니, 남편을 어떻게 저렇게 내보내냐? 좋은 옷 다 놔두고. 나는 우리 주인에게 그렇게 안 했는데, 넌 남편 관리도 제대로 못 하니?"

시어머니는 얼마나 힘들겠냐는 위로와 격려의 말은커녕 나를 탓하고 부담을 줬다. 당신 아들이 병들었다는 사실을 모르는 사람처럼, 27년간 병원에 갇혀 지내게 했다는 것을 잊은 채. 시누이도 마찬가지였다.

"아휴, 우리 오빠는 잘생기고 멋있는 사람인데, 옷이 저게 뭐야."

나에게 미안해하고 위로해주는 것은 바라지도 않았다. 빈정거리고 나를 탓하지는 말았으면 싶었다. 시어머니는 내가 좋은 옷 다 놔두고 남편에게 거지 같은 옷만 입힌다고 나무랐지만 사실 당시 그에게는 옷이라고 해봐야 열 벌도 채 없었다. 평생을 병원에서 살다시피 한 사람에게 무슨 옷이 얼마나 있었겠는가.

옷을 잘 갈아입지도 않으면서 거침없이 손을 옷에 쓱쓱 문질렀고, 담배를 하루에 대여섯 갑씩 피워대고 씻지도 않은 채 같은 옷을 몇 달씩 입으니 담배 연기며 몸에서 나오는 기름기에 옷감이 절어 견디어내질 못했다.

석 달만 지나면 아무리 드라이클리닝을 하고 손빨래를 해도 원 상태로 돌아오지 않았다. 몇십 년 입은 옷 같아 두 번 다시 입을 수 없을뿐더러 남도 줄 수 없을 정도였다. 버릴 때도 빨아서 버렸다.

완강히 거부하는 옷은 어쩔 수 없었지만, 대신 이불 홑청과 베갯잇은 일주일에 한 번씩 꼭 내 손으로 직접 빨아 갈아주었다. 남편의 시중은 다른 사람이 아닌 내 손으로 해야만 할 것 같았고, 또 그래야 직성이 풀렸다.

'제발 옷을 갈아입게 해주세요.'

때에 찌든 옷을 입고 잠든 남편의 모습을 바라보노라면 기도가 절로 나왔다. 나는 항상 '저 옷을 어떻게 하면 갈아입힐까?' 눈치를 보면서 머리를 짜냈다. 백화점에 옷을 같이 사러 가서 마음에 들어 하는 옷을 사주면 기분이 좋은 날은 오자마자 갈아입었다. 그럴 때는 마치 횡재를 한 듯 가슴이 뿌듯했다. 그가 비디오 보기 좋아한다는 걸 안 다음에는 "오늘 좋은 영화 들어왔다는데 빌리러 갈까요?" 하고 순간적으로 기분 좋아할 얘기를 꺼내 슬쩍 갈아입히기도 했다.

이종수 씨는 씻지도 않을뿐더러 죽어라고 옷 갈아입는 걸 싫어했다. 하지만 더 큰 문제는 한 달이고 두 달이고 씻지도 않고, 옷을 갈아입지도 않으면서 음식을 손으로 마구 집어 먹는다는 것이었다.

결혼한 지 10년이 지난 후부터 식탁을 차리고 남편을 부르면 그는 보던 텔레비전을 끄고 방에서 나와 식탁 의자에 앉았다. 그리고 수저로 맛있게 음식을 먹는다. 남들이 들으면 그게 뭐 대단한 일이냐고 하겠지만 나는 그런 남편의 모습을 보노라면 문득문득 가슴

저리게 감사의 기도가 나온다.

'제발 음식을 수저로 먹게 해주세요'하고 얼마나 수없이 기도했던가. 이 하찮은 기도가 이루어지기까지 얼마나 긴 세월이 흘러야 했던가. 신혼여행 때부터 남편의 정신병 상태가 범상한 것이 아님을 깨달았지만 서울로 돌아온 날 저녁부터 그가 보여준 기이한 태도는 실로 내가 상상한 이상이었다.

먼저 음식을 먹는 모습부터 남달랐다. 상에 차려진 음식을 수저가 아닌 손으로 마구 집어 먹는 것이었다. 김치든 고기든 전이든 손으로 집어 먹었다.

더 괴로운 것은 음식 찌꺼기가 묻은 손을 입고 있는 옷 앞자락이며 허벅지에 쓱쓱 닦는 것이었다. 밥을 다 먹고 나면 또 옷의 앞자락이나 소매 끝으로 입을 닦았다. 그리고 김칫국물, 기름, 간장 따위가 묻어 얼룩덜룩해진 냄새 나는 옷을 그대로 입은 채 잠자리에 들었다.

모처럼 어렵사리 새 옷을 갈아입힌 날은 앞치마라도 했으면 좋으련만 앞치마를 하라고 하면 질색을 했다. 식탁에 휴지를 놓아두어도 절대로 쓰는 법이 없었다. 음식을 손으로 집어 먹고는 말릴 새도 없이 새 옷에 쓱 문질렀다.

이빨 사이에 낀 음식물을 빼내면 이불이고 방바닥이고 벽이고 닥치는 대로 "퉤퉤!" 뱉었다. 입에 들어간 음식 맛이 마음에 안 들기라도 하면 씹던 음식을 다른 사람이 먹는 상 위에 푸 하고 서슴없이 뱉었다.

자신의 식사 예절은 그러면서 식탁 차림이 예법에 어긋나면 욕설을 하며 난리를 피웠다. 예를 들어 물이 묻은 컵에 담긴 물은 절대로 마시지 않았다. 자기는 몸이 더럽고 손도 안 씻어 컵을 잡으면 손자국이 날 지경인데도 컵은 물기가 있거나 더러우면 안 되었다.

밥상도 항상 깨끗해야 했다. 큰 냄비가 통째로 올라오거나 주전자가 놓이기라도 하면 옆이나 밑에 뭐가 있건 상관하지 않고 양손으로 쫙 밀어 떨어뜨렸다. 수저에 물기가 있으면 "쌍!" 하면서 던져버렸다. 식탁에 물기가 있으면 행주나 휴지로 닦을 생각을 못 하고 자기 옷으로 문질러서라도 말끔히 해야 식사를 시작했다.

음식을 손으로 먹고 옷에 쓱쓱 문지르니 보기도 안 좋거니와 옷마다 엉망이 되어 감당할 수가 없었다. 나는 어떻게든 그 버릇을 고쳐보리라 마음먹고 식사 때마다 남편 곁에 서서 잔소리를 했다. 그의 손이 김치보시기로 뻗치면 나는 재빨리 젓가락을 내밀며 "여보, 젓가락!" 했다.

그러면 기분이 좋은 날은 "응" 하면서 젓가락을 쓰기도 했지만 기분이 언짢은 날은 "이 쌍년이!" 하고는 김치보시기를 집어 나에게 던지려고 했다. 진짜 집어던진 날도 적지 않았고 심지어 때리기도 했다. 신혼 때는 그런 상황이 되면 나도 지지 않고 대들었다.

"왜 던져요? 어디다 던져요? 그게 합당한 일이에요? 왜 손으로 먹고 옷에 닦아요? 그 버릇을 고쳐야 하지 않겠어요?", "당신이 잘못했잖아요! 이게 있을 수 있는 일이에요?" 하고 따지고 들었다. 그러면 그는 "이년이 어디서 대들어" 하면서 아주머니는 물론이고 나와 시어머니까지 마구 때렸다. 그와 같이 살면서 한동안은 그런 일이 비일비재했다.

그렇게 반년 넘게 씨름하고 나니까 나름대로 지혜가 생겼다. 그는 화가 바짝 치미는 그 순간만 피하면 뒤끝은 없었다. 그것을 깨달은 뒤로 나는 치고 빠지기 작전을 쓰기로 했다. 식사 때 그의 곁에서 있다가 손이 나가면 "여보, 젓가락!" 하고는 얼른 저만치 도망가 안 보이게 숨어 있다가 기분이 좋아 젓가락을 쓰면 곧 다시 나오고, 욕을 하며 폭력적으로 변하면 기분이 가라앉을 때까지 기다렸다가 돌아오는 식이었다.

시어머니와 일하는 아주머니는 그와 함께 식사하기가 힘드니까 독상을 차려 먼저 먹이자고 했다. 그러나 내 생각은 달랐다.

"그건 우리도 이겨내야 할 문제이고 큰아버지도 달라져야 해요. 혼자 저대로 놔두면 병원에서 평생 그렇게 했듯이 손으로 먹고 옷에 쓱쓱 문지르는 버릇을 못 고쳐요. 그걸 없애도록 노력해야지요."

나는 그를 변화시키려고 애쓰기 이전에 주변 환경부터 바꾸어나가기로 했다. 당시 삼청동 집에는 거실이고 식당에 양탄자가 깔려 있었다. 식구들은 모두 슬리퍼를 신었는데, 유독 그만 맨발이었다. 그러다 보니 늘 발바닥이 더러웠고 무엇보다 상이라도 뒤엎으면 치우기도 힘들었다. 나는 묵은 양탄자를 과감하게 걷어내고 마룻바닥을 날마다 걸레로 깨끗이 닦아 누구나 맨발로 다닐 수 있도록 했다.

계절에 따라 바꾸어 깔던 식탁보도 없앴다. 그는 밥을 먹고 나면 자기 옷뿐만 아니라 식탁보에도, 커튼에도 손을 닦고 입을 닦았다.

그에게 식탁보에 손과 입을 문지르지 못하게 하는 대신 식탁보 자체를 없앰으로써 서로 불편해질 소지 한 가지를 원천적으로 없앤 것이었다. 커튼도 거두었다. 그리고 기도했다.

'하나님, 이종수 씨가 제발 수저로 밥을 먹게 해주세요. 옷에 손을 문지르지 않게 해주세요.'

세 살 난 어린아이도 아니고 나이 쉰이 다 되어가는 남자를 위해 나는 하루에도 몇 번씩 이런 기도를 했다.

그는 자는 시간대도 일반적인 사람들과 달랐다. 밤새 노래하고 서성대다가 새벽녘에 잠이 들어 열한시나 되어서야 부어터진 얼굴로 일어났다. 아침 겸 점심을 먹고 나면 다리를 꼬고 의자에 웅크리고 앉아 무서운 눈초리로 비디오를 노려보았다.

그 마음을 좀 열어보기 위해 "여보, 꿀차라도 한 잔 드릴까요?" 해도 묵묵부답이었다. 그래도 따뜻하게 타서 갖다 주면 무언가 싫어 한 모금 마셨다가 입에 맞지 않으면 그대로 푸 하고 내뱉었다. 옆에 이불이 있든 옷이 있든 벽지든 커튼이든 전혀 개의치 않았다. 그러면 나는 걸레를 가져다가 왜 이렇게 하느냐, 저렇게 하느냐 소리 없이 묵묵히 닦았다. 닦으면서 기도했다.

'예수님, 언젠가는 이 아픈 사람이 내가 닦는 모습에 감동하여 감화하기 바랍니다. 이 사람이 제정신이 돌아오면, 밝은 두뇌가 되는 날 이렇게 하란다고 하겠습니까? 예수님의 보혈로 그의 머리를 맑게해주세요.'

화내지 않고 처음 말하듯이 항상 같은 톤으로 말하고 기도한 지

3년여 만에 그는 손으로 음식 집어 먹기를 그만두었다. 옷에 손을 닦는 버릇은 10년 정도 지나자 없어졌다.

지금은 외식도 얼마든지 여유 있게 할 줄 안다. 다른 사람들이 다 먹을 때까지 기다려주는 것은 물론이고 자신은 차를 마시지 않지만 주스라도 마시면서 분위기를 맞추어줄 줄도 안다. 기도와 정성으로 보낸 세월이 10여 년이 되자 드디어 그도 달라진 것이다.

삼청동에서 나와 개포동에서 우리 두 사람만 살게 된 것이 더욱 도움이 되었다. 개포동에 살면서부터 목욕을 자주 하게 되었고, 그 과정에서 옷 갈아입는 문제도 자연스레 해결 되었다.

나는 정말 기뻤고 감사했다. 내가 외출해야 한다고 말하면 "그럼 옷 갈아입게 옷 줘!"라든가 "이 옷 그냥 입고 나가? 아니면 새 옷 입어?"라고 묻는 남편의 목소리가 아름다운 음악 소리처럼 감미롭기까지 했다. 몸을 씻고 옷을 갈아입는 것, 그토록 일상적인 일도 나에게는 감격스럽고 행복한 일이었다.

변화되기를 고대하며 변화되는 그 날까지 할 도리를 하리라는 소박한 바람과 기도, 끈기 있는 실천이 이렇게 감사한 응답을 받은 것이다.

2000년이 시작된 지 얼마 되지 않아 물리치료를 받기 위해 중앙병원에 갔다가 1996년에 고압산소실에서 만났던 환자분을 다시 만났다. 그분은 나를 보고 빈갑게 인사를 하더니 눈빛으로 남편을 가리키며 "누구세요?"라고 물었다.

"누구긴 누구예요? 그때 그 사람이지."

"네? 그때는 할아버지였잖아요? 에이, 아니에요. 아니죠?"

"맞아요."

"근데 어떻게 이렇게 젊어졌어요? 아주 말쑥한 젊은이가 되셨네요."

내가 보기에도 남편은 이전의 이종수가 아니었다. 원래 흰 피부에 동안인 데다 자주 씻어 깔끔하고 눈빛도 아주 순해져 멋쟁이 신사 같아 보인다. 삼청동에 살던 사람들이나 몇 년 동안이나 소식이 끊긴 시댁 식구들이 너무나 달라진 이종수 씨를 보면 뭐라고 할까?

이발하고 손톱을 깎게 해주세요

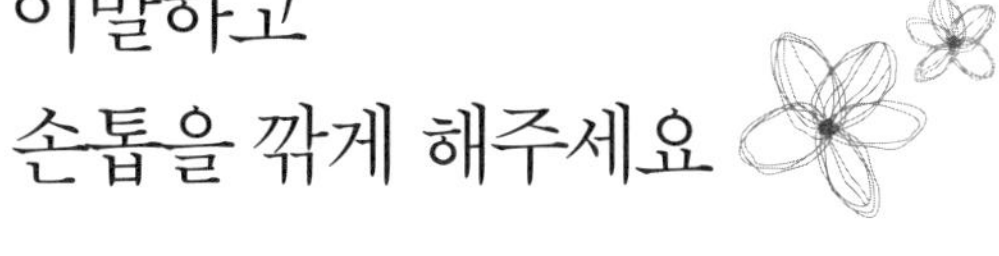

이종수 씨는 겨울이나 여름이나 목뒤까지 내려오는 모자를 눌러 쓰고 살아야 했다. 겨울에야 날씨가 추우니까 봐줄 만했지만 무더운 한여름에 땀을 뻘뻘 흘리며 모자를 쓰고 있는 모습은 측은하기만 했다. 그렇다고 벗길 수도 없었다. 목까지 자란 머리가 감지 않아 떡지고 갈라져 뒤엉긴 데다 비듬이 서리 내린 듯 허옇게 뒤덮여 있었으니까. 냄새인들 오죽했겠는가.

감는 건 고사하고 짧게 자르기라도 했으면 좋으련만 그것도 죽기로 싫어했다. 언젠가는 일하는 아주머니하고 내가 그가 잠든 사이에 몰래 머리를 자르려고 해보았다. 한 절반 정도는 순조롭게 잘랐는데 그만 그가 몸을 뒤척이면서 잠에서 깨어나고 말았다.

순간 그가 기겁하고 벌떡 일어나더니, 가위며 베개며 머리카락이 수북한 보자기며 손에 잡히는 대로 다 집어 던지면서 있는 대로 욕을 했다. 온 방 안에 머리카락이 날리고 아주머니와 나는 두 번 다시 손댈 엄두도 못 낸 채 한구석에 떨고 서 있었다. 그는 절반만 자른 머리를 하고 몇 달인가를 그대로 지냈다.

그래도 친정 동생이 결혼 후 3년여 동안 억지로라도 목욕을 시킬 때는 몇 번인가 이발을 했다. 하지만 그 뒤로는 머리를 자르지 못한 채 3년이 지났다. 1995년 여름이었다. 더 이상 두고 볼 수 없었다.

'무슨 좋은 방법이 없을까?'

자나 깨나 그 생각뿐이었다. 남자의 도움이 필요한데 시동생은 나 몰라라 하고 막막하기만 했다. 그날도 고민하고 있는데, 문득 집 앞 방범초소에 순찰 오는 마음씨 좋아 보이는 경관이 떠올랐다. 나는 그 경관이 오기를 기다려 부탁을 해보았다.

"아저씨, 저하고 얘기 좀 해요."

"무슨 얘기요?"

"우리 집 아저씨가 정신과 환자인 거 아시죠?"

"네, 좀 이상하신 것 같아요."

"그래서 말씀인데요, 저 좀 도와주세요. 우리 아저씨 머리 보셨어요?"

"네, 아주 길던데요."

"그걸 좀 잘라야겠는데, 이발소 아저씨를 불러올 테니까 그때 아저씨가 좀 같이 와주세요."

어렵사리 꺼낸 이야기에 경관은 선선히 응해주었다.

"요 밑에 이발소 아저씨 제가 잘 아니까 모시고 갈게요."

"그럼 오시기 전에 전화 좀 주세요."

며칠 후 경관에게서 전화가 왔다.

"제가 오늘 비번이니까, 나가는 길에 이발소 아저씨 모시고 가겠습니다."

반갑기는 하면서도 겁부터 났다. 그가 난리를 피우면 어쩌나 해서였다. 가슴을 졸이고 있는데 딩동 소리가 났다.

"누구세요?"

"삼청동파출소에서 왔습니다."

"왜요?"

"아저씨가 머리가 길다고 해서 왔습니다."

문을 열어주자 경관은 집 안으로 성큼 들어와 그를 보고 큰 소리로 물었다.

"이종수 씨세요?"

영문을 모르는 남편은 "예—" 하고 특유의 길게 빼는 말투로 대답했다.

"이종수 씨가 머리가 길다고 동네분들이 신고해서 이발소 아저씨를 모시고 왔으니까 이발 좀 하시죠."

그는 경관의 말이 끝나기가 무섭게 "예!" 하고는 머리 깎을 준비를 하는 동안 차려 자세를 하고 기다렸다. 마루에 신문지를 몇 장 깔고 식탁 의자를 갖다놓자 순식간에 간이 이발소가 차려졌다. 경관이 지켜보고 있어서였는지 남편은 다 자를 때까지 끽소리 한마디 안 했다.

그 후로는, 겁이 나서 한 달에 한 번씩은 못하고, 두세 달에 한 번씩이나마 그렇게 이발소 아저씨를 불러다 보통 이발료의 세 배나 되는 값을 내고 머리를 잘랐다.

그의 손톱과 발톱도 내 속을 무던히 썩였다. 손가락 마디마디 주름에 새카맣게 때가 끼어 먹물로 일부러 주름을 그려놓은 듯한 손, 수저를 들고 놓아도 땟물이 묻는 손, 손바닥에 때로 손금이 뚜렷이 새겨진 손… 그 손을 바라보던 내 심정은 아무도 모를 것이다. 그 손을 보면서 나는 기도했다.

'주님, 저 흔한 물에 왜 손 한 번 못 담글까요? 부디 손 좀 씻게 해 주세요. 이게 화려한 기도인가요? 주님께 합당하지 않은 기도를 드리는 건가요?'

그의 손을 바라볼 때마다 나는 가슴 속으로 피눈물을 흘렸다.

'저 머릿속에 무엇이 있길래 손 한 번 못 씻을까?'

끝없는 의문이 내 마음을 쥐어뜯고 그의 손톱은 더욱 아프게 내 가슴을 할퀴었다. 손톱이 너무 자라 무엇엔가 걸려 부러져 피가 나도 그는 손톱을 자를 줄 몰랐다. 내가 깎아준다고 해도 막무가내였다. 자기가 깎는 것도 아니고 내가 깎아준다는데, 몇 시간이 걸리는 것도 아니고 일이분이면 끝날 텐데, 그 짧은 시간도 마음의 준비가 안 되는지 손을 내밀지 못 했다.

"손톱 깎아야 돼, 피 나잖아. 손톱 부러졌어" 하면, 자기 손을 유심히 들여다보면서, "응, 아직 멀었어. 이 정도 갖고 깎으면 안 돼"

했다.

"그래도 피가 나잖아."

"떨 것 없다구. 왜 자꾸 덜덜 떠는지 몰라. 그렇게 할 일이 없어?"

아프지도 않은지 대답은 천연스레 잘도 했다. 그럴 땐 기도밖에 할 수 있는 게 없었다.

'예수님, 손톱 한 번만 자르게 해주세요. 한 달에 한 번만이라도, 두 달에 한 번만이라도, 일 년에 한 번만이라도 저 입에서 스스로 손톱 깎아줘 소리가 나오는 날이 언제일까요?'

남들에게는 너무도 사소한 일, 손톱 발톱 깎는 일이 내게는 태산을 옮기는 것보다 더 힘겨웠다. 어느 때인가 그의 둘째 손가락 손톱이 부러지면서 살점까지 뜯겨나가 피가 많이 난 일이 있었다. 약도 못 바르게 해서 두고 보았더니 며칠 후 상처가 곪아 벌겋게 부어올랐다. 담배를 둘째와 셋째 손가락 사이에 못 끼우고 셋째, 넷째 손가락에 끼운 채 궁색하게 빨아대는 모습이 꽤나 아픈 모양이었다. 그래도 그는 아프다, 약 발라 달라는 말이 없었다.

손을 자세히 보니 끝이 휘어 올라간 게 손톱이 2센티미터는 족히 넘어 보였다. 그 긴 손톱이 가운데만 유난히 새하얗고 가장자리는 빙 돌려 까만 매니큐어를 칠한 듯 새까맸다.

"큰아버지, 아프죠? 손톱 깎고 약 좀 발라요" 하고 약을 내밀자 그는 탁 뿌리치며 말했다.

"니가 간호원이냐?"

또 며칠이 지났다. 상처가 얼마나 쑤셨는지 그가 웬일로 먼저 손을 내밀며 말하는 것이었다.

"진순이, 이거 자르면 안 아픈가?"

"그럼요."

상처도 상처지만 이 기회에 손톱부터 자르고 보자는 심산에서 나는 얼른 그렇다고 말해놓고 손톱을 자르기 시작했다. 손톱이 어찌나 긴지 손톱깎이에 다 안 물려 두세 번 해야 겨우 잘리는데 그는 손톱을 한 번만 잘라도 안 깎겠다고 손을 빼냈다. 그래도 얼마 만에 온 기회인가 싶어 가능한 한 빨리, 많이 자르려고 욕심을 낸 나머지 손톱깎이는 더 안 들고 등에서는 진땀이 바작바작 배어 나왔다.

손톱 하나 자를 때도 수면제를 먹이고 싶은 마음이 간절했다. 한 번은 남편이 잘 때 잘라본 적이 있었다. 잘 때 머리 자르려다 그렇게 곤욕을 치르고도 또 손톱을 자를 생각을 했으니 나도 참 어리석긴 어리석었지만 그때는 그렇게라도 해야 할 만큼 절박했다. 깰까 무서워 최대한 조심한다고 했는데도 그는 눈을 번쩍 뜨고는 벼락같이 달려들어 내 머리카락을 있는 대로 쥐어뜯었다.

"니 손톱이나 자르지 니가 왜 주제넘게 내 손톱을 잘라? 니가 그렇게 잘 알아? 니가 그렇게 똑똑해?"

얼굴이 새하얘져서 입에 거품을 뿜으며 욕설을 퍼붓는 그의 두 눈은 완전히 돌아가 있었다. 그런 뒤에는 몇 시간이고 늘어져서 일어나지도 못했다. 그 가엾은 모습을 볼 때는 '손톱 자르자는 말 다시는 하지 말아야지' 결심에 결심을 했다. 그럴 때면 나 자신이 비참해지고, 이러면서 살아야 되나 회의가 들었다. 그럴 때의 내 기도는 '하나님, 우리 둘이 눈 안 뜨게 해주세요' 혹은 '하나님, 이종수 씨 앞에서 이진순이 먼저 하늘나라로 불러주세요. 그래야만 이종수가 정신을 차릴 것만 같아요'였다. 지금 생각하면 말도 안 되는 얘기지만 그때는 왠지 내가 먼저 죽어버리면 그가 거짓말같이 정신을 차릴 것만 같았다.

그의 발톱 깎기는 손톱 깎기보다 더 어려웠다. 어쩌다 발톱을 깎으려고 양말을 벗기면 하얀 비듬이 우수수 쏟아졌다. 발톱의 때는 손톱의 때하고는 또 달랐다. 손톱의 때는 까맣게 끼어도 벗기면 그대로 벗겨지는데, 발톱의 때는 발톱과 살 사이에 완전히 말라붙어 억지로 떼어내면 피가 나올 것처럼 발톱 밑이 새빨개졌다. 의자에 앉아 발을 맡기고 있던 그는 그것을 보면 "아니, 이년이 누구 발톱에 피를 내?" 하면서 마룻바닥에 쭈그린 채 발톱을 깎던 내 가슴을 발로 사정없이 걷어찼다.

어느 날은 절뚝거리며 걷길래 "왜 절뚝거려요? 양말 좀 벗어봐요" 해도 벗지 않아 어쩌다 양말을 벗고 잘 때 몰래 살펴보면 영락없이 발톱이 부러져 있었다. 신발을 못 신겠다고 하는 적도 있었다. 왜 못 신느냐고 물어보면 "발이 안 들어가"라고 말했다.

그럴 때는 필시 발톱이 너무 자라 신발을 신으면 구부러져 아픈 것이었다. 그러고도 깎을 생각을 안 하니 정말 답답할 노릇이었다.

그 시절 나에게는 이 나라와 민족을 위해서, 이웃을 위해서 기도할 시간이 없었다. 내 기도는 오로지 '예수님, 저 손 좀 보세요. 오늘도 손톱에 피가 나요. 깎아야 돼요. 어떻게 해요, 발톱 좀 깎게 해주세요. 양말 좀 벗고 자게 해주세요. 수염 좀 깎게 해주세요' 였다. 힘들게 손톱, 발톱, 수염을 잘랐다 해도 그 순간부터 내 가슴은 두근두근했다.

'저 수염이 자라지 않아야 할 텐데. 손톱, 발톱이 자라지 않아야 할 텐데. 수염 안 나게 하는 약은 어디 없나.'

스프레이처럼 얼굴에 한 번 쫙 뿌리면 수염이 자라지 않는 약이 있다면 얼마나 좋을까, 혹은 목욕을 안해도 옷 위에 뿌리면 때가 분해되어 버리는 약 만드는 사람은 없나 등등 허황한 생각을 퍽 많이 했다. 수염이 더부룩한 그의 얼굴을 마주 보고 있노라면 기도가 절로 나왔다.

'예수님, 무슨 좋은 방법 없을까요? 예수님의 십자가 보혈로 이종수 머리를 말끔하게 씻어주셔서 몸에 붙어 있는 때와 수염과 손톱과 발톱과 모든 것을 해결할 수 있게 해주세요.'

부질없는 기도란 걸 알면서도 그렇게밖에 할 수 없었다. 그의 손톱을 한 번 자르고 나면 힘이 쭉 빠지고 허리가 자근자근 아파왔다. 지쳐 쓰러질 듯하면 나는 예수님을 붙들었다.

'예수님, 저는 쓰러지면 안 됩니다. 저는 살아야 됩니다. 예수님, 남편과 저는 살아야 됩니다.'

기도로 다짐하고 또 다짐하고 이를 악물면서 살아간 나였다. 얼마나 이를 악물었는지 음식을 씹으려고 하면 멀쩡한 이가 쑤시고 아팠다. 입에서 단내가 다 났다. 나는 남편을 물끄러미 바라보면서 혼자 자책에 빠졌다.

'저 사람과 나에게 자식이 있다면 연탄을 나르고 두부 장사를 해서라도 먹고 살려고 입에서 단내가 나야 되는데, 나는 저 사람 하나도 감당을 못하는구나. 내가 하나님 앞에 죄가 많은가보다.'

그러다가도 어느 때는 나 스스로를 이렇게 위로하기도 했다.

'예수님이 아흔아홉 명의 의인보다 한 명의 죄인을 구원하라 하셨는데, 하나님이 귀하다 하신 일이 이렇게 힘든 건가 보다.'

손톱 발톱과의 10년 전쟁을 마감하게 된 것은 역시 중앙병원에 입원하고 나서였다. 중앙병원에의 입원과 다리 절단, 그리고 그 후의 변화는 그와 내게는 잃음과 얻음, 죽음과 부활의 생생한 체험이었다. 다리를 절단하게 되었다는 사실을 남편에게 전하면서 나는 반은 협박조로 말했다.

"발톱 안 자르고 잘 안 씻으면 이렇게 된대!"

그러자 그도 겁을 먹었는지 병원 안에 있는 이발소에 가서 이발하고 수염 자르고 손톱도 발톱도 순순히 깎았다. 정말 감사하게도 그때 이후로 지금까지 그런 문제로 내 속을 썩이는 일은 깨끗이 없어졌다. 손톱을 깎고 수염을 잘라주다 문득 옛날 일이 떠오르면 나는 물었다.

"왜 이렇게 쉬운 걸 못하고 살았어?"

그러면 그는 씩 웃으며 대답했다.

"그때는 병이 들어 그랬지."

남편은 적십자병원이나 여의도성모병원이나 명동성모병원은 정신건강의학과 병원이고 중앙병원은 정신건강의학과 병원이 아닌데, 자기는 이제 그런 병원들에는 안 가고 중앙병원에만 다니니까 정신병이 다 나았다고 믿는 것 같았다. 실제로 그 당시 중앙병원의 김창윤 선생님은 말씀하셨다.

"1996년 입원할 당시만 해도 이종수 씨는 말에 조리가 없고 동문서답하며 치료에 비협조적이고 의심이 많아 일상적인 생활이 불가능한 중증 정신분열증 환자였지요. 정신병 환자 중에 약 10퍼센트는 치료가 거의 불가능한 만성 환자인데, 이종수 씨는 여기에 속할 정도였습니다. 그러나 지금은 단순하고 어린아이 같은 면이 있기는 하지만 그때와 비교하면 거의 나은 것이나 마찬가지로 아주 좋아졌습니다. 가끔 핀트가 어긋나기도 하지만 대체로 질문에 적절히 대답하고 자기 생각이나 느낌을 표현하며 외모를 단정하게 가다듬을 줄 알고 다른 사람과도 잘 어울리니까요. 1996년 당시에는 솔직히 저도 이렇게 좋아지리라고는 전혀 기대하지 않았습니다. 아주 '드라마틱한 변화'라고나 할까요?"

김창윤 선생님은 약도 중요하나 아내인 나의 지속적인 보살핌이 중요했다고 말하지만 나는 그렇게 생각지 않는다. 어찌 인간의 힘으로 그만한 일을 할 수 있겠는가. 그것은 오로지 주권자이신 하나님만이 하실 수 있는 일이었다. 내가 한 것은 기도뿐이었으며 기도의 싹이 썩지 않음을 하나님께서 나를 통해 보여주신 것이었다.

잠을 자게 해주세요

잠을 자는 건 누구에게나 어려운 일이 아니다. 요 깔고 누워 베개에 머리를 대기만 하면 되니까. 나도 베개에 머리만 대면 곯아떨어지는 사람이었다.

그런데 남편은 어찌 된 일인지 잠잘 시간만 되면 서서 더 왔다 갔다 했다. 이 문 꽝꽝 저 문 꽝꽝, 괜히 화장실도 갔다 부엌도 들어갔다 나왔다 하면서 잠잘 생각을 안 했다. 그러면서 "담배 두 가치만 줘" 했다. "여보, 열한시야"라고 말해도 "알았어 꼭 잘 거야, 두 가치만 줘"라고 졸랐다.

그걸 한순간에 다 피우고는 또 "두 가치만 줘"라고 조르곤 했다. 그런 순간이면 마약에 중독된 사람이 저러지 않을까 싶었다. 꼭 잘 거야, 두 가치만 줘, 한 가치만 줘, 딱 한 가치만 줘봐, 하는 모습을 보면 정신건강의학과 환자가 아니라 담배를 피워야만 잔다는 환각에 사로잡힌 중독자 같았다.

남편과의 잠 전쟁은 신혼여행에서 돌아온 첫날부터 시작되었다. 그는 밤 아홉시에서 열시 사이에 반드시 밤참을 먹어야 했다.

"시원한 김칫국물에 국수 좀 말아봐. 그거 먹고 얼른 잘게."

정말인가 싶어 부랴부랴 음식을 해다 주면 후딱 먹어치우고는 이제 곧 자려나 하는 내 기대를 저버리고 새로 기운을 차려서는 마당에 나와 난데없이 큰 소리로 노래를 부르는 것이었다. 그 조용한 밤중에 〈삼팔선의 봄〉, 〈오 대니 보이〉, 〈돈 크라이 포 미 아르헨티나〉, 〈새야 새야 파랑새야〉 등등 온갖 곡에 가사를 마음대로 붙여 부르는 노래는 끝이 없었다.

그는 새를 좋아했다. 추운 겨울밤만 되면 뒷 창문을 활짝 열어젖히고는 크게 말했다.

"시원하지. 이렇게 창문을 열어놓으면 새가 훨훨 날아가."

그의 말에 귀를 기울이고 있다 보면 환상에 사로잡혀 나도 미치게 될 것만 같았다.

"큰아버지, 어머니도 아줌마도 자고 앞집 옆집 다 자는데, 시끄러워서 못 산다고 그래."

어떻게든 재워보려고 어떤 때는 내가 먼저 담배를 주기도 했다. 담배를 내미는 내 심정은 하루하루 달라 갈팡질팡했다. 남편에게 나쁜 것을 왜 자꾸 주나 하면서 남편의 수명을 단축시키는 듯해서 괴로운가 하면, 어느 날은 '아니야, 담배를 피우게 해서라도 자게 하는 게 낫지' 싶었다.

그러나 갈등 속에 담배를 주어도 그는 금세 잠들지 못했다. 밤 아홉시만 되면 그때부터 갑자기 생생해져서 낮에 종일 앉아 있던 의자에도 앉지 않고 온 집안을 누비고 다니는데, 빨라야 새벽 네다섯 시에 자는 것이 보통이었다. 그러고는 이튿날 열한시가 넘어서야 부어터진 얼굴로 일어났다.

그 바람에 죽을 지경인 것은 나였다. 남편과 같이 서너시에 잠자리에 들었다가 새벽이면 일어나 아침 식사 준비를 해야했기 때문이다. 늦게 잤으니 남편이 일어날 때까지 낮 두껍게 잘 수도 있었겠지만 시어머니가 인정하든 안 하든 그래도 명색이 며느린데 그럴 수는 없었다. 게다가 나는 낮잠을 자지 못하는 성격이었고 또 낮에는 낮대로 시댁 식구들과, 남편과 씨름하느라 자려야 잘 수도 없었다.

남편과의 잠 전쟁 10년 동안 내가 자는 시간은 날마다 두세 시간을 넘지 못했다. 친구가 일주일에 한 번이라도 잠을 제대로 자야 살지 않느냐고 자기 집에 와서 자라고 종용하기도 했지만 차마 그렇게 할 수 없었다. 이런 생활이 계속되자 하루 종일 머리가 멍하고 눈앞이 어른어른하더니 결국 결혼 3년 만에, 서른아홉에 돋보기를 끼는 신세가 되었다.

그렇다고 시어머니가 빈말이라도 "피곤할 테니 좀 자라" 하는 법은 절대로 없었다. 오히려 시어머니는 아침마다 "어제 종수 때문에 잠을 못 잤어. 쿵쿵대고 왔다 갔다 하니 사람이 잘 수가 있어?"라며 나에게 따졌다. 그 말은 마치 "네가 오죽 변변찮으면 남편 잠도 못 재우니?" 하는 말 같아 잠을 못 자 가뜩이나 신경이 날카로워져 있는 나를 몹시 괴롭혔다. 해가 뉘엿뉘엿할 저녁 무렵이면 가슴이 두근두근거렸다.

'오늘 밤은 또 몇 시에 잘까? 오늘은 좀 일찍 잘까?'

그러나 10년 동안 거의 하루도 남편은 일찍 잔 날이 없었다. 잠 못 자는 그를 놓아두고 나 먼저 잘 수도 없었다. 나는 방 한구석에 앉아서, 서성거리는 남편 쳐다보며 방바닥 쳐다보며 천장 쳐다보며 기도했다.

'하나님, 잠 좀 재워주세요. 하나님, 이 시간 정말 하나님 계시다면 이 요 위에 그를 뉘어주세요.'

그 시절 이야기를 돌이켜 하노라면 친구 정 선생은 묻는다.

"몸은 따로인데 어떻게 남편 잠이 그렇게 본인 잠으로 되느냐구? 정신이야 얼마든지 남편 따라한다고 하지만 육신이 어떻게 매일같이 두세 시간밖에 안 자고 견디니?"

그럴 때 나는 대답한다.

"잠 못 자는 본인을 바라볼 때, 하룻밤이라면 괜찮아, 그게 하루 이틀, 열흘, 한 달, 일 년, 이 년… 세월이 가다 보면 이종수라는 사람이 정말 안 된 거야."

"그 안 된 마음에 자기 자신 자체가 없어져 버리는 거야?"

"응, 나 좀 못 자는 게 대순가, 이런 마음이 드는 거야."

"나는 제삼자로서 이건 희생도 아니고 동정도 아니고 사랑이구나 하는 생각이 들어."

"부부잖아."

"하하, 부부가 또 나온다. 부부라고 다 그래?"

남들은 이종수 씨와 나를 보고 '좀 특별한 부부'라고 한다. 하지만 나는 우리 부부야말로 '가장 정상적인 부부'라고 강조하곤 한다. 여하한 일이 있어도 한쪽이 참으니까. 경솔히 화내지 않고 하늘이 무너져도 끝까지 함께 하리라고 굳게 믿으니까. 정 선생은 말한다.

"하루 이틀이 아니고 365일을 그렇게 할 수 있다는 건, 사랑이야. 그건 사랑이 아니고는 커버할 수 없는 부분이야, 설명할 수 없는 부분이야."

누군가 말했던가, 부부 간에 측은지심을 가지고 살아가면 싸울 일이 없다고, 그게 부부 사이의 진정한 사랑이라고. 아무튼 그때의 나는 허구한 날 잠을 못 자는, 그러면서도 그 감각조차 모르는 남편이 더없이 가엾게만 느껴졌다.

남편이 잠들길 기다리면서 내가 할 수 있는 일은 기도와 뜨개질이었다. 책은 절대로 안 읽었다. 언젠가 멋모르고 책을 읽었더니 그가 다가와 책을 확 뺏더니 "정연경이 닮아서 책 보는 거 좋아해? 아주 멋있게 살라구?" 하는데, 그 얼굴이 나를 당장 잡아 죽일 듯한 비웃음으로 가득했다. 그때 이후로 책은 안 잡고 아주머니에게 뜨개질을 배워서 했다. 일주일이면 스웨터를 하나 떴다. 포플린을 사다가 재봉틀로 베갯잇도 만들고 이불깃도 만들었다. 단도 줄이고 지퍼도 고치고 방석도 만들고 누비이불도 만들고… 그런 일들을 밤을 새워가며 했다. 밑반찬도 만들고 땅콩도 겉껍질이 있는 것을 사다가 까고 또 깠다.

넋 놓고 그가 잠들기만을 기다리기에는 내가 너무 피곤했기 때문이었다. 의자에 그냥 앉아 있다가 어느 틈에 색색 하는 내 콧소리에 놀라 소스라치며 깨기도 했다. 그래서 소일거리를 일부러 만들어 하면서 시간을 보냈던 것이다.

어느 날은 문득 이런 생각이 들었다.

'아, 예수님, 제가 아직 기도가 덜되었군요.'

부족한 기도가 채워져야 한다는 일념으로 나는 그날 밤부터 자정기도를 드리기 시작했다. 기도의 탑을 빨리 쌓아올려 하늘에 닿으면 하나님이 내 기도를 들어주실 것만 같았다. 그야말로 기도로 시작해 기도로 마감하는 나날이었다. 새벽 세시에 자든 네시에 자든 다섯시면 일어나 새벽기도를 드리고 아침 금식하고 밤 열한시 삼십분부터 열두시 삼십분까지 자정기도를 드렸다.

지금 생각하면 정말 미련하기 짝이 없는 짓이었다. 그래도 할 말이 있다면 그만큼 정신적인 싸움이 절박했다. 정신적인 싸움이 너무 치열하다 보니 육체는 아무것도 아닌 것처럼 여겨졌다. 정신만 건강하면 육체의 건강은 자연히 따라올 것 같았다.

장기전을 하려면 정신 못지않게 육체의 건강도 보살폈어야 하는데, 그 부분이 미성숙했다. 육체를 소홀히 한 결과 나는 사십대 중반을 넘자 벌써 갱년기를 맞았다.

남편은 중앙병원에 입원한 뒤로는 노래 부르고 잠 안 자던 버릇이 없어졌다. 그 뒤에는 "여보, 자자" 하면, "자라구?"라고 물었다.

"그래, 자자."

"자라구 하면 자야지."

그리고 침대에 누워 베개에 머리를 대고 곧 잠이 든다. 그 모습을 보면 '베개에 머리만 대면 잘 텐데 왜 그걸 못하나?'하고 10년을 애태우던 게 거짓말처럼 느껴졌다.

포르노를
보지 않게 해주세요

결혼한 지 얼마 후 그가 내게 말했다.

"플레이보이 보고 싶어요."

친정 동생에게 물어보고 나서야 나는 그것이 포르노 잡지인 줄 알았다. 친정 동생에게 사다 달라고 부탁했더니 "난 죽어도 그런 책은 못 사"라고 했다. 동생을 아는 나로서는 그 마음이 이해되어 더 이상 부탁할 수 없었다.

"어디 가면 사는데?"

"명동 중앙우체국 앞에 가면 그런 책들 파는 데가 있어."

동생 말로는 그런 책들은 아무나 못 산다고 했다. 그래서 구하기 어렵다고 해도 남편은 자꾸만 보고 싶다고 했다.

나는 하루 날을 잡아 명동으로 나갔다. 동생 말대로 그런 서점들이 죽 있었다. 나는 적당한 곳에 차를 세우고 그를 차 밖에 나와 서 있게 한 다음 서점들 앞을 왔다 갔다 하다가 나이 지긋한 남자가 앉아 있는 한 서점 안으로 들어갔다.

"저… 저를 좀 도와주세요"

"네, 무엇을 도와드릴까요?"

나는 먼저 주민등록증을 꺼내 주면서 "저는 이런 사람인데요" 하고 내 소개를 했다. 그러자 서점 주인은 몹시 당황하는 기색이었다.

"아니, 왜 이러세요, 아주머니?"

"제 남편이 저기 서 있습니다. 보이시지요, 저 남자?"

"네, 보입니다만…."

"제 남편이 정신과 환잔데, 좀 도와주세요. 제가 보려고 하는 게 아니라, 제 남편이 포르노 잡지를 보고 싶어해요."

나는 밖에 나가 그를 데리고 들어왔다. 서점 주인은 그를 아래위로 훑어보더니 한참 만에 내게 말했다.

"여기 주민등록증 받으세요. 그리고 전화번호 하나 적으세요."

나중에 동생 말을 들으니 혹시라도 신고하거나 나쁜 데 쓰다 사고가 날까 봐 서점 주인들이 낯선 사람에게는 잘 안 팔려고 한다는 것이었다. 서점 주인은 깊숙한 곳에서 플레이보이 한 권을 꺼내주며 "좀 비쌉니다" 했다.

"괜찮아요. 고맙습니다, 아저씨."

그 뒤로 4년 동안이나 다달이 나는 그 서점에 가서 플레이보이를 사다 그에게 주었다. 부부생활은 고사하고 자기 몸에 손 하나 대는 것도 질색하는 사람이 그런 잡지 보는 건 유난히 좋아했다. 틈만 나면 그는 잡지를 펼치고 여자들의 벗은 몸 속으로 빠져들었다.

포르노 잡지가 방에 있으니, 조카들이라도 온다고 하면 제일 먼저 감춰야 하고, 간수하는 데 여간 신경이 쓰이지 않았다. 세월이 흘러 열 권 스무 권 쌓여가니 내버려두기도 민망하고 그냥 버릴 수도, 찢어 버릴 수도 없어 처리하기가 큰일이었다.

생각다 못해 마당 한구석에 큰 함지박을 놓고 묵은 책들을 물에 푹 담가 몇 달을 불려 삭인 후에 조금씩 나무 밑의 흙을 파서 묻었다. 그 짓을 몇 년이나 하다 보니 더 이상은 할 짓이 아니다 싶었다. 하루는 남편에게 책을 사다주면서 말했다.

"이제 이런 거 보려면 경찰에 신고하래, 서점 아저씨가. 동네 파출소에 신고하고 보래. 당신이 나쁜 짓 한다구. 오늘도 이거 샀으니까 삼청동파출소에 신고하고 가래."

경찰을 무서워하는 그는 두 손을 내저으며 "아이구, 사가지구 오지 마, 사가지구 오지 마!"라며 질색을 했다. 그때도 경찰 덕을 본 셈이었다. 그 뒤로는 포르노 잡지를 보고 싶다는 말은 남편 입에서 나오지 않았다.

남편은 비디오 보기도 퍽 즐겼다. 처음에는 동네 비디오 가게에서 빌려다 주다가 강남 쪽으로 가면 더 좋은 게 있을까 싶어 얼마 후부터는 압구정 현대백화점까지 함께 가서 빌려왔다. 지금 뒤돌아보면 자신의 집에서, 자신의 가족들에게 인간다운 대접을 받지 못하고 살아가는 남편에게 나는 무엇이든지 최고로 해주고 싶어 안달이 나 있었던 것 같다.

삼청동에서 압구정동까지 비디오테이프를 빌리러 간 데는 집에만 있는 남편에게 바람도 쏘이고 운동도 시켜야겠다는 의도도 있었다. 그래서 몇 번인가는 자가용을 타지 않고 지하철로 가보기도 했는데 그가 걷기를 극단적으로 싫어해 포기하고 말았다.

걷지 않으면 비디오테이프를 안 빌려주겠다고 했더니 그는 잠시도 앉아 있지 않고 온 집안을 뺑뺑 돌면서 문을 확 열고 꽝 닫고 했다. 삼청동 집은 문이 유난히 커서 꽝 닫으면 아래위층의 유리창이 모두 덜컹거렸다. 걸을 때도 쿵쾅쿵쾅 걷고 물을 마시고 나면 컵을 탁자가 깨져라 하고 탁 내려놓았다. 하루 종일 그러고 다니니 집 안에 같이 있기가 겁날 정도였다.

그런 모습을 보면서 내가 깨달은 것은 남편 같은 환자가 어떤 요구를 하면 일단은 어느 정도 들어주어야 한다는 것이었다. 들어주면서 상태를 보아가며 지혜롭게 선을 당겼다 늦추었다 해야지 무조건 안 들어주고 당기기만 했다가는 다시 병이 심해져 입원시킬 도리밖에 없었다.

문제는 가족이었다. 가족이 어느 수준에 맞추어주어야 할지 잘 판단해서 그때그때 대처해야 병원에 다시 안 보내고 조금씩이라도 상태를 호전시켜 나갈 수 있다. 그런 점에서 볼 때 그의 상태가 조금만 나빠져도 입원시키자는 말부터 하던 시댁 식구들은 환자에 대한 배려도, 병을 고쳐주려는 의지도 전혀 없는 사람들이었다.

그는 비디오 중에서도 포르노 영화와 진배없는 야한 것만 좋아했다. 별다른 감흥도 없는 표정으로 그저 포르노 잡지 보듯이 물끄러미 보고 앉아 있을 따름이었다. 똑같은 것을 여러 번 보는 것은 싫어해서 날마다 다른 것으로 바꾸어대느라 나도, 비디오 가게 아저씨도 고민이었다.

비디오를 볼 때는 방 안에서 문을 닫고 혼자 보면 좋으련만 그는 내가 일부러 닫아놓은 문도 꼭 다시 열어놓고 보곤 했다. 그 바람에 방문 앞을 오가는 사람마다 들여다보고는 수군거렸다. 특히 시어머니는 내게 대놓고 말했다.

"말해봐, 진순이가 좋아하니까 날마다 보는 거지?"

듣기 좋은 꽃노래도 한두 번이라는데, 일일이 대답하자니 궁색한 변명 같고 말없이 듣고 있자니 내면의 갈등이 한없이 컸다. 정말 한 번만이라도 "정신병 환자를 남편으로 둔 네가 얼마나 힘들겠니?" 하는 위로의 말을 들어보았으면 소원이 없을 것만 같았다.

그가 이제 그만하면 비디오도 볼 만큼 보았다 싶을 무렵부터 서서히 비디오를 끊을 준비를 시키기 시작했다. 워낙 좋아하는 것인 만큼 갑자기 끊겠다고 하면 부작용이 클지도 모르기 때문에 어느 날부터 비디오를 빌리러 갈 때마다 지나가는 말처럼 대수롭지 않게 말했다.

"큰아버지, 비디오 많이 빌리면 가게 사람들이 경찰에 신고해야 된대."

처음에는, "아이, 이거 안 걸려" 하던 그는 내가 되풀이해서 "아니야, 이종수라는 사람이 비디오를 몇 년 동안 너무 많이 빌려가서 가게 사람들이 걱정이래, 경찰에 신고해야 할지 말아야 할지"라고 말하자 하루는 드디어 "그럼 끊어" 했다.

일단 자기 입에서 "끊어" 소리가 나온 다음에는 정말로 비디오 보고 싶다는 요구가 훨씬 줄었고 중앙병원에서 다리를 절단하고 나온 뒤, 텔레비전 보는 재미를 알게 된 다음부터는 가끔 보던 비디오 마저도 아주 끊어버렸다.

포르노와 비디오 보는 취미 말고 남편의 습관 중 가장 나쁜 것은 흡연이었다. 흡연은 건강에 직접 해를 끼쳐서 정말 끊게 하고 싶었지만, 역시 어려웠다.

그의 손가락에는 잠잘 때 말고는 거의 하루 종일 담배가 끼워져 있었다. 담배가 손에 없으면 불안한지 손끝이 타도록 짧아질 때까지 피다가 끄기가 무섭게 또 새 담배를 피워물었다. 잠자리에 들기 전에도 두세 개비 피우지 않으면 잠을 못 잤다. 아마도 정신병원에서 담배만은 허용해 주어 오랜 세월 동안 인이 박일 대로 박힌 것 같았다.

방 안의 장판은 담뱃불 구멍으로 성한 날이 없었고 벽지는 담배 연기에 찌들어 일 년에 한 번씩 새로 도배를 해야 했다. 도배사들이 벽지와 초배지를 뜯어내면 벽도 싯누렜다. 흰 벽지를 바르면 어느새 갈색 벽이 되고 말았다. 유리창은 거의 매일 닦아도 닦고 나면 걸레가 누레졌다.

하루에 피우는 담배가 대여섯 갑은 족히 되었으니 그럴 만도 했다. 늘 담배가 피고 싶고 그런 만큼 늘 담배가 부족했던 남편에게 담배는 이 세상 무엇보다 반가운 선물이었다. 명절 때 누가 제아무리 좋은 선물을 주어도 그는 고마운지 몰랐다. 그저 담배 한 보루 사다 주는 사람이 있으면, "그 사람 좋은 사람이야" 했다.

담배를 안 사온 사람은 돌아갈 때까지 그의 부어터진 눈초리를 견디어야 했다. 그것을 누구보다 잘 알았던 시동생은 미국에서 집에 올 때면 으레 담배 몇 보루를 사가지고 왔다. 담배를 형에게 안 주었다가는 어떤 가혹한 통과세를 지불해야 할지 몰랐으므로.

"제발 담배 좀 그만 피워. 그러다 병나. 폐가 나빠진다고."

수도 없이 말렸지만 그는 들은 척도 하지 않았다. 몇 달씩 갈아입지 않는 데다 음식 집어 먹고 난 손까지 문질러 가뜩이나 꾀죄죄한 옷은 담배 연기에 찌들어 더욱 가관이었다. 감지 않는 머리며 씻지 않는 몸뚱이에서는 때에 절고 담배에 절은 괴상한 냄새가 사철 풀풀 풍겼다.

'하나님, 제발 담배 좀 끊게 해주세요. 아니, 하루에 한 갑이라도 줄이게 해주세요.'

거듭되는 기도 속에 죄 없는 전매청에 대한 원망만 커졌다. 전매청 직원들이 파업이라도 하면 담배가 가게에 안 나오련만 어찌 된 일인지 그들은 파업도 할 줄 몰랐고 담배 가게에는 1년 365일 담배가 떨어질 날이 없었다.

흡연 횟수도 줄일 겸 바깥바람 쐬면서 운동도 시킬 겸해서 생각해 낸 것이 드라이브였다. 1993년부터 나는 오전 오후 하루에 두 번씩 북악 스카이웨이로 그를 태우고 드라이브하기 시작했다.

운동을 시키겠다는 나의 야무진 계획은 그다지 실효를 거두지 못했다. 적당한 곳에 차를 세우고 내려서 산책이라도 하자고 하면 그는 고개를 가로저었다.

"집에 가고 싶어" 혹은, "아직 잠이 덜 깼어"라며 온갖 핑계를 내면서 차에서 내리려고 하지 않았다. 그래도 나는 드라이브를 규칙적으로 계속했다. 드라이브하고 돌아오는 길에 문득 집에 들어가기 싫어질 때가 있었다. 그럴 때면 속도를 30, 40킬로미터로 낮추어 최대한 천천히 달리면서 남편과 단둘이 밖에 있는 시간을 조금이라도 늘리기 위해 애썼다.

남편은 차 타는 것을 꽤 좋아해 드라이브 가자고 하면 싫다는 법이 없었다. 차 안에서도 줄곧 담배를 피워대면서 차창 밖의 풍경을 느긋이 즐겼다. 그가 드라이브에 제법 재미를 붙였구나 싶을 무렵 나는 담배를 두고 가라고 했다. 차 타는 시간만이라도 담배를 줄여보려는 생각에서였다.

"담배 가지고 가면 드라이브 안 할 거예요."

몇 번 강경하게 말했더니 어느 날인가부터 남편은 그 좋아하는 담배를 집에 두고 따라 나오는 것이었다. 하지만 집에만 돌아오면 어김없이 또다시 줄담배를 피워대 내 속을 뒤집었다.

평생 못 끊을 것 같았던 담배를 그는 중앙병원에 입원한 그 순간부터 까맣게 잊어버렸다. 어떻게 그럴 수 있는지 신기할 정도였지만 어쨌든 나로서는 담배 연기로부터 해방되었다는 것이 매우 기뻤다.

하루 두 번 드라이브는 그 이후로도 계속했다. 내가 바깥일로 바빠 간혹 빠뜨리면 그는 아주 서운한 표정으로 따졌다.

"그래, 진순이 볼일만 보고 내 볼일은 안 봐주는 거야?"

어느 늦가을, 바람이 몹시 불던 날이었다. 달리는 차 앞에서 노란 은행잎들이 바람과 희롱하며 눈꽃처럼 흩날리는 모습을 보고 내가 말했다.

"여보, 저기 좀 봐, 은행잎들이 춤을 추고 있어. 당신 노란색 좋아하지?"

"응, 자주색도 좋아해."

"자주색은 멋쟁이 색인데, 이제 보니 당신 멋쟁이구나?"

내 말에 그는 몸을 앞뒤로 흔들며 기쁘게 웃었다. 그 모습을 보고 그 웃음소리를 듣는 나도 말할 수 없이 기뻤다.

포르노 잡지도, 비디오도, 그리고 담배까지 끊고 나서는 텔레비전에 재미를 붙이기 시작했는데, 그가 좋아한 프로그램은 가요무대나 열린음악회, 전국노래자랑 같은 옛 가요들이 나오는 프로그램이나 코미디 프로그램이었다. 코미디를 보면서 재미있으면 꼭 나를 불러 같이 보자고 했다. 함께 텔레비전을 보다가 초저녁잠이 많은 내가, "나 먼저 잘 테니까 다 보면 TV 끄고 불 끄고 자요" 하면, 그는 순순히 "응" 하고 대답했다.

아침에 일어나 내가 말한 대로 전등과 텔레비전이 꺼져 있는 것을 보면 내 가슴은 형언하기 어려운 행복감과 감사의 기도로 가득 찼다.

기도와 눈물 속에 사랑은 깊어지고

결혼 후, 도저히 이해하기 어려운 시댁 식구들의 언행 속에서 내가 붙들 곳은 하나님밖에 없었다. 씻지도, 옷을 갈아입지도 않고 부부생활은 고사하고 밤마다 큰 소리로 노래를 불러대는 남편의 정신병을 낫게 해달라고 매달릴 곳도 오직 하나님이었다.

아침에 일어나면 간구기도, 오전기도, 잠잘 때 간구기도가 그 시절 나의 전부였다. 가슴 속에서 시댁 식구들에 대한 미움이 일어날 때, 그가 손톱이 부러져 피가 나는데 깎기를 거부할 때, 남편이 잠들기를 기다리며 밤새워 뜨개질할 때, 이러고도 살아야 하나 회의가 밀려들 때… 나는 시도 때도 없이 기도했다. 차라리 죽고 싶다는 마음 약한 생각이 들 때마다 나는 주님께 울면서 매달리며 몸부림쳤다.

'주님이 좋아하지 않으시는 기도인 줄 압니다. 주님, 이 삭막한 어둠이 대체 언제까지나 계속될 것인가요? 참담한 마음으로 언제까지나 번민하며 살기보다 긴장을 풀고 죽음을 맞이하는 편이 더 현명하지 않을까 하는 생각이 듭니다.

주님, 남들에게 잘 산다, 힘차게 산다는 소릴 들을 때 진순이는 대놓고 큰소리로 반문합니다. 못 살면 보태줄래? 주님께서 진순이를 아시듯이 저도 완전하게 큰아버지를 알게 될 날이 오리라 믿으면서도 마음속에서 갑작스럽게 어둠이 찾아올 때는 방법을 구할 길이 없습니다.

주님, 죽음과 어둠이 모두 주님의 이름으로 나비가 되어 날아오르는 날이 오리라 믿습니다.'

남편의 변화와 쾌유를 갈망하는 기도 속에서 그에 대한 나의 애정과, 무슨 일이 있어도 헤어지지 않고 부부로서 하나님 품 안에서 한번 살아보리라는 내 마음은 굳어만 갔다.

'주님, 진순이는 잔인하고 변덕스러운 운명의 무력한 희생자가 아닙니다. 하지만 그릇된 편견과 본능적인 반감을 극복하고 큰아버지의 권위와 의사를 존중하라는 주님의 뜻은 수많은 벽과 울타리와 경계선에 가로막혀 있습니다. 이 모든 장애물을 뛰어넘기 위해 큰아버지와 진순이는 최선의 노력을 다해야 합니다.

우리 부부는 지금의 상태에서 벗어나려고 갖은 애를 쓰고 있습니다. 우리 부부는 일어나야 한다고 다짐에 다짐을 합니다.

주여, 도와주소서. 큰아버지를 건져주소서. 어서 일으켜주소서. 지금의 생활을 완전히 벗겨주소서.'

'주님, 사랑은 대화라고들 해요. 그 대화는 양쪽이 참여하지 않으면 이루어지지 않습니다. 큰아버지와 대화하면서 주님 가르쳐주신 사랑의 결실을 맛보고 싶어요. 제가 진실로 사랑하는 법을 터득할 수 있는 유일한 길은 큰아버지와 지금의 삶이겠지요. 주님께서 큰아버지를 통해 진실한 이해와 인내, 큰 열심과 굳센 사랑과 눈물이 주님의 강한 선물이요 은총임을 저에게 알려주심을 압니다.'

'주님, 큰아버지는 웬 잠이 그리도 많은지요. 큰아버지를 영혼의 잠에서 깨워주세요. 몇십 년 동안 잠을 잤으면 이젠 정신을 차려서 주님 주신 일을 할 수 있도록 깨워주세요.

주님, 사실은 저는 상당한 불안감과 서글픔을 맛보며 유혹 속에 있습니다. 짝지어 세상으로 내보내셨을 땐 주님께 받은 사랑, 평화, 은총의 선물을 만나는 사람들 모두에게 전하라 하심일 텐데, 저는 그러지 못하고 있습니다.

남들은 저한테 용기 있다고들 하지만, 실제로는 용기 없는 바보에다 부끄러움과 죄책감에 싸여 살고 싶지 않을 때도 많은 것, 주님도 아시지요. 반면에 큰아버지는 용감하고 씩씩한 부분도 있습니다. 주님, 이 세상에 사는 동안에는 우리 부부 설 자리가 없다 해도

하나님 품에 안길 때 우리 부부 슬픔은 사라지며 할 일이 많다는 것에 희망을 품고 살아갑니다.'

'1986년 12월 18일 주님께 우리 둘은 서약했지요. 주님, 하늘나라 갈 때까지 함께 살겠다고 했습니다. 진순이 이 시간까지 주님께 얼마나 많이 다짐했습니까. 한번 서약했으면 되었지 왜 자꾸 다짐을 할까요. 요즈음은 그냥 슬퍼요. 슬프고 또 슬프고… 눈물도 흔한 것 같아요. 남들은 저보고 힘 좋고 독설가에 심통이 있다고들 해요. 그러나 주님은 아시지요, 약할 때는 얼마나 약한 진순이인지. 주님, 이날까지 진정 주님 원하시는 삶이 되었을까요?'

'주님, 밖에는 비가 오고 있어요. 빗소리 들으며 주님께 기도드립니다. 큰아버지와의 생활은 참 많이 힘겹고 어지러울 때도 있습니다. 이 세상에 어떤 낙이 제일 중요한지도 알게 해주신 주님께 감사드리며 이 생활을 이어갈 수 있게 주님 십자가 군데군데 박아주셔서 쓰러지지 못하게 만들어주심은 주님의 배려인 줄 압니다. 그 배려 속에서도 슬퍼할 때가 있으며 눈물 흘릴 때 주님은 몹시 속상해하시는 것 알면서도 진순이는 눈물을 흘립니다.

주님, 우리 부부 주님 나라 갈 때까지 주님 십자가로 굳건히 세워주셔야 됩니다. 저는 약하고 약한 아무 힘도 없는 진순이예요.'

'주님, 일 년 열두 달을 지내면서 주님께 수많은 기도를 드립니다.

무슨 기도를 그리 할까요. 주님도 이젠 진순이가 큰아버지 하면 무슨 말을 하려고 하는지 아실 정도겠지요. 진실로 주님께서 진순이를 주님의 특별한 자녀 중 하나의 아내가 되도록 허락해 주신 데 감사드립니다. 어떤 아내도 제가 큰아버지를 사랑하는 것만큼 사랑할 수는 없다고 봅니다.

다른 사람들이 큰아버지의 약점을 비웃음으로 만드는 순간마다 주님의 십자가를 붙들었기에 진순이는 지금 이 순간에도 당당히 십자가를 붙들고 서 있을 수 있습니다. 주님은 우리 부부가 맺어지는 순간 약속하셨지요.

네가 너희들 곁에 있으니 걱정 말아라.

고통에 가리어 있던 제가 이제 그 고통에서 벗어나니 주님의 은혜로운 음성을 들으며 십자가를 붙든 손에 더욱 힘껏 힘을 줍니다.'

약을 줄이게 해주세요

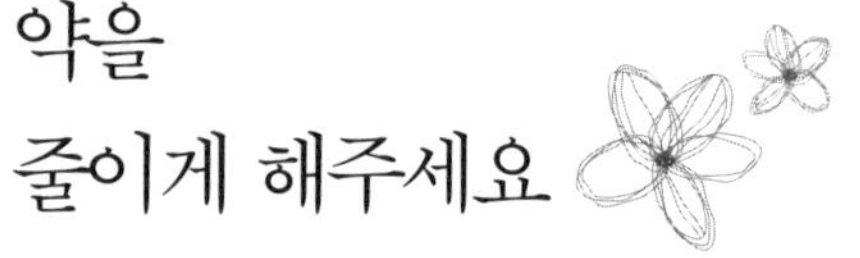

남편의 정식 병명은 만성 조현병으로 당시에는 정신분열증이라고 불렀다. 결혼해서 보니 그는 서른세 알이나 되는 약을 세 번에 나누어 매일 꼬박꼬박 먹어야 하는 중증 환자였다. 정신건강의학과 약을 죽는 날까지 먹어야 한다는 것이었다.

클로르프로마진, 스텔라진, 벤즈트로핀과 약간의 가루약이 그가 먹는 약이었는데, 의사 말로는 그 약들은 정신건강의학과 약의 부작용 방지 약, 잠 오는 약, 소화제 등이라고 했다.

하루에 먹는 약이 하도 많으니까 그가 감기에 걸리거나 배탈이 나도 약을 먹이기가 겁이 났다. 하다못해 비타민이라도 먹이려면 망설여졌다. 한 주먹이나 되는 정신건강의학과 약에 또 다른 약을, 그것이 아무리 몸에 좋고 필요한 약이라 해도, 얹어서 먹인다는 것은 인간으로서 할 짓이 못 되는 것 같았다.

남편은 정신병원에 가는 것을 아주 싫어했다. 결혼 후 처음 두 번은 마지못해 나와 함께 갔지만 그 뒤로는 절대로 가지 않으려고 했다. 자신은 이미 "정신병원을 졸업했다"는 것이었다.

갈 때마다 의사가 아침에 일찍 일어났느냐, 산책했느냐, 낚시했느냐, 바둑 두었느냐, 꼬치꼬치 물어보고 하나도 하지 않았다고 하면 야단을 치니까 그러다 또 병원에 입원시킬까 봐 두려웠는지 막무가내로 안 가겠다고 했다. 그래서 나 혼자 열흘이나 보름 만에 한 번씩 병원을 다니면서 약을 타다 먹였다. 의사도 그가 낫는다는 것은 거의 기대하지 않는 눈치였다.

"강제성을 띠고 여러 가지 시도를 해보세요. 하지만 잘 안 될 겁니다. 환자가 너무 오랫동안 병원 생활을 한 탓에 규칙적인 생활 경험이 없어서요. 집이나 병원이나 다를 바가 없을 거예요. 가족이 환자를 어떻게 받아들일 건가가 관건인데, 과거에는 가족이 이해를 못 해서 병원에 넣어둔 것이고 지금은 부인이 있으니까 밖에서 생활한다는 차이지요."

"그럼 남편은 제가 아내라는 것을 알까요?"

"아마도 환자에게는 부인이 아내라는 사실에 큰 의미는 없을 겁니다. 다만 부인이 환자를 데리고 살면서 모든 일을 커버하니까 같이 살 수 있는 것이지요. 부인이 못 데리고 살겠다고 하면 환자는 다시 병원으로 갈 수밖에 없겠지요."

결혼한 지 일 년쯤 지난 후 담당 의사 선생님이 말했다.

"이 정도까지 지탱하는 것을 보니 그래도 생활은 할 만한 것 같습니다. 이제부터 약을 조금씩 줄여보지요. 약을 줄이고 나서 특별한 증세가 나타나는지 부인께서 잘 관찰하세요."

의사는 아침, 저녁에만 약을 주고 점심에는 주지 말라고 했다. 그는 시간 맞춰 약을 찾아 먹지 못했다. 어쩌면 너무나 오랜 세월 동안 먹어온 약에 질려서 일부러 피하는 것인지도 몰랐다. 나는 아침 저녁 정해진 시간에 정해진 용량의 약을 먹이면서 그의 상태를 유심히 관찰했다.

약을 줄인 뒤 며칠 동안은 무척 걱정되었다. 그가 조금만 색다른 행동을 해도 병이 악화되는 건가 싶어 불안하고 조바심이 났다. 그럴 때 가족들과 의논이라도 하면 좋으련만 그런 일은 바랄 수도 없었다.

시댁 식구들은 자신들의 아들이, 형이, 오빠가 상태가 어떤지, 약을 줄여서 어떤 증세가 나타나는지는 안중에 없었다. 그들이 관심을 기울이는 것은 오직 재산 문제뿐이었다.

"누구에게 들어보니까 요새 좋은 약이 나왔다는데 약을 바꾸어 보면 어떨까요?"

"어느 병원의 어느 의사가 잘 보아준다는데, 그곳으로 좀 가보시지요."

"얘야, 어디 좋은 프로그램이 있다더라."

"너 어디 가서 강의 좀 듣고 와라."

이렇게 내게 새로운 정보를 주고 희망과 용기를 북돋워주는 말을 해주는 법은 전혀 없었을 뿐 아니라, 지나가는 말로라도 "형 요즘 어때요?", "약 줄였다면서요? 괜찮아요?"하고 안부를 묻는 일조차 없었다.

다행히 그는 약을 줄인 후 별다른 이상 증세를 보이지 않았다. 일 년여 간 별 탈 없이 지나자 의사는 아침 약을 없애고 그 대신 저녁 약에 아침 약 절반을 보태어 먹여보자고 했다. 결혼 이 년 만에 2분의 1로 약의 양이 줄어든 것이었다.

그런데 어느 날인가부터 그가 약을 거부하기 시작했다. 그전에도 간혹 약 먹기 싫다고 한 적은 있었지만 하루 이틀을 넘기지 않았으나 그때는 무려 닷새 동안이나 약을 안 먹겠다고 버티었다. 걱정하는 나에게 시어머니는 말했다.

"종수에 대해서는 내가 의사야, 의사. 이 상태가 되면 정신병원에 입원해야 돼. 진순이는 집에 가지, 이제."

그 무렵에는 나도 시어머니에 대해 알 만큼 알고, 하고 싶은 말은 참지 않고 하던 때였다. 나는 대들었다.

"병원에서는 입원시키라는 말 하지 않았어요. 그리고 설사 입원시킨다고 해도 남편이 입원했다고 어떻게 제가 갈 수가 있어요? 제가 간다고 해도 못 가게 말려야 하실 분 아니세요, 어머니는?"

나는 남편에게 약을 주면서 울며 말했다.

"큰아버지, 이 약 먹어야 돼요. 안 먹으면 다시 입원시킨대요. 차라리 죽는 게 낫지, 정신병원에 다시 들어갈래요?"

시어머니와 내가 큰소리로 말다툼하는 소리를 들었는지 그는 순순히 약을 받아먹었다. 그 후로는 약을 안 먹겠다고 해서 애를 태운 일은 없었다.

약을 먹는 태도도 좋아졌고 약의 양도 줄었고 이상 증세가 나타나지도 않았지만 나로서는 그것으로 만족할 수 없었다. 현재보다 더 나빠지지 않게만 하는 것은 치료가 아니었다. 정신병도 병인 이상 최선을 다해 치료한다면 낫지 못할 이유가 없으리라는 것이 내 믿음이었다.

나는 그를 다른 병원에도 데리고 가보고 신약도 먹이고 좀 더 적극적으로 치료하고 싶었다. 하지만 시어머니의 태도는 완강했다.

"종수는 이 약 먹고 좋아졌으니 약을 바꾸면 안 돼. 신약은 비싸고 우리는 비싼 약값을 댈 수가 없어. 종수한테 더 이상 투자 못 해."

남편이 약을 먹는 환자라는 것 때문에 죄인 같은 느낌으로 살던 나는 시어머니의 뜻을 거슬러가며 주도권을 행사하지 못했다. 시어머니가 입버릇처럼 말했듯이 우리 부부는 '둘 다 먹고 놀면서 돈만 쓰는 사람들'이었으니까.

나라도 나가서 돈을 벌어 비싼 약으로 갈고 병원도 바꾸고 싶은 마음은 굴뚝같았으나 현실적인 어려움에 부딪혀 망설이기만 할 뿐 실행에 옮기지는 못 했다.

시어머니는 우리 부부에게 매달 약간의 생활비를 주었다. 그 돈으로 병원비며 용돈은 물론 과일까지도 따로 사먹으라는 것이었는데, 적은 돈이라 매달 약값을 대기도 벅찼다.

당시 그의 약값만 한 달에 10만 원 이상 들어갔다. 거기에 하루에 대여섯 갑씩 피는 담뱃값, 우윳값, 비디오테이프값, 간식값, 옷값

등등이 적지 않았으니 우리의 생활은 늘 빠듯했다.

신학대학에 재학 중이던 나는 결혼 후에도 학교를 계속 다녔다. 야간대학이라 일주일에 네 번만 열심히 출석하면 되었지만 학비는 다른 곳에서 조달해야 했다. 형편이 그러니 생활비를 줄여 신약으로 바꾼다는 것은 꿈도 꾸기 어려운 일이었다.

시어머니가 살림을 꾸리던 1993년까지는 그런 이유로 약을 못 바꾸고 시어머니가 미국으로 떠난 뒤 먹고 살기조차 곤궁했던 시절에는 정말로 돈이 없어서 못 바꾸어, 결국 남편은 1996년 중앙병원에 입원할 때까지 10년 동안이나 같은 병원에서 같은 약을 타다 먹어야 했다.

다리를 절단하는 충격을 받고 신앙과 나에 대한 굳은 신뢰를 갖게 된 뒤로 그의 정신 상태는 매우 좋아져서 리스페리돈이라는 정신건강의학과 약 한 알(2밀리그램)과 MEL(부작용 억제제) 한 알을 저녁에만 먹었다. 수면제는 먹지 않았다.

원래는 정신건강의학과 약을 6밀리그램 정도 먹어야 하는데, 다리를 절단한 뒤에는 이유 없이 왔다 갔다 하는 행동이 절제되기 때문에 4밀리그램으로 충분하다는 의사의 설명이었다. 약 서른세 알을 두 알로 줄일 수 있으리라고는 어느 의사도, 나조차도 상상하지 못했다.

함께 살면서 나는 그가 삶의 의욕이 굉장히 강하다는 것을 알 수 있었다. 병이 심했을 때도 "천년만년 살자"는 말을 자주 했는데, 10여 년이 지난 후부터 진심으로 천년만년 살고 싶어했다. 남들은 그의 병이 생각 밖으로 좋아진 것을 보고, "저만큼 되었으니 이제 보내도 여한이 없겠네"라고 말하기도 하지만 나는 그런 말이 서운했다. 열아홉부터 병원에서 살다 30년 가까운 세월이 지난 뒤에야 사람 사는 듯이 살기 시작한 남편이었다. 산다는 것의 느낌, 사계절의 변화와 새 옷의 감촉, 음식의 맛, 여행의 즐거움 등등 사람이 살면서 느끼는 일상의 기쁨을 그는 하루가 다르게 새록새록 느껴갔다.

더욱 중요한 것은 그가 매우 행복해했다는 점이다. 옛날처럼 잔뜩 찌푸린 표정이나 심한 욕설, 초점 없이 허공을 헤매는 불안한 시선 따위는 찾아볼 수 없게 되었다. 전쟁에 이기고 돌아온 개선장군처럼 당당하고 의기양양한 모습에 나는 긴 세월 동안의 고통과 고생이 눈 녹듯 사라지는 것을 느꼈다.

하지만 나는 그 정도로는 만족이 되지 않았다. 청소년기에 간직했던 꿈과 그때 사귀었던 친구들은 평생을 가는 법인데 그는 자신이 어떤 꿈을 가지고 있었는지, 친구들과 어떤 대화를 나누었는지 기억하지 못했다. 친구도 없다.

아주 사소한 일상이라도 할 수 있게 해달라고 기도했던 나는 그가 청소년기의 기억을 되살리기를, 자신의 소중한 꿈과 친구를 되찾기를 간절히 바라는 마음으로 기도했다.

또 한 가지 바람은 행복하게 천수를 누리다가 하나님이 부르실 때 "예!" 하고 대답하며 편안히 떠나가는 모습을 보고 싶다는 것이었다. 그는 "난 안 죽는다"는 엄청나게 강한 믿음을 가지고 있어 혹 안 가겠다고 버티는 아름답지 못한 모습을 보이면 어쩌나 하는 염려가 되는 것이 사실이었다.

그러나 10년 기도를 들어주신 주님이 나의 마지막 기도 또한 들어주시리라는 믿음이 있었기 걱정하지 않았다. 오직 마음을 다해 기도를 드릴 뿐이었다.

그는 사랑의 씨앗을
남기고 갔습니다

제 3 부

그의 아내로 살 수 있어 행복했다

나 진순이하고 살아!

남편과 부부로 산 지 7년이라는 세월이 흐른 어느 봄날, 아침을 먹고 있는데 일하는 아주머니가 말했다.

"할머니 오늘 미국 가."

그때까지 그 사실을 전혀 모르고 있던 나는 놀라 시어머니에게 물었다.

"어머니, 어떻게 된 일이에요?"

"수진 아빠가 오라고 그랬다. 미국에 오면 잘해줄 테니까 오라고."

정말이지 영문을 알 수 없었고 이해되지도 않았다. 함께 사는 자식에게 아무 내색도 없이 갑자기 미국에 가다니… 그것도 떠나는 전날 일하는 아주머니를 통해 알게 되다니. 하지만 시어머니는 더 이상의 설명도, 해명도 없이 훌쩍 미국으로 가버렸다.

더 기가 막히는 것은 시어머니가 미국으로 가버린 후 시동생이 생활비를 끊어버렸다는 사실이다. 일하는 아주머니 월급은 통장에 꼬박꼬박 넣어주면서 말이다. 나는 아주머니에게 돈을 꾸어가면서 생활을 꾸려나갔다. 그리고 얼마 있지 않아 아주머니도 그만두셨다.

아주머니마저 내보내고 나니까 더욱 막막할뿐더러 집이 너무 크고 부담스러워 집부터 정리하고 살길을 찾아야겠다는 생각이 들었다. 그래서 시동생에게 연락해 집 정리를 요구했다. 그러자 시동생이 대뜸 하는 말이 "아직 고생을 덜하셨군요. 어떻게 인생을 그렇게 사십니까? 지금이 그럴 땝니까?"였다.

"난 다른 욕심 없어요. 이 집을 정리해서 우리 지분으로 작은 집 한 칸 얻어주고 먹고 살 수 있는 생활비만 대주면 다른 부담은 주지 않겠어요."

"허 참, 지금 형수님 개인으로 사시는 얘기가 중요한 게 아닙니다. 회사가 살아야 모두 잘 살 거 아닙니까?"

결국 시동생은 생활비조차 보내주지 않았다. 그때부터 나는 삼청동 집에서 나올 때까지 집에서 신앙상담, 정신장애인 가족상담 등을 해주고 주위 사람들의 도움을 받아가면서 그야말로 극빈자 생활을 했다.

그해 겨울 어느 날, 시동생이 미국에서 전화했다. 생활비도 없이 어떻게 지내시느냐는 안부 인사도 없이 그는 느닷없이 말했다.

"형하고 같이 미국으로 오세요."

"왜요?"

"한국 쪽 사업이 잘 안 되니, 두 분만 피해주시면 부도를 내려구요."

시동생은 남편과 내가 결혼하고 얼마 뒤부터 남편의 미국 비자를 내려고 애써왔는데, 남편을 위해서가 아니라 국내 사업체를 부도내기 위해서였던 것이다. 그런데 남편의 비자는 계속 거부당했다. 정신건강의학과 환자라는 이유 때문이었다. 시동생은 말을 계속했다.

"형은 비자가 안 나오니까 우선 멕시코로 오세요. 거기서 이삼일 있다가 미국으로 밀입국하세요."

"난 그렇게 하면서까지 미국에 가고 싶은 생각은 없어요."

"그럼 형만 보내세요."

"그래요? 본인이 혼자 가겠다고 하면 보내지요."

내가 굳이 나서서 시동생이랑 입씨름하고 싶은 마음은 없었다. 며칠 후 미국에서 시누이가 날아왔다.

"언니, 오빠 데리고 미국 가려고 왔어요."

"안 돼요. 나는 안 가요."

내가 안 간다고 버티자 시누이는 남편에게 말했다.

"오빠, 나랑 미국에 가. 내가 좋은 옷도 사주고 맛있는 음식도 사줄게. 언니랑 사는 것보다 더 잘해줄게."

시누이가 보통 때와는 달리 꽤 애교 있게 말했는데도 그는 꽥 소리를 질렀다.

"이년아, 어딜 와서 지랄이야."

그가 재떨이를 내던지며 소리소리 지르는 바람에 그날은 시누이가 물러갔다. 다음 날 저녁 시누이는 웬 남자를 데리고 왔다. 손에는 큰 가방이 들려 있었다.

"오늘 밤은 롯데호텔에서 자고 내일 미국에 가려고 해요, 오빠 데리구요."

시누이가 들고 온 가방을 내놓길래 나는 남편의 옷을 대충 챙겨주었다. 시누이는 그에게 다가가 말했다.

"오빠, 일어나요. 나랑 미국 가요."

"이년아, 개 같은 년아, 가긴 어딜 가. 니 년이나 가."

그는 입에 거품을 물고 정말 죽기 살기로 욕을 해댔다. 그를 강제로 끌고 가려고 시누이와 함께 왔던 남자는 그가 하도 날뛰니까 겁이 났던지 손도 못 댔다. 어떻게 해서든 형을 미국으로 데려가려던 시동생의 첫 번째 시도는 그것으로 실패한 셈이었다.

하지만 그렇게 물러설 시동생이 아니었다. 적어도 돈을 챙기는 문제에 관해서는 말이다.

1994년 12월, 겨울바람이 매섭게 불던 날, 시동생이 또 미국에서 전화했다. 그를 미국으로 데려가려는 두 번째 시도였다.

"형과 형수님이 미국에 와야겠어요. 한국 사정이 너무 안 좋으니까 하루라도 빨리 들어오지 않으면 위태로워요. 필리핀 쪽으로 해서 제삼국을 통해 들어오거나 아니면 캐나다 쪽으로 밀입국해야 할 거예요. 윤미가 나갈 테니까 윤미 말대로 잘 따라 하세요."

사뭇 명령조였다. 나는 단호하게 대답했다.

"내가 분명히 말했잖아요. 난 미국엔 안 가요."

"그럼 형만 보내요!"

"그래요, 형만 보내겠어요."

시동생에게 잠시 기다리라고 하고 나는 남편에게 말했다.

"큰아버지, 미국에 가세요."

내 말이 떨어지기가 무섭게 그는 화를 내며 욕을 했다.

"이년아, 내가 언제 미국 가서 산다고 그랬어. 나 미국 안 가."

수화기를 통해 이 말을 들은 시동생은 결혼 후 처음으로 '형님'이라는 호칭을 쓰면서, "형님 좀 바꿔주세요" 했다. 그때까지 시동생은 지나가는 말로라도 '형님'이라고 불러본 적이 없었다. 미국에서 모처럼 와도 '형님'은 고사하고 '형' 소리도 제대로 하지 않고 그저 목을 쭉 빼면서 "에, 안녕하셨어요?"가 인사의 전부였다. 뒤에서는 인간쓰레기, 개새끼 소리도 서슴지 않았다. 그런 시동생이 얼마나 아쉬웠던지 '형님' 소리를 다 했다.

남편은 내가 건네주는 수화기를 받자마자, "태성이야? 미국 안 간다고 그랬지. 여기 전화하지 마" 하고는 끊어버렸다. 곧 다시 전화벨이 울렸다.

"형님 좀 바꿔주세요."

바꿔주면 그는 또 끊어버렸다. 그러기를 몇 차례 하고 나자 시동생은 내게 노골적으로 화풀이를 했다.

"야, 이년아, 니가 뭐라고 꼬셨길래 저 미친놈이 저러냐?"

시집살이 몇 년에 독해질 대로 독해져 있는 나였다.

"나한테 이년아 저년아 하지 마. 니네 형제 문제니까 니들끼리 해결해서 가면 될 거 아니야?"

나는 던지듯 수화기를 내려놓았다. 전화벨은 더 이상 울리지 않았다. 며칠 후 시동생 말대로 시누이가 왔다. 시동생으로부터 어떤 말을 들었는지 시누이는 처음부터 험악하게 나왔다.

"너 돈 보고 왔는데, 그 돈 못 주니까 이쯤에서 헤어지고 오빠 순순히 놔줘. 니가 마지막으로 우리 집을 위해서 할 수 있는 일은 오빠를 필리핀이나 캐나다로 데려다 주는 거야. 알겠니, 이년아?"

나이도 아래인 시누이 입에서 거침없이 욕이 튀어나왔다. 나도 맞섰다.

"니가 가란다고 내가 갈 사람이 아니야. 욕 함부로 하지 마."

그 자리에는 내 친정어머니도 함께 있었다. 친정어머니는 보다 못해 시누이를 나무랐다.

"노라 엄마, 노라 엄마도 딸을 둘이나 기르는데, 말 막 하지 마. 그리고 수진 아빠도 그러는 게 아니야. 불쌍한 형 내외한테 이렇게 하면 못써. 남들도 이렇게 대하지는 않아."

사돈 어른의 눈가에 어린 눈물을 빤히 보면서도 시누이는 탁자의 유리를 깨지도록 내리치며 발악했다.

"가, 이년아, 니가 우리 집을 망쳐놨어, 미국에 가!"

"내가 뭘 망쳤다는 거야?"

"이년아, 우리 오빠가 미국만 가면 다 해결된대. 니년이 우리 오빠를 꼬셔서 못 가게 하니까 그게 망친 거지 뭐야."

보아하니 시누이는 이종수 씨를 미국으로 데려가면 시동생에게 한밑천 받기로 한 듯했다. 시누이랑 간다, 못 간다 싸움이 한창인데 미국에서 명희 언니가 전화를 했다.

"큰엄마? 나야."

원래 차분한 목소리지만 그날따라 더 착착 감기는 어조였다. 나는 무뚝뚝하게 물었다.

"웬일이야?"

"응, 다른 게 아니구, 큰아버지 미국에 보내. 수진 아빠보고 같이 살라고 넘기고 위자료 받고 편안하게 살지, 왜 큰아버지를 데리고 있어?"

"그게 말이나 돼? 수진 엄마는 이제 수진 아빠하고는 남남 사이인데 그런 말은 왜 해?"

"수진 아빠가 찾아와서 도와달라고 했어, 큰엄마를 설득할 수 있는 사람은 그래도 나밖에 없다고. 수진 아빠 사업이 엉망인 모양이야. 내 얼굴을 봐서라도 수진 아빠 말대로 해주면 안 되겠어?"

'내 얼굴을 봐서라도?'

참 편리한 사람들이구나 싶었다. 게다가 두어 달 전 명희 언니가 남편과 내게 한 짓이 떠올라 나는 더 이상 말도 하기 싫었다. 내게 한 일들을 다 잊은 것일까? 어떻게 그럴 수가 있을까? 자신이 남편과 내게 한 일을 벌써 잊은 듯 구는 명희 언니를 도저히 이해하기 어려웠다.

지난가을, 조카인 수진이가 결혼할 무렵이었다. 결혼식을 며칠

앞두고 명희 언니는 삼청동 집에 찾아와 내게 수진이가 얼마나 결혼을 잘 하는지 자랑한 끝에 내게 당부했다.

"수진이 시댁에서는 큰아버지가 정신병에 걸렸다는 걸 모르니까 큰엄마만 미국에 와서 결혼식에 참석해. 큰아버지는 데리고 오면 안 돼."

정말 서운했다. 수진이는 남편이 제일 사랑하는 조카였다. 나는 수진이가 여자로서 성숙해 가는 모습을 보면서 '수진이가 결혼하게 되면 그에게 나비넥타이에 멋진 양복 입혀 함께 결혼식장에 가야지' 하는 작은 꿈을 키워오고 있었다. 그런데 가장 사랑하는 조카 결혼식장에 초대받지도 못하다니. 나는 불쌍한 남편 대신 명희 언니에게 분노를 폭발시켰다.

"큰아버지는 미국 비자도 없는데 어떻게 가? 그리고 조카 결혼식에 오란다고 가고 오지 말란다고 안 가? 같은 말이라도 아 다르고 어 다르다고, 수진 엄마가 나한테 그런 말 할 수 있어? 하나님을 믿는다는 사람이 부끄럽지도 않아? 그러면서 무슨 기도를 해? 다시는 여기 오지도 마."

나는 명희 언니를 집에서 내쫓다시피 돌려보냈었다. 순간적으로 결혼식 때 우리에게 했던 짓이 떠오르면서 피가 거꾸로 솟는 듯한데, 다시 수화기에서 명희 언니의 간드러진 목소리가 들렸다.

"큰엄마."

나도 모르게 반말이 튀어나왔다.

"큰엄마? 너 부르라는 큰엄마 아냐."

"그러지 말고 내 말대로 해. 이혼해, 위자료 받고. 큰아버지 넘겨주면 돈 있겠다 큰엄마도 자유롭고 좋잖아?"

"나는 너처럼 돈 보고 온 여자가 아니야. 큰아버지 스스로 제 발로 걸어나간다면 난 말리지 않겠어. 하지만 내 손으로 짐 싸서 내 발로 큰아버지를 데려다 주고 헤어질 수는 없어. 난 그렇게는 못해!"

전화를 끊고 나니 너무 속이 상해 남편을 붙들고 엉엉 울었다.

"큰아버지, 수진 엄마도 그렇고 태성이도, 윤미도 그러니까 당신 여기서 잘 판단해. 당신 정신병에 걸렸다고 그러지 말고 내 말을 잘 들어, 진순이 말을 잘 들어. 당신 누구하고 살 거야. 후회하지 말고 잘 듣고 대답해."

그러자 그도 내 말을 알아들었는지 눈물을 흘리면서 말했다.

"나, 나 진순이하고 살아!"

"노라 엄마, 들었지? 큰아버지도 미국에 가기 싫대. 정 데려가겠다면 내가 하루 집을 비워줄 테니까 나 안 보는 데서 데려가."

시누이는 희색이 만면해서 돌아갔다. 머릿속이 멍했다. 더 이상 눈물도 나오지 않았다. 시동생이 나와 남편을 갈라놓고 그만 미국으로 데려가려는 이유는 명백했다. 재산 때문이었다. 재산이 공동 명의로 되어 있었기 때문에 그만 미국으로 데려가면 자기 마음대로 할 수 있으리라는 속셈이었다. 그러나 천만에! 남편 인감도장은 내가 가지고 있었다.

어리석은 인간들! 약한 사람을 짓밟을 줄만 알았지 그 정도도 헤아리지 못하는 단순하고 못난 인간들!

내 가슴 속에는 그들을 향한 비웃음과 미움과 분노가 가득했다. 그러나 그러한 마음을 갖는다는 것은 하나님이 원하시는 바가 아니었다. 나는 그들을 미워하지 않게 해달라고 몸부림치며 기도했다.

'주님, 들으셨지요. 큰아버지 동생들이 우릴 헤어지게 하려고 하고 있어요. 하지만 주님이 헤어지라 하시면 헤어지지만 인간들이 헤어지란다고 헤어지나요? 그들은 하나님이 무섭지도 않은가 봐요. 인간들이 누리는 평범한 생활도 하지 못하고 사는 우리 부부에게 그들이 무슨 할 말이 있을까요. 할 말이 있다면 주님께 더 의지하라는 기도를 해주면 그만일 텐데. 주님은 엄청난 고통을 참으시며 십자가에 못 박히셨습니다. 그 보혈로 죄를 씻어주시려고요. 주님, 그들의 죄를 용서해 주세요. 그들은 사탄에게 희롱당하고 있는 어리석은 자들입니다. 주님의 보혈로 씻어주세요. 그들을 미워하기도 싫어요. 욕하기조차 싫어요. 그저 그들이 불쌍할 따름입니다. 그들이 갖고 있는 우리 부부에 대한 생각을 없애주세요. 오직 이 기도뿐입니다.'

12월 22일, 시누이가 그를 데려가기로 한 날이었다. 삼청동 집은 친정어머니에게 맡기고 시누이가 오기 전에 나는 정 선생과 함께 새벽차를 타고 강릉 바다에 갔다. 인간적인 고통에 허덕이는 나의 몸을 짙푸른 동해 바다에 던져버리고 싶었다.

'주님, 요즘 겪는 고통은 참을 수가 없을 정도입니다. 견디기가 힘겨워 자꾸 지쳐갑니다. 그리고 슬픕니다. 주님의 종이 슬프면 안 되는데, 슬픈 순간은 주님의 종에서 벗어나는 것이겠지요. 하지만 종이 벗어난다고 종이 아닌가요. 주님, 이종수 씨의 동생들을 주님의 이름으로 기도하며 사랑해야 한다는 것을 알면서도 그들을 생각하면 화가 나고 가슴이 터질 것만 같이 답답합니다. 주님, 주님의 종, 진순이 어찌해야 합니까? 요즘은 잠을 자다 머리가 깨지듯 아파 깨어납니다. 참을 수 없는 아픔에 약을 먹습니다. 눈물을 흘리며 약을 먹습니다. 얼마나 어리석은 진순이인지요. 주님, 진순이에게 숨쉴 틈도 주지 마시고 고통을 주셔서 진순이가 슬퍼할 시간조차 없게 하여 주세요. 미워할 시간조차 없게 하여 주세요. 진정으로 주님께 기도드립니다.'

1박 2일의 여행을 마치고 집으로 돌아왔다.

'이제 큰아버지는 집에 없겠지.'

혼란한 정신 속에서도 나와 눈이 마주치면 이따금 환하게 웃어주던 그 미소를 다시는 볼 수 없으리라는 생각에 눈물이 왈칵 나왔다. 그런데 뜻밖에도 남편은 집에 있었다!

"어떻게 된 일이야?"

"얘, 이 서방 정말로 멀쩡하더라."

친정어머니 말을 들어보니 시누이가 장정 두 사람을 대동하고 왔는데, 그가 비장애인처럼 동생을 마구 몰아붙이더라는 것이었다.

"니네들이 나한테 뭐 해준 게 있어? 나 진순이랑 행복하게 살게 놔둬. 괴롭히지 마. 니네들이 날 괴롭히지 않으면 난 잘 사니까 내버려둬. 잘 살고 있는데 왜 와서 괴롭혀?"

그가 악을 써가며 사람 죽일 듯이 난리를 치자 장정 두 사람이 어떻게 해볼 도리가 없어 돌아갔다는 것이었다. 그 말을 들으며 가슴 속 가득 무언가 뜨거운 것이 꿈틀거렸다. 그리고 눈물이 핑 돌았다.

'저 사람이 나를 정말 사랑하는구나.'

비록 여느 부부처럼 살갗 비비며 따습게 정 나누며 살아가지는 못하지만 나와 헤어지지 않으려고 온몸을 던져 막은 남편이 자랑스럽고 가슴 뭉클하게 사랑스러웠다. 그 일이 있었던 후 시동생은 그와 나를 떼어놓으려는 계략을 포기했는지 다시는 그 문제를 거론하지 않았다.

가족에게
몇 번이나 버림받은 아픔

재산 때문에 남편을 어떻게든 미국으로 데려가려던 시동생과 시누이가 더 이상 우리를 괴롭히지 않게 되자, 우리는 모처럼 마음 편한 시간을 보냈다.

그러나 그것도 잠시뿐. 다음 해 여름 모 신용금고에서 삼청동 집을 경매에 넘긴다는 통보가 날아들었다. 시동생이 집을 담보로 빌린 돈을 못 갚아 집이 날아가게 생긴 것이었다. 당시 그 집은 그와 시동생의 공동 명의로 되어 있었다. 나는 미국에 전화했다.

"이 집이 경매로 넘어간대요. 집을 팔게 수진 아빠 인감을 보내주세요. 그러면 집을 팔아 빚을 갚고 나머지는 나눠 가져요."

"그 집을 줄 테니 대신 형 인감을 줘요. 선유리 땅 처분하게."

"그건 안 돼요. 설사 다른 재산이 없다 해도 형 인감은 못 줘요."

"그럼 나도 인감을 못 줘요."

결국 삼청동 집은 경매로 넘어갔고 그와 나는 빈 몸으로 거리로 나앉을 형편이 되었다. 온 동네에 그와 내가 실권도 없고 돈도 없다는 소문이 파다하게 나자 집을 산 사람은 깡패를 네 명이나 보내 우리를 협박했다.

"한 달 안에 집 비워주지 않으면 재미없을 줄 아쇼."

이미 악에 받칠 대로 받쳐 있던 나는 핏대를 세우며 대들었다.

"우리 남편이 정신병 환자야. 니들, 나나 우리 남편 머리카락 하나라도 건드리면 가만히 안 둘 줄 알아!"

서울 천지에 남편과 내가 갈 곳은 그 어디에도 없었다. 막막한 심정으로 이삿짐을 싸면서 그래도 조금이나마 내 마음에 힘이 되었던 것은 2층에 가득한 골동품이었다. 그것들을 처분하면 아쉬운 대로 방 한 칸은 얻겠지 싶었다.

인사동에서 고서화를 다루시는 분과 도자기를 전문으로 하시는 분을 모셔다 감정을 의뢰했다. 그런데 감정 결과는 너무나 뜻밖이었다.

"아주머니도 모르셨어요? 이 집에 있는 건 다 가짭니다."

"네? 그럴 리가 없어요. 다시 한 번 잘 좀 봐주세요."

애원하는 내 목소리는 떨리고 있었다. 두 다리의 힘이 쭉 빠졌다.

"틀림없어요. 도자기 하나에 만 원씩은 받을 수 있으려나…."

시댁 식구들은 이 사실을 알고 있었을까, 모르고 있었을까. 알면서도 내가 골동품 하나 내놓지 않고 전부 차지하려고 한다며 그 난리들을 쳤을까. 몰랐다면 그동안 그렇게 여러 번 들락거리면서도 왜 한 개라도 가져가지 않았을까.

"그럼 죄송하지만 이 물건들을 보관할 만한 곳은 없을까요? 저희는 이 집을 비우고 이사를 가야 하는데, 가지고 갈 수가 없어서요."

삼청동 집에 있던 가짜 골동품들은 지금도 인사동의 어느 화랑에 보관되어 있다.

'가짜라구? 위선에 싸인 이 집 사람들하고 아주 잘 맞는 장식품이군.'

주체할 길 없는 실망감 속에서도 쓴웃음이 나왔다.

이사 갈 집도 정해놓지 못하고 막막한 가운데 이삿짐을 싸는데, 갑자기 전기가 나갔다. 다른 집도 나갔나 싶어 동네를 둘러보았지만 환히 불이 밝혀져 있었다. 이상하게 생각하고 한전에 전화를 걸어보니, 전기세를 몇 달 동안이나 내지 않아 전기를 끊었다는 대답이었다.

이어서 전화가 끊기고 가스가 끊겼다. 하다못해 자동차세까지 모든 세금이 체납된 상태였다. 시동생이 생활비는 끊었지만 그래도 세금은 꼬박꼬박 내주고 있는 줄 알았으나, 그게 아니었다.

가까운 친구들에게 돈을 빌려 급한 대로 몇 가지 세금을 내고 한숨 돌리려는데, 마른하늘에 날벼락처럼 이번에는 세무서에서 60억 원의 세금을 내라는 고지서가 날아왔다. 지하 셋방 하나 얻을 돈도 없는 우리가 어떻게 그 많은 세금을 감당한단 말인가! 눈앞이 캄캄했지만 어떻든 해결책을 찾아야 했다. 나는 급히 세무서로 달려갔다.

"저희한테 60억 원이나 되는 세금을 내라고 고지서가 왔는데, 왜 우리가 이렇게 엄청난 세금을 내야 하나요?"

알아보니 충무로에 있는 회사 소유의 건물과 풍납동의 땅을 대표인 시동생이 매매했는데, 당사자인 시동생과 일정 지분을 가졌던 시어머니가 한국에 없으니 이차 납세의무자인 그가 법인세, 양도소득세 등 모든 세금을 내야 한다는 내용이었다.

시동생이 한국에서 챙길 것 다 챙겨가고 시어머니마저 미국으로 모셔가고 어마어마한 세금만 정신병 환자인 형에게 떠넘겼다는 걸 그제야 깨닫고 나는 망연자실 넋을 잃었다.

시어머니도 이해할 수 없었지만, 시동생은 더더욱 이해할 수 없었다. 노인들이야 나이가 들수록 아집을 버리려는 노력을 안 하게 되고 사리분별이나 판단력도 흐려질 수 있지만, 시동생은 아직 한창때가 아닌가?

형제끼리의 의리나 신의를 떠나 시동생은 재산을 자기 맘대로 할 권리가 없었다. 형제 입장에서는 어려운 형제를 도와줄 수도 있고 안 도와줄 수도 있다. 하지만 삼청동 집이든, 자신이 경영하는 회사든 분명 부모의 재산이었고 남편은 아버지의 재산을 같이 쓸 수가 있었다. 더군다나 이종수 씨는 장남이 아니던가? 남편은 시동생이 손에 쥐고 좌지우지하는 재산을 누릴 권리가 있었다. 그런데도 시동생은 병들어 고생하는 형을 돕기는커녕 형이 어려움에 처했는데도 외면했다.

세금 문제를 해결하기 위해 나는 거의 날마다 이리저리 뛰어다

냈다. 그런데 그 무렵 저녁에 집에 돌아오면 방바닥 여기저기에 콩알만한 핏자국이 찍혀 있곤 했다. 친정어머니는 이상하다는 듯 말했다.

"얘, 저 핏자국 좀 봐라. 내가 오늘 분명 청소를 했는데, 또 저렇게 찍혀 있구나."

세금에만 넋이 빠져 있던 나는 친정어머니의 걱정을 한 귀로 흘려들었다. 집안에만 들어서면 수챗구멍 썩는 냄새가 났어도 집이 워낙 오래돼서 그런가 했다.

그러던 어느 날, 남편이 의자에 발을 꼬고 앉아 있는데 오른쪽 엄지발가락 밑이 새카만 게 눈에 띄었다.

"큰아버지, 이게 뭐야?"

그의 다리를 들고 발밑을 들여다보니, 살이 새카맣게 썩어 있었다. 티눈이 생긴 걸 나한테 말하지 않고 자꾸 뜯다 보니 썩은 모양이었다. 수챗구멍 썩는 냄새는 거기서 나는 것이었다.

"아이구, 세상에! 살이 썩었네? 안 아파?"

"안 아파."

그는 열이 39도까지 올라도, 기침이 숨을 못 쉬도록 터져 나와도 아프다는 법이 없었다. 극도의 병원공포증이랄까, 아프다고 하면 다시 정신병원에 집어넣을까 봐 무서워서 그러는 듯했다.

병원이란 데 얼마나 질렸으면 그 지경이 되도록 아프다는 말 한마디 하지 않았을까? 그동안 세금 문제에 정신이 팔려 그에게 무심했던 내 탓이었건만 답답하고 속이 상해 가뜩이나 아파 죽을 지경인 그를 마구 나무랐다.

그때라도 빨리 병원에 데리고 가야 했지만 세금 문제가 아직 해결이 덜 된 상태였고 이삿날은 다가오는데 50년 이상이나 묵은 살림이며 짐을 처리하는 것도 보통 일이 아니었다. 남편을 병원에 데리고 다니는 일도, 집안일도 모두 내가 해야 했다.

어떻게 할까 고민하다 짐 정리부터 하기로 했다. 우선 당장 쓸 만한 짐만 챙겨 친정 막냇동생에게 보내놓고 나머지 대부분은 새로 이사 올 사람에게 처분을 맡기기로 하고 이사 비용으로 천만 원을 받았다. 남편과 나는 꼭 필요한 짐만 챙겨서 우선 정 선생 집으로 갔다. 그러기까지 일주일 가량이 걸렸다.

1996년 7월 22일, 나는 그를 병원에 데려갔다.

'티눈 치료니까 오래 걸리진 않겠지.'

그러나 응급실에서 간단한 처치만 받으면 될 줄 알았던 내게 의사의 진단 결과는 또 한 번 충격을 안겨주었다.

"급성 당뇨입니다."

"그럴 리가 없어요. 당뇨라니요?"

"최근에 집안에 무슨 놀랄 일 없었습니까?"

의사의 말인즉 당뇨가 없던 사람도 심한 충격이나 스트레스를 받으면 급성 당뇨에 걸릴 수 있다는 것이었다. 그러고 보니 집에서 나가야 한다는 말을 한 뒤로 그는 몹시 불안해 했었다. 혼자서 울기도 하고 식사도 잘 못했다. 게다가 하루하루 눈에 띌 정도로 급속히

야위어갔다.

"급성 당뇨라면 어떻게 해야 하나요?"

"입원을 해야죠. 균이 어디까지 침투했는지 검사해 봐야 알겠지만 심하면 발을 절단해야 할지도 모릅니다."

순간 눈앞이 노래졌다.

'정신장애에 지체장애까지 가져야 한다니, 하나님, 이 일을 어떻게 하면 좋습니까? 주님, 부디 불쌍한 이종수 씨를 지켜주세요.'

결국 그는 단순한 티눈 치료를 받으러 갔다가 병원에 입원해야 하는 신세가 되었다.

그가 정신건강의학과 환자라는 사실을 알리자 병원 측에서는 긴장하는 기색이 역력했다. 정신건강의학과 병동으로 입원시키는 것이 어떠냐는 것이었다. 나는 급성 당뇨에 발가락이 썩어 균이 어디까지 침투했는지 모를 중환자를 데려온 것이지 정신병 환자를 데려온 것이 아니라며 버티었다. 병원 측에서는 1인실에 보호자가 반드시 옆에 있어야 한다는 조건으로 입원을 허락했다. 할 수 없이 비싼 1인실에 입원했다. 당장 살 집도 없었으나 어쩔 도리가 없었다. 나는 그를 정신병동에 입원시키고 싶지 않았다. 병실에 올라가 환자복으로 갈아입히고 나니까 그가 나를 붙잡으며 물었다.

"정연경이처럼 나를 병원에 놔두고 진순이도 갈 거야?"

그 말을 듣는 순간, 가슴이 아프게 저려왔다. 나는 그의 눈을 똑바로 들여다보며 확신에 찬 목소리로 말했다.

"여기는 정신과 병동이 아니구 일반 병동이라는 데야. 일반 병동에는 보호자가 있어야 돼."

그렇게 말했지만, 27년 동안이나 폐쇄 병동에 갇혀 있다 56세에야 처음으로 일반 병동에 들어온 남편은 못내 마음이 놓이지 않는 듯했다. 나는 남편과 밥도 같이 먹고 옆에 앉아 이런저런 얘기도 하고 손잡고 기도도 하며 절대로 곁을 떠나지 않는다는 믿음을 주려고 노력했다.

지체장애의 불편함까지

입원 첫날 밤에는 남편은 10분이 멀다하고 자꾸 날 찾았다. 몹시 불안해하며 깊은 잠을 이루지 못했다. 그러다 이튿날부터는 조금씩 안정을 되찾아 그를 휠체어에 태우고 주변 산책도 했다.

그는 휠체어 타는 것을 굉장히 좋아했다. 무슨 벼슬이라도 한 양 의기양양한 표정에 웃느라고 입이 다물어지지 않았다. 당시엔 요령이 없어 어깨가 빠지게 휠체어를 밀고 병원 이곳저곳으로 다니면서 '정말 이 사람을 데리고 어디로 가야 하나' 하는 걱정이 태산 같은데, 남편은 몸이 불편해서 어쩔 수 없이 탄 것인 줄도 모르고 남들이 안 타는 걸 자기만 탔다고 자랑스러워했다.

그리고 폐쇄된 정신병원이 아니라 시설 좋은 일반 병원 1인실에 있다는 것도 퍽 만족스러운 모양이었다. 사실 그는 다른 사람과 함께 병실을 쓸 형편이 못 되었다. 나중에 돈 때문에 2인실을 쓴 적이 있었는데, 옆자리에 들어오는 환자마다 병을 얻어 나가곤 했다. 자기가 잠이 안 오면 밤 열두시가 되도록 불을 안 끄고 텔레비전도 크게 틀어놓고, 음식 먹는 것까지 일일이 상관해 식사 때마다 밖에 나가 먹고 들어와야 했으니 상대 환자가 못 견디고 나갈 만도 했다.

간호사들이 그의 비위를 맞추어주느라고 "아저씨 경제적으로 여유가 있으신가 봐요" 하면, 어깨를 쭉 펴며 "난 재력가예요!" 했다. 또 찾아오는 사람마다 자랑했다.

"이 병원에는 아무나 오는 게 아네요. 돈이 있어야 와요."

기분이 좋아선지 남편은 계속되는 검사며 주사, 치료도 잘 참아주었다. 입원 이틀 후부터는 인슐린을 맞기 시작했다. 죽는 날까지 맞아야 한다는 주사를. 간혹 배에 힘을 주어 간호사가 애를 먹기도 했지만 그런대로 잘 견디었다.

그러던 어느 날, 한밤중에 열이 39도 가까이 올라갔다. 찬 물수건으로 온몸을 닦아주며 눈물로 기도했다.

'제발 주님께서 안수해 주셔서 이 열을 내려주세요. 어떻게도 표현할 길 없는 제 마음은 눈물만이 알겠지요. 주님, 저의 눈물은 너무도 뜨겁습니다. 제 가슴 속 가득한 이 분노의 열도 내리기를 빕니다.'

아침이 되니 비가 쏟아졌다. 저 비만큼 울어야 내 눈물이 바닥이 나려나 싶었다. 검사와 치료는 계속되고 그는 여전히 아무 말도 하지 않았다.

"아프지? 불평 좀 해봐. 신경질이라도 좀 내봐."

그는 묵묵부답이었다. 그 마음속으로 무슨 생각을 하고 있을까

애처롭기만 했다. 밤이 되자 그가 문득 물었다.

"진순이, 나 여기서 또 정신병원으로 혼자 가야 되나?"

"아니, 왜 그런 생각이 들어?"

"그럼 됐어."

"우린 집으로 갈 거야."

하지만 우리에겐 갈 집이 없었다. 그래도 나는 재차 말했다.

"집에 갈 거야. 여기서 발이 다 나으면 집에 갈 거야. 난 당신 혼자 입원 안 시켜. 걱정 마."

또 눈물이 왈칵 나왔다. 밤새 잠을 거의 못 이루고 아침을 맞았다. 간호사가 병실에 오더니 "어젯밤에 아저씨 약 드셨지요?"라고 물었다.

약이란 정신건강의학과 약을 말했다. 괴롭게도 의사들이며 간호사들은 날 볼 때마다 아저씨 약 드셨느냐고 물었다. 약을 안 먹이면 무슨 큰일이라도 난다는 듯한 표정으로. 내가 식당에 갔다 오기만 해도 인턴이나 레지던트들이 우르르 몰려와 호령했다.

"아줌마, 어디 갔다 와요?"

"밥 먹고 와요."

"참, 아줌마가 지금 그럴 때예요?"

"왜요?"

"아저씨 지켜야지요."

병원에서 일하는 사람들마저 정신병 환자에 대한 편견이 그 정도이니 일반 사람들이야 오죽하랴 싶어서 그에 대한 걱정이 더 무거워졌다. '내가 없으면 그와 의사소통이 전혀 안 되니 그럴 만도 하겠지' 하는 생각을 위안으로 삼았다.

"내일 수술할 겁니다."

담당 의사에게 이 말을 듣는 순간 살이 아프고 시려왔다. 수많은 검사 끝에 마침내 엄지발가락 위 10센티미터 부위를 절단하기로 했다는 것이었다. 내가 대신 수술을 받으면 안 될까 하는 안타까운 심정이 일었다. 성경 공부 때 인생을 공자는 어려울 난(難), 석가는 괴로울 고(苦), 예수님은 고난이라고 했다는데, 정말 내게는 인생이 어려움과 괴로움으로 가득했다.

'주여, 당신의 뜻을 어떻게 펼치시기를 원하시는지요. 오로지 주님의 뜻으로 이루어주십시오. 인간의 뜻으로 생각하지 않게 해주시며 온전히 주님의 뜻으로 되어주시기를 기도합니다. 주여, 도와주옵소서. 당신의 온전한 뜻으로 사탄의 역사가 일어나지 않게 하옵소서. 이종수, 그 사람은 이 세상에 와서 한 일이라고는 정신과 약을 37년 동안 먹은 것밖에 없습니다. 그 약을 먹이려 이 땅에 보내주신 것은 아니겠지요. 주님, 당신의 뜻은 어디에 숨어 계신가요. 주님, 당신이 숨으시면 아니 되십니다. 온전히 안고 계셔 주십시오.'

남편은 수술해야 한다는 얘기를 들은 뒤로는 하루 종일 눈도 뜨지 않고 잠만 잤다. 매우 침통한 얼굴이었다.

수술 전날 밤 열두시부터 금식이었다. 나도 금식을 했다. 오후 두시 수술 시간이 다가오자 다리가 떨리고 난데없이 잠이 쏟아졌다. 아무것도 하기가 싫었다. 울음이 복받쳤지만 수술실에 들어갈 사람

앞에서 눈물을 보일 수는 없었다.

그를 수술실에 들여보내고 대기실에서 기다리는데, 온몸에 경련이 일어나고 뒤틀렸다. 서 있기도 싫고 앉아 있기도 싫고 눕고만 싶었다. 두 끼를 금식했는데도 토할 것만 같았다. 멀미가 났다. 내 엄지발가락이 이상한 느낌이 들었다.

수술은 예정된 시간보다 길어졌다. 한 시간 정도 한다고 했으나 두 시간이 되도록 회복실에 이름이 오르지 않았다. 정신건강의학과 약을 너무 오래 먹어 전신마취를 하지 못하고 부분마취를 한다더니, 전신마취를 한 건가. 그러면 간에 해롭다는데. 걱정이 밀려들었다. 몸이 떨렸다. 정 선생이 사다준 쌍화탕을 먹고 나니 추운 기가 좀 가셨다. 늘 고마운 정 선생이었다.

세 시간째가 되자 더욱 초조해지면서 갖은 나쁜 생각이 다 들었다. 그 순간 수술실에서 나오는 남편과 마주쳤다. 그는 날 보자마자 웃으면서 손을 내밀었다. 우리는 서로 손을 꼭 잡았다.

병실에 옮겨놓고 보니 남편은 개선장군같이 보였다. 그는 자랑스럽게 말했다.

"진순이, 수술실에서 내가 세 번 큰소리를 쳤더니 방으로 보내준 거야."

"뭐라고 했는데?"

"진순이한테 보내줘요, 하면서 큰소리쳤지."

그렇게 말하는 그의 표정이 위대해 보였다. 우리는 다시 손을 맞잡고 "참 잘했다"라고 칭찬하면서 전쟁터에서 싸우고 돌아온 용사들처럼 소리 내어 웃었다. 그때 수술을 담당했던 의사들이 들어왔다.

"아주머니, 절단은 했는데 내일 소독할 때 보시겠지만 꿰매지는 못했습니다."

"네? 왜요? 왜 안 꿰매요?"

"균 때문에 꿰맬 수가 없었어요."

"그럼 어떻게 해야 하나요?"

"어느 정도 소독을 하고 검사를 해보고 나서 다시 절단해야겠지요."

"다시 절단한다면, 어디까지…?"

"아마 종아리까지 해야 할 겁니다."

'아이구, 하나님, 이게 어찌 된 일입니까?'

가슴속에서 기도와 한탄이 터져 나왔지만 의사들 앞에서 내색할 수도 없는 일이었다. 그저 잘 부탁한다는 말밖에 할 수 없었다. 그리고 조심스럽게 덧붙여 물었다.

"재수술은 언제 하게 되나요?"

"그거야 모르죠. 검사 결과를 봐야 하니까."

망연자실해 있는 나를 정 선생이 밥 먹고 기운 차려야 한다며 끌고 나가 잠시 나갔다 돌아오니 친정어머니와 간호사가 야단이 났다. 그가 화장실에 가고 싶다고 해서 누운 상태로 변기를 넣어주려고 하니까 벌떡 일어나 화장실을 걸어갔다 왔다는 것이었다. 수술 후 꿰매지도 못한 발가락으로. 수술한 의사가 나를 보더니 보호자가 환자 상태가 별거 아닌 것으로 알고 있다며 야단을 쳤다. 나는 속으로는 '네가 어찌 내 마음을 헤아릴 수 있겠니?' 하면서도 미안하다고 사과를 했다.

그는 밤새도록 신음을 냈다. 의사와 간호사는 빨리 정신건강의학과 약을 먹이라고 했다. 그 상황에서 정말 기가 막힌 소리였다. 그러면서 하는 말이 "내일 날이 새는 대로 정신과 의사와 상담해서 폐쇄 병동으로 옮기지요"였다. 그동안은 의사의 말에 순종했던 나였지만 그때만은 참을 수가 없었다.

"당신은 정형외과 의사지 정신과 의사가 아니잖아요? 정신건강의학과라면 내가 당신보다 백배 천배 더 잘 아니까 걱정 말아요!"

긴 밤이 슬프고 슬펐다. 그가 오줌을 참지 못하고 누운 채 일을 봐서 시트를 갈아대느라 자는 둥 마는 둥 했다.

다음 날 오후, 소독을 하기 위해 남편을 침대에 눕힌 채 처치실로 갔다. 그의 엄지발가락이 없어졌다는 사실을 눈으로 확인하는 순간, 나는 도저히 보고 있을 수가 없어 그 자리에 주저앉고 말았다.

"아니, 아줌마, 어디 앉는 거예요?"

의사와 간호사가 소리를 쳤지만 정신을 차릴 수가 없었다.

'오, 주여, 주여, 주여! 당신께 무슨 기도를 드릴까요. 알려주세요. 저는 벙어리며 귀머거리며 글도 모르는 무식쟁이입니다. 당신은 이 세상을 구원하시려고 십자가에 못 박히셨습니다. 사랑 그 자체이신 주여, 그 사랑은 지금 어디에 있습니까? 그에게도 당신의 사랑 좀 베풀어주십시오!'

가까스로 일어서려는데, 다리에 좀처럼 힘이 주어지지 않았다.

그의 발은 꼭 토막 난 생선을 보는 것 같았다. 그는 아프다면서 악을 썼다. 의사가 내게 말했다.

"아주머니, 환자의 상태가 심각하니까 정신 차려서 간호 잘 하세요. 그리고 혈액 순환이 안 되고 있으니 공기 침대를 사서 쓰도록 하세요."

의사 말대로 공기 침대를 사서 남편을 눕혔다. 그는 누워서 발을 자주 쳐다보았다. 머리를 들고. 그러고는 나를 한 번씩 쳐다보았다. 마치 병아리가 물 한 모금 입에 물고 하늘 한 번 쳐다보고, 또 한 모금 입에 물고 하듯이.

이튿날, 나는 결국 처치실에서 소리 내어 울고 말았다. 의사는 나를 위로했다.

"진정하세요. 간호하셔야 하니까 기운 내시구요."

나도 남을 위로하는 입장에 있다면 얼마나 좋을까. 그 순간만큼은 남에게 위로받는다는 것이 너무 싫었다.

'주님, 그의 엄지발가락 보셨지요? 저 고름! 어떤 균이길래 이다지도 안 죽을까요? 제 눈에 보였으면 밤새도록이라도 제 손으로 죽이고 싶어요.'

항생제를 맞을 때마다 간호사와 그는 진땀을 뺐다. 항생제를 너무 맞아 혈관이 굳어져 바늘이 잘 들어가지 않았다. 그는 계속 소변을 기저귀로 받아내니까 화장실에 가서 시원하게 일을 보고 싶다고 호소했다.

"큰아버지, 참아. 응? 참아야 집에 빨리 가지."

그를 달래는 중에 정신건강의학과 의사가 찾아와 면담을 했다.

"나로서는 도저히 이해가 안 가는게 있어서 그러는데요…."

"말씀하세요."

"이종수 씨가 어떻게 27년 동안이나 병원 생활을 할 수 있었는지 납득이 가지 않는군요. 어떻게 병원마다 7, 8년씩 장기 입원을 시킬 수가 있었는지요?"

정신건강의학과 의사는 내가 거짓말을 하는 것이나 아닌가 싶었는지 자꾸만 같은 질문을 하고 또 했다. 난 대답하기가 싫었다. 뒤이어서 담당 의사가 들어왔다.

"의족 하기엔 더 쉬워졌어요. 역시 종아리까지 잘라야겠어요."

그런 말을 쉽게도 했다. 내가 의사 입장에 서고 싶었다. 그들은 당당한데 나는 초라하고 마음이 아팠다. 순간적이지만 죽고 싶다는 생각도 들었다.

재수술을 할 때까지 그는 하루에 두 번씩 고압산소실에 들어가야 했다. 오전에는 온몸이 다 들어가고 오후에는 다리만 들어갔다. 고압산소실에 들어가면 새 살이 빨리 나오므로 그 치료가 반드시 필요하다는 것이었다.

내 눈에 고압산소실은 꼭 뚜껑 덮은 관 같았다. 남편 눈에도 그렇게 보였을까, 안 들어가겠다고 몸부림을 하는 바람에 애를 먹었다. 그를 관 같은 곳에 넣어두고 밖에서 한 시간씩이나 기다려야 하는 내 심정도 참담했다. 나는 기도로 마음을 위로했다.

'주님, 저는 그를 사랑해요. 주님도 사랑합니다. 이종수 씨를 주님

께서 부르시는 그날까지 제가 주님 이름으로 최선을 다하도록 도와 주세요.'

첫 수술을 한 지 15일 후에 발뒤꿈치에서 15센티미터 되는 부위를 절단하는 수술을 했다. 그런데 수술을 마치고 나온 의사 말이 또 못 꿰매고 나왔다는 것이었다. 그 소리를 들으니 입 안의 침이 바싹 말랐다.

"왜 또 못 꿰맸어요?"

"균이 있어서 못 꿰맸지요."

그때부터 남편은 하루 24시간 내내 항생제를 맞았다. 의사 말에 의하면 전 세계에서 제일 비싸고 좋다는 항생제였다. 그리고 3일마다 피 주사를 네다섯 개씩 맞았다.

절단한 다리를 날마다 아침저녁으로 소독하는 것도 큰일이었다. 다른 사람들은 절단한 다리 높이에 맞추어 소독액 용기를 대주면 다른 쪽 다리로 몸을 지탱하고 서서 별로 힘을 들이지 않고 소독을 했다. 그런데 그는 그렇게 세워둘 수가 없었다. 생각다 못해 나는 침대에 같이 누워 그를 끌어안아 다리를 아래쪽으로 내리게 하고 두 사람은 다리를 한쪽씩 붙들게 해 세 사람이나 달라붙어 힘겹게 소독을 시켰다. 한 시간씩 그런 자세로 힘을 쏟고 일어나면 팔다리, 허리, 온 몸뚱이가 안 아픈 데가 없었다.

더욱이 그는 식사를 전혀 못 하고 주사로 연명했다. 체중이 38킬로그램까지 떨어져 혼자 서기는커녕 앉지도 못했다. 병원 측에서는 나에게 15퍼센트 알부민을 외부에서 사서 오라고 했다. 하지만 도

매시장을 다 돌아다녀도 구할 수가 없었다. 환자 돌보기에만도 힘이 부친 보호자에게 시중에 흔치도 않은 약을 구해 오라는 것은 아무래도 너무한 일인 듯싶었다. 나는 의사에게 강력히 항의했다.

"나는 도저히 그 약을 살 수가 없어요. 그런 약은 병원에서 사다가 줘야 할 것 아니에요? 조금 비싸도 좋으니 그렇게 해주세요."

결국 병원 측에서는 내 요구를 들어주었다. 문제는 돈이었다. 일주일에 한 번씩 알부민, 피 주사, 항생제값을 정산하는데 그때마다 270만 원씩 나왔다. 나는 몇백 원짜리 피로회복제 하나 못 사먹으면서, 남편은 언제 퇴원할지 기약도 없는 가운데 친구와 친정 동생들에게 돈을 빌려 병원비를 쏟아 붓는 심정은 참담했다.

환자의 상태가 호전되기라도 하면 그나마 위안이 되겠지만 그는 체력이 나빠질 만큼 나빠진 나머지 일시적인 치매 증세까지 보였다. 나를 못 알아보고 "진순이 좀 불러줘" 할 때는 눈물만 하염없이 흘릴 뿐이었다.

나 혼자 밤낮으로 애쓰는 모습을 보며 간호사는 "아주머니, 매일 밤 혼자 지키면 힘들어요. 자식 없어요?" 했다. 혼자라도 밤에 좀 자면 피로가 풀릴 텐데, 수시로 기저귀를 갈아주느라 거의 잘 수가 없었고 하룻밤 집에 가 쉬고 올 수도 없었다. 갈 집도 없었지만….

입원한 지 한 달 반여 만에 세 번째 수술을 하게 되었다. 지난번보다 5센티미터 가량 더 자르는 수술이었다. 이번이 마지막 수술이려니 했다. 그런데 또 못 꿰매고 나온 것이었다! 나는 정신을 잃고 쓰러졌다.

그때부터 그는 열이 40도까지 올라 떨어질 줄 몰랐다. 20일 동안이나 혼수상태에 빠져 있는 그를 보며 나는 아무것도 할 수가 없었다. 보는 사람마다 이구동성으로 말했다.

"하나님이 때가 되어 부르시나보다. 하나님 곁으로 보내라."

그러나 나는 아직 그를 하나님 곁으로 보낼 준비가 되어 있지 않았다.

'하나님, 갈 집은 없지만 한 번만 둘이 같이 나갈 수 있게 해주세요. 그다음에 데려가시는 것은 저도 동의하겠습니다.'

내가 할 수 있는 기도뿐이었다. 나는 하나님께 나의 온 존재를 다 내맡긴 채 기도에 기도를 거듭하였다. 나를 붙잡아주고 격려하고 힘을 주는 것은 기도뿐이었다.

함께
기도하며 빛을 찾다

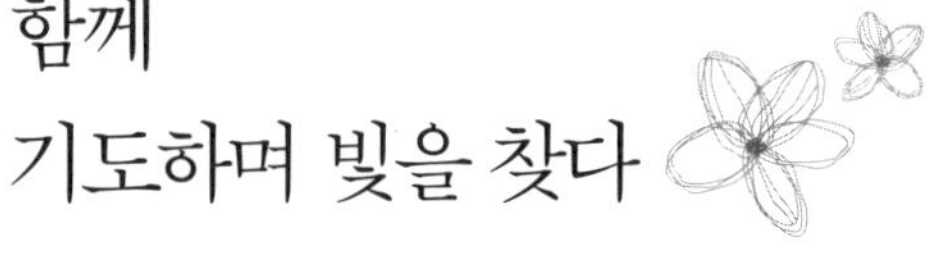

남편과 함께 살아오면서 나를 지탱해 준 것은 기도의 힘이었다. 나는 아침에 눈을 떠서 하루를 살고 다시 잠자리에 들 때까지 시간을 정해놓고, 혹은 순간순간 기도를 드렸다. 그야말로 기도로 숨 쉬고 기도로 연명하는 나날이었다.

기도가 없었다면, 내가 주님을 믿고 주님 뜻만 따르며 살리라 맡기지 않았다면, 우리 부부는 사랑을 이루지도, 아니 같이 살지조차 못했을 것이다.

하지만 그가 중앙병원에 입원해 다리를 절단해야 한다는 선고를 받았을 때는 내 인생에서 처음으로 기도를 중단했다. 그때까지 나는 지체장애란 먼 남의 나라 일인 줄만 알았다. 나도 모르게 절망어린 기도가 터져 나왔다.

'주님, 저희 부부 이 병원에서 하늘나라로 불러주세요. 하늘나라에는 정신병도, 육체장애도 없겠지요. 간절히 바라옵건대 저희 두 사람 오늘 밤 자는 중에 불러주세요. 정신장애만도 감당하기 어려운데 어떻게 지체장애까지 받아들일 수 있겠나이까?'

그때 그 상황을 나는 정말로 감당하기 어려웠다. 36년이나 정신건강의학과 약을 먹은 이종수에게는 어딜 가나 정신병자라는 딱지가 붙어 있는데, 다리 병신이라는 오명마저 덧쓰고 사느니 차라리 죽는 게 나을 것 같았다. 하루는 병문안 온 친정 동생을 붙들고 애원했다.

"네가 내 동생이라고 생각 말고 우리 부부 위해 좋은 일 한 번 해다오. 우리 둘을 한강에 데려다 주고 너는 뒤도 돌아보지 말고 가라."

친정 동생은 내 손을 꼭 잡고 울먹이며 말했다.

"누나, 내가 무슨 짓을 해서라도 두 사람 먹여 살릴 테니까 그런 말 마. 전 세계에 정신병자가 매부 하나야? 다리 병신이 매부 하나야? 누나 마음은 나도 알아. 나도 슬프고 괴롭지만 제발 그런 말은 하지 말아줘!"

난생처음으로 나는 하나님에게 원망의 기도를 했다.

'저는 이제 당신을 부를 수도, 당신께 모든 것을 말씀드릴 수도 없습니다. 왜 남들은 다 잘 살게 해주시면서 무슨 잘못이 있길래 유독 저에게만, 저희 부부에게만 이런 가혹한 형벌을 내리시나이까? 설사 용서 못 할 잘못이 있다 한들 그동안의 눈물로는 모자랐나요, 그동안의 고통으로는 부족했나요?'

응답 없는 하나님이 약속했다. 그 순간 이후로 나는 기도를 중단했다. 중앙병원 9층 정형외과 병실 창가에 서면 바로 아래 한강이 내려다보였다. 출렁이는 한강 물을 쏘아보며 어금니를 깨물고 궁리했다.

'어떻게 하면 우리 두 사람 저곳으로 내려갈까?'

간다면 어느 시간대에 가야 사람들 눈에 띄지 않을 것이며, 남편은 또 어떻게 끌고 내려가야 할까. 9층 창문에서 저 한강 물까지 이어주는 사다리가 있다면 얼마나 좋을까. 온 세상 생물을 잠들게 하는 능력이 있다면, 천지가 잠든 사이에 그와 사다리를 타고 한강물로 미끄러져 들어갈 수 있으련만.

'남편을 죽게 한 대가로 하나님이 어떤 벌을 내리더라도 달게 받으리라.'

죽음은 피하려야 피할 수 없는 숙명처럼 절실하게 다가왔다.

'10년을 정말 열심히 기도하면서 주님만을 의지해 살아왔는데, 내 나름으로는 최선을 다해 살아왔는데….'

허망했다. 하나님은 아무리 어려운 일이 닥쳐도 감당할 힘을 주신다고 했지만 나는 감당할 힘이 없었다. 의욕이 없었다. 수술해서 다리를 절단한다는 것은 상상도 안 되었다.

밤이 깊어갈수록 가로등 불빛 어린 한강 물은 아름다워졌다. 검은 물빛을 빛내며 한강은 내게 속삭였다.

'어서 들어와. 내가 편안하게 해줄게. 모든 세상의 근심을 다 씻어줄게. 어서 와, 어서 와….'

달콤한 한강의 속삭임에 빠져들면 당장에라도 뛰어들고싶은 충동이 일었다. 그런 순간 내 발목을 붙잡은 것은 언제나 남편이었다. 이상하게도 남편을 병실에 두고 나 혼자 떠난다는 생각은 단 한 순간도 들지 않았다. 그와 헤어진다는 것은 내게는 상상도 할 수 없는 일이었다.

그때까지 한 번도 나는 남편을 "저 인간"이라고 불러본 적도, "저 인간 때문에 내 인생 망쳤어"라고 말해본 적도 없었다. 남편의 살은 곧 내 살이요 그의 고통은 곧 내 고통이니 살아도 같이, 죽어도 같이 한 몸으로 갈 뿐이었다.

그래서 생각은 다시 그와 같이 한강으로 내려갈 방법을 찾는 일로 돌아갔고, 죽음의 문턱에서 번번이 나는 삶으로 돌아왔다. 가슴이 터질 듯 차오르고 숨이 막힐 듯하면 무의식적으로 '주여, 하나님!' 할 때도 있었지만 나는 애써 부인했다.

"아니야! 아니야!"

그렇게 열흘을 보냈다. 열흘째 되던 날, 하나님의 음성이 들렸다.

"무릎을 꿇어라!"

나는 반박했다.

"나는 더 이상 무릎을 못 꿇습니다. 나는 어떤 일이 있어도 내 의지로 살겠습니다! 내 의지로 정말 살았다면 10년을 이렇게 안 살았습니다."

"무릎을 꿇어라!"

"싫습니다. 이것이 주님의 계획이었나요, 그를 정신병자에 다리 병신으로 만드는 것이? 다시는 주님의 말을 듣지 않겠습니다!"

그러나 결국 나는 하나님 앞에 무릎을 꿇고 말았다. 새벽 다섯시, 나는 병상 옆에 무릎을 꿇고 그의 손을 붙잡고 말했다.

"여보, 우리 손잡고 기도하자."

함께 기도하자고 내미는 내 손을 그토록 뿌리치기만 했던 그가 그날은 뿌리치지 않고 마주 잡아주었다.

"여보, 우리 기도하고 살자."

내 눈에서는 두 줄기 뜨거운 눈물이 쉼 없이 흘렀다.

"울지 마."

내 얼굴을 마주 보며 말하는 남편의 눈에서도 눈물이 흐르고 있었다.

'아, 이 사람이 비로소 주님을 영접했구나!'

확신이 들었다. 그가 처음으로 내게 위로의 말을 했다.

"일이 잘될 거야. 진순이가 있는데, 진순이가 잘할 수 있잖아."

"다리 자르는 걸 내가 못 하게 할 순 없어. 많이 아플 거야. 아파도 당신 잘 참아야 해. 요즘은 의족이 좋은 게 많으니까 걱정하지 않아도 돼. 진순이 있으니까 당신 안 불안하지?"

"응, 안 불안해."

어느새 그의 얼굴에서는 눈물이 그치고 웃음기가 번지고 있었다.

그 후로 그와 나는 시간만 나면 손을 맞잡고 기도를 드렸다. 청량리 중앙교회 교역자들이 방문해 예배를 드리자 하니 그는 거부하지 않고 참여했다. 그분들의 기도와 사랑이 눈물겹도록 고마웠다. 목사님이 그에게 신앙고백을 시켰다.

"예수님을 믿나요?"

"믿어요."

"기도하세요?"

"예, 기도하고 있어요."

"이제 예수님이 이종수 씨를 살려주실 겁니다."

"예."

대답하는 그의 얼굴에는 미소가 가득했다.

'주님, 그와 함께 기도할 수 있게 해주세요.'

10년 기도가 이루어지는 장면을 목격하는 내 가슴은 슬픔 가운데서도 감격으로 일렁였다.

그로부터 2년 반 가량 흐른 1999년 2월부터 그는 마침내 나와 함께 교회에 직접 나가 예배를 드리기에 이르렀다. 집 가까이 있는 묘동교회였다.

처음 남편이 교회에 가겠다고 했을 때 나는 한 번 가고 말 줄 알았다. 그런데 그게 아니었다. 다음 주에도, 그다음 주에도 그는 주일 1부 예배에 참석했다. 목사님은 등록을 권유했다. 그래도 나는 그가 또 언제 안 간다고 할지 몰라 몇 주 다녀본 후에 등록하겠다고 했다.

묘동교회 정태봉 목사님은 예배가 끝나고 나올 때 신도들과 일일이 악수를 했다. 그는 교회에 들어갈 때는 시무룩한 얼굴인데, 나올 때만 되면 싱글벙글했다. 정 목사님이 문 앞에 서서 "반갑습니다. 잘 지내셨어요?" 하며 활짝 웃는 얼굴로 악수해 주는 것이 남편의 마음을 퍽 흐뭇하게했다. 어쩌면 그는 목사님과 악수하는 맛에, 자신이 목사님한테까지도 대접받는 사람이 되었다는 뿌듯함에 교회를 다니는지도 모르겠다는 생각이 들었다.

어느 주일에는 교회 가자고 깨우면, “나 몸이 아파. 꼼짝도 못 하겠어” 하다가도 내가 “일주일 내내 쉬는 사람이 주일 하루도 못 일어나?” 하면 곧 “그래, 그래” 하면서 자리를 털고 일어나 교회 갈 채비를 했다. 그 새벽에 머리를 감고(!) 생전 안 입던 남방까지 입고 집을 나설 때면 자신도 비로소 어른이 되었다는 듯 발걸음이 당당했다.

‘아, 이제는 큰아버지가 교회 안 가겠다는 말은 안 하겠구나.’

믿음이 섰을 때 나는 교회에 정식으로 등록했다. 묘동교회 정태봉 목사님을 비롯한 여러 교역자님께 감사하고 또 감사했다. 한 인간을 인격적으로 대해줌으로써 그분들은 예수님의 참사랑을 전해주었다. 그 사랑이 남편의 굳게 닫힌 마음의 문을 열어준 것이리라.

주일마다 그는 얼마나 기쁘게 교회에 가는지 모른다. 평소에는 아침에 눈을 뜨기가 무섭게 “우유!”, “밥!” 하는 사람이 주일만큼은 예배드리러 가느라고 아홉시가 넘도록 아침을 못 먹어도 잘 참는다. 그 모습이 그렇게 즐거워 보일 수가 없다. 자신도 무엇인가를 했다는 뿌듯함이 내게 그대로 전해졌다.

“교회 좋아?”

내가 물으면 그는 서슴없이 대답했다.

“좋아.”

"왜 좋아?"

"분위기가 좋아. 그 안도 좋잖아."

그리고 덧붙여서 하는 말이 있다.

"목사님이 웃잖아."

목사님의 웃음이 그의 마음에 진정으로 받아들여지고 있었던 것이다. 그가 남자에게 호감을 갖기는 목사님이 처음이 아닌가 싶다. 그는 남자를 싫어했다. 아이들조차 남자아이들에게는 경계를 늦추지 않았다. 자기가 질까봐, 자기에게 해를 입힐까봐 두려워했다. 괜히 어린아이에게 "진순이, 재 병신이야. 힘 못써" 하는 소리가 입에 붙어 있다시피 했다. 세배를 와도 남자아이들에게는 여자아이들보다 세뱃돈을 적게 주었다.

목사님은 남자에 대한 남편의 경계심을 풀어주었고, 그가 하나님을 믿고 의지하게 하는 데 큰 역할을 하셨다. 10여 년 동안 남편과 함께 기도드리게 해달라는 나의 간절한 기도가 그렇게 이루어지기 시작하면서 이종수 씨뿐만 아니라 나도 살맛을 되찾아갔다.

하나를 잃고 모든 것을 얻다

남편이 혼수상태에 빠져 있는 동안 나는 60억 원에 이르는 세금 문제를 처리해야 했다. 세금에는 문외한이었던 탓에 아는 분의 소개를 받아 세무사를 찾아가 상의했더니 이렇게 말했다.

"나에게 8억 원을 주면 이차 납세의무자에서 면제시켜 드리지요."

물에 빠져 살려달라고 손을 내밀었더니 보따리부터 내놓으라는 격이었다.

"8억이 있으면 세금 안 내고 그 돈 가지고 살겠네요."

나는 쏘듯이 한마디 하고 사무실을 나와 버렸다. 하나님께 기도하면서 고민해 보니 아무래도 정면으로 부딪치는 것이 빠르겠다 싶었다. 나는 세무서 담당 직원을 만나 솔직히 털어놓았다.

"제발 좀 도와주세요. 제 남편은 27년 동안이나 정신병원에 있던 환자예요. 지금도 약을 먹고 있어요. 회사 일에는 단 한 번도 관여

한 적이 없어요. 무슨 방법이 없을까요?"

담당 직원은 딱하다는 표정으로 한참 나를 보더니 입을 열었다.

"한 가지 방법이 있긴 합니다."

"네? 어떤 방법인가요? 말씀해 주세요."

"그러니까 이종수 씨가 경영에 확실히 참여하지 않았다면 부인께서 호소문을 쓰세요. 이종수 씨가 그동안 정신병원에 있었던 기록과 모든 증거자료를 낱낱이 모아서 첨부하고, 부인이 처한 상황을 부인 스스로 간절하게 쓰세요, 남한테 부탁하지 말고. 그걸 고충처리위원회에 접수하세요. 그 방법 이외에는 어떤 방법으로도 부인을 도와드릴 수가 없습니다."

고충처리위원회가 있다는 사실조차 몰랐던 나는 물었다.

"그게 어디에 있는 기관인가요?"

"하하, 관공서마다 다 있지요. 여기 세무서 내에도 있습니다."

내가 사회를 너무 모르고 살았구나 하는 생각에 얼굴이 화끈 달아올랐다. 궁지에 몰린 내게 살길을 보여준 세무서 직원에게 고맙다고 몇 번이나 인사를 하고 그때부터 남편의 병원 기록을 모으러 다녔다. 청량리정신병원, 명동성모병원, 여의도성모병원, 적십자병원을 거쳐 당시 입원하고 있던 서울 중앙병원 기록에 정신건강의학과 의사의 소견서까지 빠짐없이 챙겼다.

그가 열아홉 살에 정신병원에 들어가 마흔여섯 살에 나올 때까지 전혀 일을 하지 않았으며 병원에서 나온 후에도 10년 동안 회사 일에는 참여하지 않고 생활비만 받아 썼다는 내용의 호소문을 두툼

한 병원 기록과 함께 세무서 고충처리위원회에 접수하고 나서 결과가 통보될 때까지 나는 간절히 기도했다.

'주님, 도와주세요! 그이는 다리를 절단한 채 저렇게 의식을 못 차리고 있습니다. 우리는 갈 집도 없습니다. 못난 진순이는 어떻게 하면 좋을까요? 세금은커녕 병원비 낼 돈도 없는데요. 오직 주님의 처분만 믿고 따를 뿐입니다.'

하나님은 우리를 버리지 않으셨다. 세무서에서는 내가 제출한 호소문과 병원 기록을 검토하고 담당 직원을 병원에 파견해 현장 조사를 했다. 그 결과 내 청원이 사실이었음을 인정해 이차 납세의무자를 면제해 줌으로써 모든 세금에서 벗어날 수 있었다.

발등의 급한 불을 끄고 나자 병원비 문제가 현실로 닥쳐왔다. 나로서는 내키지 않고 자존심 상하는 일이었지만 친구들에게만 의지하기도 미안하고 그렇다고 달리 기댈 데도 없어 사촌 시누이를 통해 미국의 시동생에게 연락했다. 얼마 후 시동생에게서 병원으로 전화가 왔다.

"형 병은 어떠세요?"

"다리를 절단하고 의식불명 상태예요."

"제가 뭘 도와드려야 되나요?"

차마 입이 떨어지지 않아 망설이던 나는 내뱉듯이 말했다.

"병원비가 시급해요."

"그럼 사람을 보내 해결해 드릴게요."

시동생이 웬일일까, 정말 병원비를 보내줄까, 반신반의하고 있는

데 사흘인가 후에 시동생이 보냈다는 사람이 왔다. 남자는 나에게 물었다.

"어찌 된 일인지 경위를 설명해 주시겠습니까?"

"경위보다 당장 병원비가 이렇게 밀려 있고 병원에서 나간 뒤에도 갈 집이 없으니 그게 급한 문제예요."

나는 밀린 병원비 청구서를 내보였다. 남자는 고개를 저으며 말했다.

"병원비 드릴 돈은 없고, 이종수 씨 인감도장만 보내주면 선처하겠다고…."

형이 다리를 절단한 채 병원비도 없이 의식을 잃고 있는 중에 또다시 인감도장을 요구하다니! 속에서 불이 확 올라왔다. 나는 길길이 뛰며 병실에 찾아온 남자에게 욕을 퍼부었다.

"니들이 인간이야? 어떻게 우리한테 이럴 수가 있어? 니들 다시 여기 나타나기만 하면 경찰에 신고할 거야, 다 죽여 버릴 거야!"

간호사가 뛰어들어왔다.

"아줌마, 여기 병실이에요. 싸우지 마세요!"

"나도 싸우지 않아야 되는 건 알지만, 저건 인간이 아니야, 인간이 아니야."

시동생에게 걸었던 마지막 기대가 무참히 깨지던 순간, 나는 설사 남편과 내가 길에서 굶어 죽는 한이 있더라도 다시는 시동생에게 도움을 구하지 않으리라 입술을 깨물며 결심했다.

곁에서 그 난리를 쳐도 그는 고열에 시달리며 거친 숨을 몰아쉴

뿐 눈도 뜨지 못했다. 내가 할 수 있는 것은 기도밖에 없었다.

'주님, 그가 정신을 놓은 지 20일이 되어갑니다. 불쌍한 이 사람을 정말 저대로 데려가시려는 것입니까? 저는 아직 그를 보낼 준비가 되어 있지 않습니다. 주님, 제발 눈이라도 뜨게 해주세요. 열이라도 내려주세요. 둘이 한 번 살아보게 해주세요. 그다음에는 주님 뜻이 어떠한 것일지라도 기쁘게 따르겠습니다.'

기도로 밤을 새우고 먼동이 오르는 새벽에 나는 주치의를 찾아갔다. 참다못해 엉뚱한 데 화풀이를 하러 간 것이었다.

"내 남편 저러다 죽으면 가만히 있지 않겠어요! 하루 이틀도 아니고 스무날이 다 되도록 깨어나지 못하는데 도대체 의사들은 뭐하는 거예요?"

병원 측의 명백한 실수가 있었던 것은 아니지만 보호자 입장에서는 의사들이 무성의하고 소홀히 하는 듯 보여 견딜 수가 없었다. 내가 안됐다고 생각했는지 의사들의 태도가 눈에 띄게 달라졌고 그 덕분인지 남편은 열이 내리면서 상태가 나아졌다. 정신을 차리고 그가 제일 먼저 한 말은, "집에 가자. 집에 가고 싶어"였다.

'우리에겐 갈 집이 없다고 말하면 저 사람이 알아들을까?'

그래도 이제는 말해주어야 할 것 같았다.

"그래, 집에 가야지. 근데 갈 집이 없어. 갈 집이 없어."

아무리 붙들고 말해도 그는 웃기만 했다.

'이 사람을 데리고 과연 어디로 갈 건가.'

암담했다. 열이 내리고 일주일 후에 퇴원 허가가 떨어졌다. 병원에 입원한 지 약 3개월 만이었다. 들어갈 때는 두 발로 걸어들어간 사람이 나올 때는 휠체어에 앉은 채로 나오게 된 것이다.

그간의 병원비는 3천여 만 원. 이사 비용으로 받은 천만 원은 진작 떨어졌고 나머지는 친구들과 친정 동생들에게 빌린 돈으로 충당했다. 그토록 고대하던 퇴원을 하게 되었지만 정신장애인에 지체장애인까지 된 그를 데리고 갈 집은 여전히 없었다. 나는 기거할 집을 구할 때까지 정 선생 집에 다시 신세를 지기로 했다.

그 해 12월, 법원에서 삼청동 집 경매 잔금을 찾아가라는 통보가 왔다. 삼청동 집은 3억 5천만 원에 낙찰되어 그 가운데 3억 원은 시동생에게 돈을 빌려준 금융회사에서 가져가고 5천만 원이 남아 있었다.

궁하면 통한다고 궁지에 몰린 내가 적극적으로 나서서 찾지 않았으면 날아갈 뻔한 돈이었다. 경매 절차를 전혀 몰랐던 나는 경매 마지막 날 법원에 갔었다. 5천만 원이 그날 지급되는 줄 알고 그 돈이라도 받아 전세방을 얻으려는 생각에서였다. 그러나 판사는 뜻밖에도 잔금은 중부세무서에 넘기라는 명령을 내렸다. 내가 그 자리에서 이의신청을 하자 판사는 말했다.

"정식으로 서면으로 써서 제출하십시오."

"판사님은 법을 다루는 사람이니까 그렇게 쉽게 얘기할 수 있겠지만, 나는 집에서 살림만 하는 여자라 그런 건 잘 모릅니다. 이걸 써가지고 오는 동안 잔금이 세무서로 넘어가 버리면 나는 빈털터리가 됩니다. 판사님이 이 무식한 아줌마 좀 도와주세요. 판사님은 잘 아시니까 금방 쓸 수 있지 않습니까? 빨리 써서 막아주세요."

창피고 뭐고 없었다. 나는 젊은 여판사에게 울면서 호소했다. 여판사는 그 자리에서 법원 서기에게 말해 잔금을 세무서와 우리 쪽이 나눌 수 있도록 조처해 주었다. 마치 하나님이 내게 보내주신 수호천사 같았다. 고맙게도 법원 직원이 이의신청서까지 써주어 그날로 접수할 수 있었다.

12월에 나온 잔금 5천만 원 가운데 남편의 지분은 3분의 2인 3천만 원이었다. 우여곡절 끝에 내 손에 들어온 3천만 원이라는 적지 않은 돈은 그의 병원비로 빌린 돈을 갚느라 곧 바닥이 났다.

게다가 퇴원한 지 얼마 되지 않아 그는 또 한 번 병원 신세를 져야 했다. 왼쪽 발바닥 새끼발가락 밑에 있던 티눈이 살이 빠지면서 덧났기 때문이었다. 티눈으로 인해 오른쪽 다리를 절단한 지 불과 두 달여 만에 벌어진 일이라 나도, 의사들도 당황했다.

과연 티눈을 잘라내야 할지, 만약 그랬을 때 어떤 사태가 발생할지, 그러다 왼쪽 다리마저 절단하게 되는 것은 아닌지 하는 불안감 속에서 검사가 진행되었다.

입원한 지 열흘째 되던 날 밤, 날이 밝으면 티눈 수술을 하기로 하고 마지막 검사를 위해 발에 감쌌던 붕대를 풀어본 의사는 깜짝 놀라 말했다.

"아니, 티눈이 떨어졌네!"

그랬다. 건드리지도 않고 칼도 대지 않았는데 티눈이 감쪽같이 떨어져 있었던 것이다. 의사들도 어떻게 그런 일이 일어날 수 있는지 놀랍고 신기한 일이라고 입을 모아 말했다. 물론 이튿날 그는 무사히 퇴원할 수 있었다.

돌이켜보면 그때를 고비로 그와 나는 시련기를 마감하고 평화기, 행복기로 접어들었던 것 같다. 우선 집 문제가 해결될 희망이 비쳤다. 시아버지와 남편, 그리고 시동생의 공동소유로 되어 있던 선유리 임야 90만 제곱미터를 국가에서 수용하기로 결정되어 보상금이 나오게 되었던 것이다.

친구들은 그때까지 살라며 개포동에 보증금 천만 원에 월세 50만 원짜리 아파트를 얻어주었다. 매월 나가는 월세와 병원비며 생활비는 친구와 친정 형제들이 교회에 십일조를 하는 대신 모아서 대주었다. 급하면 급한 대로 조건 없이 돈을 선뜻 빌려주었다. 결혼을 한사코 반대했던 한 언니는 아무 보장도 없는 나에게 보상금이 나올 때까지 살 수 있는 큰돈을 빌려 주었다.

그때 느낀 것이 남에게 빌리는 은혜도 하나님이 주셔야지 빌릴 수 있구나 하는 것이었다. 남들이 보면 궁핍한 생활이었을지라도 내 마음은 풍요롭기만 한 나날이었다. 그 무렵 내가 곧잘 하던 말이 "거지가 되어도 왕 거지가 되니 이렇게 먹을 게 많구나"였다. 들어온 떡이 두레반이라더니 그 시절 우리 집에는 먹을 것이 너무 많아서 도리어 이웃에게 나누어줄 정도였다. 은혜와 감사가 넘치는 생활이었다. 먹을 것, 입을 것 걱정하지 않도록 해주신 하나님의 은총에 하루하루 감사했다.

1997년 4월인가 5월의 일이었다. 어느 날, 방에서 텔레비전을 보고 있던 남편이 갑자기 막 웃는 것이었다. 그것은 공허한 정신병 환자의 웃음이 아닌, 무언가 재미있어 죽겠다는 듯한 진짜 웃음이었다.

나는 놀랍고 믿기지 않아서 그에게 물었다.

"여보, 지금 왜 웃었어?"

그는 텔레비전을 가리키며 말했다.

"이것 좀 봐, 너무 재미있어."

남편이 보고 있던 건 코미디 프로그램이었다. 나는 기쁘고 신기한 마음에 그 옆에 앉아 함께 보았다. 내가 보아도 정말 재미있었다. 웃음이 그치지 않는 그의 얼굴은 더없이 유쾌하고 환했다. 나도 따라 웃었다. 하지만 나는 텔레비전을 보면서 웃는 게 아니었다. 나는 그의 얼굴을 보면서 웃고 있었다. 정신병 환자의 그늘이 싹 가신 얼굴을. 그러면서 곧 궁금해졌다.

'이 사람이 내용을 이해하고 웃는 건가?'

나는 그에게 물었다.

"여보, 저 소리가 들려?"

"응, 삼청동 테레비는 저런 게 안 나왔는데, 이 동네 오니까 테레비가 틀려. 재미있어."

텔레비전이 달라질 리는 없고 말귀를 알아듣게 되었다는 얘기였다. 그때 남편의 입에서 나온 그 대답은 10여 년 동안 한결같이 올렸던, '저 머릿속에는 무엇이 들어 있을까요? 어떻게 하면 헝클어진

저 머릿속이 확 풀릴까요? 주님, 그이의 머리를 맑게 해주세요. 있어도 듣지 못하는 두 귀를 트여주세요' 하는 기도에 대한 하나님의 응답으로 들렸다.

나는 남편의 변화를 날마다 예의 주시했다. 확실히 그는 달라지고 있었다. 시간 개념이 생겼다. 날짜를 헤아리고 시계를 보면서 텔레비전 프로그램을 기다렸다가 스스로 선택해서 보았다. 그리고 밤 열시면 으레 자는 시간인 줄 알고 잠자리에 들었다. 그 모습을 보면 밤새 잠 안 자고 핏대를 세워 노래 부르던 때가 있었나 싶었다.

그리고 내가 외출하면서 몇 시까지 오겠다고 말하고 돌아오면 현관 앞에서 기다리고 있었다. 올 시간이 되어서 나와 있었다는 것이다. 이전에는 그를 혼자 두고 다니지 못 했다. 그토록 심하게 피워대던 담배도 그 무렵 거짓말같이 끊었다.

그가 변화하는 것을 확인하면서 이 정도면 목욕도 시킬 수 있겠다 싶어 정 선생과 작전을 짜서 억지로나마 씻는 습관을 들이게 만들었고, 그것을 계기로 옷도 자연스럽게 갈아입게 되었다.

정말 은혜로운 나날이었다. 물론 힘든 일도 없지는 않았다. 그가 혈당 조절이 잘 안 되고 사레 기침이 심해 서너 차례 입원했고 소변을 잘 참지 못하는 증세가 나타나 비뇨기과도 출입했다.

더욱 가슴 아팠던 것은 그러한 증세들이 정신건강의학과 약을 너무 오랫동안 먹어 나타난 부작용이라는 의사의 말이었다. 소변을 참게 하는 약은 평생 먹어야 하고, 사레 기침은 뾰족한 약이 없으니 지켜볼 수밖에 없다고 했다. 사레 기침이 심해져 음식을 못 넘기면

식도에 호스를 끼워 음식을 공급해야 한다고 했다. 다행히 그 정도로 악화되지는 않았으나 그가 심하게 기침을 해댈 때면 본인도 몹시 힘들었고 보는 나도 겁이 나고 괴로웠다.

어려움은 늘 가까이 있었지만 그래도 나는 행복했다. 삼청동 집에 살 때도, 또 중앙병원에 입원해 있을 때도 그와 단둘이, 아무런 방해를 받지 않으면서 살아보고 싶다고 얼마나 간절히 원하고 또 원했었던가. 그가 비록 정상은 아닐지라도 나와 대화하고 깨끗이 목욕하고 외식도 하고 옷 갈아입고 교회가서 예배도 드리게 될 줄 그 시절 꿈이나 꾸었던가. 정신건강의학과 의사도 치료를 포기했던 중증 정신장애인 그에게 나는 가끔 물었다.

"큰아버지, 진순이 사랑해?"

"아니."

"그럼 왜 같이 살아?"

"그냥 같이 살았으니까 사는 거지."

"그럼 진순이 없어져도 되겠네?"

"그건 안 되지."

"왜?"

"진순이 없는 세상은 빛이 없는 깜깜한 어둠뿐이니까."

그의 다리를 절단해야 한다고 의사가 말했을 때는 온 세상이 무너지듯 절망스러웠지만, 그리고 순간이나마 주님을 원망하고 죽고 싶다는 생각을 했지만, 하나님은 하나를 가져가는 대신 모든 것을 우리에게 주셨다!

제 4 부

사랑의 씨앗을 키우리라

환갑이 되어서야 눈을 맞춘 세상

2000년은 우리 부부에게 아주 의미 깊은 해였다. 그해 《종수이야기》가 세상에 나왔고, 그로 인해 남편과 나는 그전과는 사뭇 다른 시간들을 보내게 되었다. 특히 그에게 《종수이야기》는 새로운 세상의 문이 되어 주었다.

남편에게는 오로지 나만이 세상의 전부였고, 내가 유일한 세상과의 통로였다. 열아홉 살 이후 가족들로부터 병원에 버림받은 것과 다름없는 그에게 세상은 움직이지 않는 화석이었고, 그의 마음 역시 그 화석들 앞에서 점점 더 굳게 닫혀갔다. 어떤 운명이었는지 나만이 그의 문을 계속 두드렸다. 온갖 수모와 고난에도 지치지 않고 두드림과 귀 기울임을 멈추지 않았고, 그도 나에게 반응했다. 그리고 시간의 흐름 속에 '함께'라는 수식어로 만들어나간 우리만의 세상도 조금씩 넓어지고 견고해졌다.

그런 우리 부부에게 《종수이야기》라는 책은, 다른 사람들과 함께 엮어나갈 또 다른 세상으로 향하는 통로가 되어 주었다.

출간되기 전, 출판사 측에 원고를 넘겨주면서 남편은 나와 같이 몇 번 출판사를 찾았는데, 그는 출판사 대표 내외와도 나름대로 잘 대화했다. 나 또한 출판사 대표 내외와의 인연이 고맙고 좋았다. 아들이 장애아여서 더욱 우리 부부를 잘 이해해주고 잘 대해주었다. 하나님께 기도드릴 고마운 인연이 늘었다는 사실이 감사한 일이다.

남편은 책 제목을 '종수이야기'로 정했다고 하니 왜 자신의 이름까지 사용하느냐며 나무라는 투로 말했다.

"진순이는 일 저지르는 것에는 선수야, 선수."

하지만 말은 그렇게 해도 흐뭇해하는 기색이었다. 나는 "그러게"라고 맞장구치며 또 웃었다.

원고를 쓰면서도, 출판사와 책을 내기로 얘기하면서도 나는 남편이 이렇게 적극적일 줄은 몰랐다. 책 표지 디자인을 의논하러 출판사 간다고 했을 때는 "아주 눈에 띄게 멋지게 해봐"라며 격려까지 해주었다.

드디어 책이 출간되니 그는 내가 상상한 것보다 훨씬 좋아했다. 책을 손에 들고 이리저리 돌려보고 만지면서 "제법!"이란 말을 몇 번씩 썼다.

책이 출간되고 나서 며칠 후, 출판사에 계약서라는 것을 쓰러 갔다. 시간이 없어서 자꾸 미뤄왔던 일이었다. 그가 혹시 계약서 내용을 잘 이해하지 못할까 봐 출판사 직원이 읽어가면서 차근차근 설명을 해주는데, 그의 표정이 좋지 않았다. 뭐가 마음에 안 드는 걸까, 라는 걱정이 고개를 드는 순간, 그가 정색하며 직원에게 야단치듯 말했다.

"진순이가 얼마나 똑똑한데, 글도 잘 쓰고 잘 읽는다."

남편의 말에 그 자리에 있던 우리는 모두 소리 내어 웃었다. 조금 어색했던 분위기가 웃음소리에 녹아버리는 듯했다. 그는 나를 치켜세워주고 싶었고 자랑하고 싶었던 것이다.

그럴 때 남편이 있다는 것에 행복을 느꼈다. 그는 본인이 의식하든 하지 못하든 순간순간 나를 덮어주며 감싸줄 줄 안다. 남편의 마음을 알기에 나도 그 시련 속에서 더 힘을 낼 수 있었는지도 모른다.

그 자리에서 출판사 사장으로부터 받은 인세를 그의 손에 쥐어주니까 그는 소리 내며 웃으면서 "진순이 제법이야!"라고 말했다. 그의 얼굴은 환하게 빛났다. 그를 바라보는 내 얼굴도 마찬가지였을 것이다. 그는 돈을 꺼내 일일이 만져보았다.

"돈 구경 좀 해봐! 진순이가 번 돈은 틀린데?"

함께 있던 정 선생이 큰아버지가 번 돈이라고 했더니 그는 아니라면서 내게 다시 돈을 내밀며 잘 넣어두라고 했다. 그가 이렇게 따뜻하고 사랑하는 사람을 지킬 줄 알고, 배려도 할 줄 안다는 것을 사람들은 왜 몰라줬을까. 짙고 짙은 어둠 속에 혼자 버려둬 그를 괴팍하고 만들고 '이상한' 사람으로 만든 것은 가족들을 비롯한 주변 사람들이었다. 그래서 나는 그의 손을 더욱더 놓을 수가 없었고 죽을 때까지 잡고 가리라 다짐했던 것이다.

다른 사람들과 어울려 얘기 나누고 함께 웃을 수 있다는 것, 우리가 번 돈을 세어 보는 것, 그런 사소하고 일상적인 일이 우리 부부는 늘 부러웠다. 《종수이야기》 출간은 우리 부부에게 새로운 세상으로 통하는 문이 되어 주었다.

책이 세상에 나온 뒤부터 남편과 나의 생활은 예전에는 없었던 색으로 칠해져 갔다. 한쪽 다리를 잃고 난 뒤부터 마치 새롭게 태어나려는 듯 조금씩 변화해나가던 남편은 책이라는 문을 통해 한 걸음씩 나아가며 확연히 달라졌다. 출간 직후에 이어진 방송 출연의 몫도 컸다. 책과 방송 출연으로 우리 부부를 알아보고 전과는 다른 시선으로 다가와 주는 사람들이 그의 변화에 속도를 더해주었다.

책이 나온 지 얼마 되지 않아 KBS 〈인간극장〉의 전신인 〈이것이 인생이다〉 팀에서 연락이 왔다. PD와 작가가 함께 찾아왔는데, 우리 부부에 대한 이야기를 방송에 내보내고 싶다고 했다. 많은 고민 끝에 나는 출연을 결심했다. 책 출간과 같은 맥락에서였다.

우리 부부의 삶을 통해 정신질환자들과 그 가족들이 조금이라도 희망을 가질 수 있기를 바라는 마음, 같은 처지의 가족들에게 도움말을 주고 싶다는 바람, 나아가 정신질환자들에 대한 사회의 인식을 바꾸는 데 작은 역할이라도 하고 싶다는 소망이 책 출간도, 방송 출연도 결심하게 해주었다.

방송국 측에서는 우리가 첫 얘기를 나눈 다음 날인 2월 19일에 이종수 씨가 60회 생일을 맞이한다고 하니까 그 내용부터 바로 촬영을 했으면 좋겠다고 의견을 냈다. 생각보다 빠른 흐름에 두려워졌다. 그가 적응을 잘 할까 싶었고, 생일잔치 때 기침을 많이 하면 어떡하나 하는 걱정도 됐다. 게다가 환갑잔치였다. 그의 60회 생일날, 나는 새벽기도에 나가서 마음을 다해 기도했다.

"주님, 오늘 생일잔치하는 날입니다. 그에게 기쁨을 한없이 부어주세요. 그리고 기침과 재채기 등을 물리쳐주세요. 오늘 오시는 모든 분이 기쁨이 충만한 마음으로, 서로 감사하는 마음으로 만날 수 있기를 기도드립니다."

그의 60회 생일잔치는 감사하게도 워커힐호텔에서 할 수 있었다. 호텔이든 작은 식당이든 마음의 크기에는 영향을 미치지 않는다고 생각하지만, 그의 환갑을 정말 행복한 기념일로 삼고 싶었고, 근사한 곳에서 고맙다는 말과 그동안 정말 수고했다는 말을 하고 싶었다.

생일날 오전에 그를 데리고 잔치를 위한 준비를 하나씩 했다. 이발소에서 머리도 단정히 하고 백화점에서 좋은 옷도 마련했다.

"뭘 이런 걸 다 하나?"

말은 그러면서도 좋아하는 그를 보니 고마운 눈물이 자꾸 났다. 우리 부부는 이렇게 소소한 것으로도 충분히 행복한데 여기까지 오기가 그렇게 힘들었을까, 그의 동생은 왜 이렇게 해주지 못 했을까, 라는 생각에 속도 상했다. 하지만 어두운 생각이 들 때마다 나는 고개를 가로저었다. 그렇게 하면 옷에 묻은 먼지를 털어내듯 이전의 잿빛 아픔을 털어낼 수 있다는 듯이. 행복한 날, 더 행복한 생각만 하고 싶었다. 방송국에서는 오후 네시에 와서 그가 생일잔치에 가기 위해 옷을 입는 과정부터 촬영했다.

나는 아이처럼 기분이 들떴다. 정 선생 차로 워커힐호텔에 도착한 우리는 오시는 분들을 한 분씩 맞이하면서 인사드렸다. 그리고 이어진 환갑잔치는 혹시나 했던 우려를 씻어내듯 행복하게 이어졌고, 그는 방송국에서 원하는 대로 모델 노릇도 잘했다. 기대했던 것보다 훨씬 더.

그 날 난 눈물을 꽤 많이 흘렸다. 아픔이나 억울함의 탁한 눈물이 아니었다. 그와 기쁘게 보내는 순간순간이 감격스러워서 흘리는 맑은 눈물이었다. 고생했던 시간이 주마등처럼 지나갔고, 그 길고 어둡고 두려웠던 터널을 어떻게 지나왔는지 스스로도 믿기지 않았다. 끝나지 않을 것 같았던 터널을 빠져나와 그와 함께 손을 잡고 햇살을 바라보고 있는 그 순간이 참으로 행복했고 감사했다.

이렇게 작은 행복인데 이 행복을 찾기 위해서 그토록 큰 고난을 겪었나 싶은 생각에 얼핏 화도 났지만, 그 무엇보다 감사한 마음이 강했다. 어둡고 칙칙하고, 어떨 때는 칠흑 같기도 했던 우리 부부의 세상을 밝게 바꿔주신 하나님께 나는 몇 번이고 감사드렸다.

우리는 함께 예배를 드린 후 식사도 했으며, 생일 축가도 이어졌다. 남편은 집에 돌아와서도 쉽게 잠들지 못했다. 여전히 들떠 있었다. 좋고 감사하다는 말을 거듭하는 그를 보며 난 또 눈물이 절로 났다. 그가 고맙다는 말을 하는 것이 참으로 감사했다.

"여보, 감사해요. 주님, 감사드려요."

나도 그렇게 몇 번이나 되뇌며 잠이 들었다.

죽었다가 살아난 남편

환갑날로부터 보름 뒤인 3월 2일, 남편과 나는 제주도로 향하는 비행기 안에 있었다. 제주도는 신혼 첫날밤의 충격과 두려움으로 내겐 아프게 남아 있는 곳이었다. 하지만 15년이 지난 후, 그때는 상상도 못한 모습으로 다시 제주도를 찾았다. 그것도 남편과 함께 말이다.

생일잔치 이후로도 방송 촬영은 몇 번 더 이어졌는데, 방송국에서 신혼여행 이야기를 듣고 제주도 여행을 기획해서 이뤄진 일이었다.

15년 만에 함께 찾은 제주 바다. 그때는 두렵고 막막하기만 했는데, 도망치고 싶은 마음이 가득했는데…. 15년이 지나는 동안 우리는 거센 풍랑을 거쳐 이제 잔파도가 이는 해변으로 노를 저어가는 노부부가 되었다.

하지만 제주도는 아름다운 추억으로 남을 곳이 아니었던 모양이다. 이종수 씨는 두 번째로 찾은 제주도도 즐기지 못했고, 당연히 나도 그럴 수밖에 없다. 그는 가는 비행기 안에서부터 눈물, 콧물을 많이 흘렸고 제주도에 있는 내내 불안해하는 모습을 보였다. 내가 괜히 그에게 안 해도 되는 고생을 시킨 것 같아서 마음이 아팠다. 서울로 돌아오는 비행기에 앉으니 눈물, 콧물이 사라지는 그를 보니 더욱 그랬다.

방송이 끝났다. 촬영을 시작할 때에는 별다른 느낌이 없었는데 촬영이 끝나고 나니 허전하고 춥다는 느낌이 들면서 무언가 먹어야 할 것 같은 기분에 휩싸여 과일, 과자 등을 마구 먹었다. 옷을 벗는다는 생각으로 책을 썼는데 촬영까지 끝내고 3월 23일 방송이 나온다니까 옷을 완전히 벗어버린 것 같았다.

방송 촬영을 하면서 지난 15년 세월을 더듬는 시간을 갖게 되면서 내가 잘못 판단한 것은 아니었지만, 부족했었다는 생각이 들면서 괴로웠다.

삶이란 무엇일까? 죽음이란 무엇일까? 남편과의 생활은 삶과 죽음 사이를 오가는 삶이었다. 하지만 누굴 원망하고 미워하지는 않았다. 누가 억지로 등 떠밀어 시작한 삶이 아니었다. 내가 선택한 삶이었다. 그를 좋아했고, 어떤 삶이든 내가 다 헤쳐 나갈 수 있을 것이라 자신했었다. 하지만 지혜가, 또는 용기가 부족해 죽고 싶을 만큼 힘들고 어려운 시간들이 이어졌다.

그러나 주님의 은혜로 많은 사람의 도움을 받았고, 나도 용기를 잃지 않았고 그도 있는 힘껏 노력했다. 우리는 잘 이겨냈다. 앞으로 어떤 고난들이 닥쳐올지 몰라도 극복할 수 있으리라는 믿음으로 살아온 날이었다. 그런데 방송 촬영을 하고 나니 마음이 어지러웠다.

드디어 방송하는 날이 되었다. 겉으로는 무덤덤했지만 내심 촬영 당시보다 더 걱정되었고, 때늦은 후회까지 겹치며 만감이 교차했다. 그런데 이종수 씨는 저녁 식사를 일찍 끝내고는 한 시간 전부터 텔레비전 앞에 바짝 다가가 기다리고 있었다. 복잡하던 내 심경은 방송이 시작하면서 그 모습을 뚜렷이 하기 시작했다.

'정신분열'

가장 먼저 화면에 나오던 그 단어를 보면서 가슴이 먹먹해지더니 신혼여행을 재연하는 장면이 나올 때는 다시 그 시절로 돌아간 듯 마음이 시끄럽고 괴로웠다.

'그의 어머니와 동생들은, 무엇 때문에 나를 싫어했을까? 돈?! 결국 돈이었겠지? 돈이 사람보다, 핏줄보다 더 중요했던 걸까?'

오래 묵은 이 질문에 아니라고 대답하고 싶었다. 하지만 15년이 지났는데도 나는 아니라고 대답할 수 없었다. 오히려 그를 남편으로 끌어안고 가족으로 함께 살면서 사랑과 이해의 힘으로 변해가는 모습을 보면서 인정할 수밖에 없었다. 그의 가족들은 그와 나를 돈과 체면 때문에 싫어하고 버렸다는 것을. 그리고 그와 함께 가족의 사랑이 얼마나 강하고 위대한지를 다시 한 번 확신하게 되었다.

방송 후 여기저기서 연락이 오기 시작했다. 긴 기다림 끝에 세상 사람들이 그에게 건네는 인사였다. 물론 그가 쉽게 마주보기는 어려웠고 세상 사람들 또한 그를 있는 그대로 바라봐 주지 않았다. 하지만 나는 그것으로 만족했다. 그렇게 시작할 수 있다고 믿었기 때문이다.

누구나 마찬가지가 아니겠는가? 혼자 방에서만 지내던 사람이 누군가가 연락해오고 근사한 자리에서 만나자고 하면 두려우면서도 나가고 싶고, 그 사람이 자신을 대접까지 해준다면 더 나가고 싶은 심정 말이다.

〈이것이 인생이다〉 방송 후 우리 이야기를 더 알고 싶어하는 사람들이 늘어났고, KBS의 〈아침마당〉에도 남편과 함께 출연하게 되었다. 스튜디오에서 방청객들도 함께 참여하는 녹화에 그가 잘 적응할까, 걱정이었지만 그는 놀라울 만큼 잘했다. 말도 잘했고, 준비 때문에 아침 식사를 열한시가 넘어서야 할 수 있었는데도 배고프다는 말 한마디 없이 잘 따라주었다. 이종수 씨는 기회가 없었을 뿐, 병을 잘 치료하면서 사회생활을 계속 했더라면 대중 앞에 나서는 일을 좋아하고 잘했을 것이다.

〈아침마당〉이 방송된 후로 "우리 아들은 댁의 남편보다 훨씬 좋은 편인데 왜 결혼을 못 할까? 그러니 당신 같은 여자를 골라 중매를 서 달라"라는 전화를 종종 받았다. 아내가 정신 질환을 앓고 있는데, 이제 병원에서도 포기하라고 한다며 슬퍼하는 남편의 전화도 있었다. 나는 끝까지 희망을 놓지 말라고 말해주며 함께 울기도 했다. 그럴 때면 책을 내고 방송에 나간 것이 잘한 일이라는 생각이 들었다.

남편에게 세상으로 나갈 용기, 사람의 눈빛을 마주하고 인사에 대답하고 싶은 용기를 준《종수이야기》와 방송은 그렇게 내게도 큰 영향을 끼쳤다. 그에게만이 아니라 내게도 소중한 책이다.

사실 초창기 얼마 동안은 마음 정리가 잘 안 되었다. 조현병 환자의 가족들을 비롯해 다른 정신장애 가족들이 똑같이 물었다. 하루종일 울었다가 웃었다가 화냈다가 혼잣말을 했다가, 이런 모습을 반복하는 것을 볼 때마다 괴롭다며, 하루에도 몇 번씩 포기하고 싶다며, 도대체 그 긴 세월을 어떻게 살았느냐고 물었다. 솔직히 그런 질문이나, '사람이 어떻게 저렇게 살 수 있지?'라는 시선을 느끼게 되면 회의도 들고 다리에 힘이 풀리기도 했다.

'우리 부부가 사는 모습을 이렇게까지 내밀하게 다른 사람들에게 보여주면서까지 내가 하려고 했던 일은 무엇일까? 자존심이 강하던 나 자신에게 잘못한 일은 아니었을까? 남편과 사는 동안 나는 나를 다 잃어버린 것은 아닐까? 도대체 내 삶은 무엇일까?'

부정적인 생각이 들면 화가 나기도 했다.

'정말 장애인 가족에게 도움이 되었을까? 장애인에 대한 사회의 시선에 조금이라도 긍정적인 영향을 미쳤을까?'

하지만 그 이전에 비해 훨씬 발전하고 밝아진 남편의 모습을 보면, 나 자신조차 몰랐던 그의 모습을 발견해가는 동안 잘했다는 생각으로 점점 기울었다.

책과 방송을 통해 우리 이야기가 알려진 이후로, 많은 사람이 우리 부부를 보고 있다는 생각, 단 한 명이 되었든 정신장애인과 그

가족에게 힘을 준다는 생각에 나는 더 열심히, 끝까지 최선을 다하며 살아야겠다고 마음을 다잡곤 했다. 몇 년 전과 비교하면 많이 나아졌지만, 여전히 정신장애와 신체장애까지 견뎌야 하는 남편과의 생활은 늘 고됐기 때문이다.

《종수이야기》는 내가 나에게 주는 격려이자 남은 인생을 살아갈 새로운 방향을 향한 나침반 역할을 해주었다. 가장 보람되고 기뻤던 부분은 남편의 잃어버린 역사를 찾아줄 수 있었다는 점이다. 아니,《종수이야기》 덕분에 그는 '사망'했다가 살아난 사람이 되었다.

책이 나온 직후인 3월 첫 주일에 묘동교회에서 충격적인 이야기를 들었다. 예배를 마친 뒤 전도사님께서 내게 어두운 표정으로 조심스럽게 전해주신 내용은 놀라웠다. 자신의 교회 장로님 한 분이 경기고등학교 55회 졸업생인데 이종수 씨가 동창 명부에 '사망'으로 기재되어 있다는 것이다!

나는 온몸이 떨렸다. 쉽게 믿을 수 없었다. 살아 있는 사람이, 그것도 그 사실을 어머니도 형제도 알고 있는데 어떻게 죽은 사람이 되어 있었을까? 전쟁 직후여서 생사를 확인할 수 없는 시절도 아닌데 말이다.

어떻게 바로 잡을까, 온통 그 생각뿐이었던 그날 저녁에 내가 1983년부터 활동하던 사랑의 전화 연구원에게서 전화가 왔다.

"제 형부가 경기고 동창회 사무국장 일을 보고 계세요. 제가 형부한테 선생님 뜻을 전하면서 책을 한 권 드렸어요. 형부가 알아보니 이종수 선생님이 동창 명부에 '사망'으로 되어 있으셔서, 기존 기록을 지우고 새로 기재했다네요. 그래서 바로 전화 드려요."

정말 고마웠다. 그 순간, 여러 가지 갈등을 극복하고 책을 쓴 목적이 달성되는 것 같았다. 내가 책을 쓴 가장 큰 목적은 내 남편 이종수가, 가족들조차 등을 돌린 그가 살아 있다는 사실을, 장애를 가진 그의 삶도 비장애인들의 삶처럼 소중하고 아름답다는 것을 단 한 사람에게라도 더 알리고 싶어서였다. 동시에 남편의 학창 시절을 기억하는 친구들이 책을 읽기를, 그를 찾아주기를 바랐다. 그런데 그 바람이 이뤄진 것이다. 그의 이름 옆에 적혀 있던 '사망'은 지워지고 살아 있는 사람이 되었다. 저절로 감사 기도가 나왔다.

"주님, 인간의 부족함과 잘못이 얼마나 큰지를 알려주셨습니다. 한 생명이 천하보다 중요하다는 당신의 섭리 또한 깨닫게 됩니다."

며칠 후 또 다른 연락이 왔다. 그 당시 경기고등학교 교장선생님께서 당신도 경기고등학교 55회 졸업생이라면서 55회 동창 모임을 알려주며 참석하라고 하셨다. 나는 가능하면 남편을 데리고 가리라 마음먹었다.

3월 둘째 주일, 예배를 마치고 여느 때처럼 가장 먼저 밖으로 나오는데, 전도사님이 전에 얘기한 남편의 고교 동창이라는 홍 장로님이 오셨다며 소개해 주셨다.

남편은 무덤덤한 표정으로 홍 장로님을 물끄러미 쳐다보았다. 나는 얼른 그에게 "여보, 악수하셔야지요"라고 말하며 홍 장로님께도

"이종수입니다" 했다. 홍 장로님께서 그에게 손을 내밀었고, 그는 여전히 무표정한 얼굴로 악수를 했다.

극적인 장면이었다. 가슴이 떨렸다. 남들에게는 정말 아무것도 아닌 일이지만 남편 이종수 씨에게 동창생과 악수를 하는 일은 평생 처음이었다. 40년 만에 동창생을 처음 만나는 자리였다. 하지만 이종수 씨는 간단히 악수를 하고선 혼자 자리를 떴다.

그 모습이 안쓰럽고 마음이 아파서 나는 얼른 묵례를 하고 그를 뒤따라 갔다. 그때 우리 부부 곁을 지나가시던 정 목사님이 "동창생도 만나시고 좋으시겠어요!"라고 인사를 하자 그제야 남편의 얼굴에 표정이 되살아났다.

"진순이가 똑똑해요."

그러고는 내게 몸을 붙이며 작은 소리로 "진순이, 저 늙은 것이 동창이래! 우습지?"라고 말했다. 그 말과 목소리에서 멋쩍어하는, 그러면서도 감격하고 기뻐하는 것이 전해졌다.

그런데 나는 어쩐지 속이 상했다. 동창생을 만났을 때의 그의 기분이나 마음 상태를 미처 파악하지 못했다는 생각, 그리고 그 긴 세월 동안 친구도 못 만나며 살아온 남편의 슬픈 과거 때문에 속이 상했다.

며칠 후였다. 기독교방송국 〈42번가의 기적〉에 출연 일정이 잡혀 있던 날이라 아침부터 분주했다.

오전 일찍 미용실에서 머리 손질을 하고 있는데 휴대전화로 전화가 걸려왔다. 모르는 번호였는데, 전화한 사람은 자신을 김병채라고 소개하며 남편의 동창이라고 했다. 남편과 통화해서 내 번호를 알았다는 그는 3월 30일 광림교회에서 총동창회 신우회에서 부부 동반 저녁 모임이 있으니 참석하라고 말했다.

"그리고 10분 정도 쓰신 책에 대해 간단히 얘기 좀 해주시면 좋을 것 같은데, 부탁해도 되겠는지요?"

일단 알겠다고, 연락 주셔서 감사하다고 말하고 전화를 끊었는데, 집으로 오는 동안 내내 한 가지 생각으로 어리둥절했다. 마치 공중에 떠 있는 기분이었다.

'그가 전화를 받았다니, 어떻게 받았을까?'

그는 나와 살아오는 동안 단 한 번도 전화를 받은 적이 없었다. 직접 묻고 싶은 마음에 급히 문을 열고 들어서는데, 남편이 통화하고 있는 것이 보였다. 그는 나를 보더니 이렇게 말했다.

"홍서, 진순이 들어왔어. 바꿔줄게."

나는 더 얼떨떨해진 기분으로 기계적으로 수화기를 건네받았다. 자신을 이홍서라고 밝힌 그분은 남편이 청량리와 명동성모병원에 있을 때 병문안을 다니셨다면서 동네 친구이자 중고등학교 친구라고 말했다. 드디어 남편과 가깝게 지내던, 그와 함께 보낸 시간을 기억하고 있는 친구를 찾은 것이다.

떨리는 심정을 진정시키며 남편이 언제부터 병이 생겼는지 혹시 아시느냐고 물어봤다. 그분은 고등학교 3학년 초까지는 괜찮았다며, 아버지는 엄하셨고 어머니는 굉장히 냉정하셨던 것으로 기억난다고 하셨다.

"이종수, 이 친구 참 선하고 좋은 친구였어요. 나는 오래전에 이 나라를 떠나 영국에서 지냈어요. 그렇지 않아도 귀국해서 동창회 사무실에 가서 이 친구를 찾았더니 사망으로 나와 있어 마음이 매우 아팠습니다. 병문안 가서 본 게 마지막이었다고 생각하니, 그동안 연락해보지 않은 것이 너무나 미안하고…."

잠시 말을 멈추신 그분은 다시 들뜬 목소리로 "그런데 살아 있다니 이렇게 기쁠 수가요, 도대체 이게 무슨 일인지… 아무튼 빠른 시일 내에 종수를 보고 싶은데, 함께 만났으면 합니다. 우리 와이프도 종수를 알아요. 함께 병문안도 갔거든요."

그런 친구를 찾았다는 사실, 그리고 남편이 전화를 받았다는 사실이 놀랍고 믿기지 않았다. 그도 상기된 표정이었다.

"어떻게 전화를 받을 생각을 했어요? 큰아버지, 전화 안 받잖아."

"내 친구 전화 같아서 받았지."

남편은 자랑하는 투로 말했다. 평생 벨이 아무리 울려도 전화를 받지 않던 남편이 친구 두 명의 전화를 받았다는 사실, 친하게 지내던 친구와 만나게 되었다는 사실을 접하면서 '이것이 아버지의 역사다. 바로 이것이 아버지의 증거며 확신이다'라는 생각이 들었고, 몸이 가볍게 떨렸다.

그가 생각난 듯 내게 물었다.

"진순이, 홍서 얼굴 생각나는 대로 말해봐."

"내 친구가 아니라 생각 안 나지."

“나는 홍서 얼굴 기억나, 기억나”라고 반복해서 말하는 그에게서 흥분과 설렘을 느끼며 나도 같은 기분이 되었다. 하지만 그러면서도 저 깊은 바닥에 깔려 있는 슬픔은 어쩌지 못했다.

그의 시계는
40년 동안 멈춰 있었다

3월 셋째 주일, 나는 오후 3시경부터 거실을 서성이며 자꾸 현관 쪽으로 귀를 기울였다. 이홍서 씨 내외가 우리 집에 오기로 한 날이었기 때문이다.

사실 나는 집에서 만나고 싶지 않았다. 남편이 아무래도 집에서는 편해서인지 조금 풀어지기 때문이었다. 하지만 그분이 굳이 우리 집으로 오시겠다고 해서 오후 4시로 약속 시간을 정한 것이다.

약속 시간이 되어가니 많이 떨렸다. 교회에서 잠시 인사를 나눈 분이 있긴 했지만, 이렇게 약속을 정해서 친구를 만나는 건 처음이었다. 그것도 집에서 말이다. 아니, 개인적인 인연으로 그를 찾아 누군가 집으로 오는 것 자체가 처음이었다.

나는 그가 어떤 모습으로 친구를 만날지 궁금했다. 머리속으로 그 모습을 미리 그려보고 싶었지만 상상을 할 수가 없었다. 시간이 되니 초인종 울렸고, 나도 그도 잠깐 긴장했다. 조심스레 문을 여니 노부부가 서 계셨다.

"어서 오세요."

"종수야! 내가 홍서다!"

안으로 들어선 그분의 첫마디였다. 그분의 목소리는 감정을 억누르는 듯했다. 부인도 "종수 씨"라고 그를 부르며, 명동성모병원 시절 봤다고 말했다. 15년 만에 처음으로 남편의 친구가 집에 온 셈이었다. 집에서 만나는 게 불편했는데, 막상 그 순간이 되니 잘했다 싶었다.

남편이 그리워하고 기억한다던 친구였다. 그런데 남편의 반응은 전혀 예상 밖이었다. 그는 화를 내며, 어른들이 무엇을 알고 싶어서 왔느냐면서 뭐든 빨리 물어보고 가라고 했다. 이홍서 씨가 "종수야, 나 홍서야! 얼굴을 기억하지 못 하니?" 하며 안타까워했다.

난 남편 마음을 눈치채고 이홍서 씨 부부에게 앉으시라는 말을 한 다음, 그를 데리고 방으로 들어갔다.

"여보, 당신이 그렇게 보고 싶어하던 홍서 씨잖아? 반갑게 인사도 하고 이야기도 나누세요."

그러고는 나 혼자 먼저 밖으로 나와 손님들에게 차를 대접하려고 준비하고 있으니 그가 다시 나왔다. 그는 이홍서 씨 내외와 마주 앉아 있으면서도 자꾸 나를 곁눈질했다. 하지만 대화는 멈추지 않고 이어나갔다.

그런데 이홍서 씨는 "종수야"라며 반말을 하는데, 그는 존댓말과 반말을 섞어가며 말했다. '저 늙은이가 동창이래, 우습지?'라던 그의 말이 떠올라 마음이 아팠다. 얼굴이 기억난다고 자랑했는데, 그가 기억하는 얼굴은 40년 전 까만 교복을 입던 열아홉 살의 얼굴이었다. 멈춰 있는 자신의 기억 속 이홍서라는 친구와 지금 자신의 눈앞에 앉은 예순을 넘긴 노신사의 얼굴이 달라서 혼란스러운 것 같았다.

"우리 와이프, 기억 안 나? 나랑 함께 너 만나러 병원에도 갔었는데… 네가 몇 번이고 색시냐고 물어봤잖아."

이홍서 씨의 말에 그는 이홍서 씨 부인을 얼른 한 번 바라보고는 아무 대답도 하지 않았다. 이홍서 씨 부인이 내게 "종수 씨, 젊었을 때 참 잘 생기셨어요"라며 작은 목소리로 말했다. 나는 채 웃어 보이지도 못하고 고개를 숙여버렸다.

"종수야, 도진이는 기억하지? 도진이랑 희영이한테도 연락해서 다 같이 만나자."

이홍서 씨 입에서 그 시절의 이름이 나오니 그는 얼굴이 달라지며 빨리 날짜를 정하자고 했다. 도진이는 어떻고 희영이는 어떻고라며 학창 시절 이야기를 꺼내기도 했다. 하지만 그러다가 이홍서 씨와 눈이 마주치면 얼른 외면했다.

가슴 한복판에서 뜨거운 것이 치밀어올라 하마터면 눈물이 쏟아질 것 같아 나는 입술을 깨물었다. 남편이 너무 가엾고 애처로웠고, 내가 어떻게 도와줘야 할지도 몰라 안타까웠다. 언제나 그랬듯 내가 매달리고 의지할 곳은 하나님뿐이었다.

'주님 도와주세요. 긴 시간이 흘러 친구를 만났는데 이런 일이 생기다니요. 주님, 동창을 만난 것은 주님의 뜻인데 옛날 말을 하면서 지낼 수 있게 도와주세요.'

두 분이 돌아가신 뒤 나는 조심스레 물었다. 이홍서라는 분 얼굴이 생각 안 나냐고.

"홍서는 저렇게 늙지 않았어."

남편은 화가 난 목소리로 단호하게 말했다. 자신이 말하는 것이 사실이며, 그것을 내게 가르쳐주려는 듯이. 15년 동안 나는 그의 손발이 되고 그의 대화 창구가 되어 살아왔다. 그가 다리 한쪽을 잃은 뒤에는 의족을 들고 휠체어를 밀며 그와 한 몸처럼 살아왔다. 하지만, 이럴 때는 나도 뭘 어떻게 해야 하는지, 그를 어떻게 도와야 하는지 알 수 없었다.

그달 말일에 있다는 총동창회 신우회 모임에 나가야할지, 그에게 좋은 일인지 판단이 서지 않아 걱정되었다. 하지만 나는 걱정하지 말자고 스스로를 다독거렸다. 언제나 주님께서 나와 함께 계시니 내가 할 수 있는 최선을 다하고, 그다음은 주님께 맡기면 된다고.

3월 30일, 우리 부부는 광림교회에서 열린 경기고등학교 총동창회 신우회 모임에 참석했다. 첫 참석이었다. 그동안의 통과의례 덕이었는지 그는 편안한 표정으로 잘 참석했다. 인사도 잘 나눴고, 나랑 이야기도 잘했다. 식사도 잘했고, 식사 후에 이어진 찬양 연습도, 율동도 잘 따라 했다. 저녁 여섯시에 시작된 모임이 열시가 넘도록 이어졌는데 집에 가자는 말을 안 했다. 그동안의 맘고생이 모두 기우였다는 게 다행스럽고 기뻤다.

문제는 친구들은 그를 알아보고 반가운 마음에 "종수야, 이새끼"라며 거리낌 없이 대하는데 그는 여전히 존댓말로 자신을 소개하고 대답했다는 것이다.

나는 단순히 그의 보호자나 간호사가 아니라 그의 아내였다. 과거와 현재를 연결하지 못하는 그의 상태가 걱정되면서 내 마음도 편치 않았다. 이렇게 감사한데 더 많은 것을 바라나 싶어 나 자신을 나무랐지만, 아쉬운 기분은 쉽게 가시진 않았다.

집으로 돌아오는 길에 그에게 왜 동창들에게 존댓말을 하느냐고 물었다.

"그분들은 어른이잖아."

더 이상 말을 할 수 없었다. 시간이 흘러야 될 일이라는 생각이 들었다. 여기까지 오는 데 걸린 세월을 생각하면 더 기다리지 못할 것도 없었다.

매달 마지막 목요일마다 영락교회에서 경기고등학교 55회 신우회 모임이 있다는 연락도 받았다. 처음 연락받았을 땐 "동창은 필요없다"며 몹시 화를 내던 그가 다행히 마음을 돌려서 4월부터는 모임에 나갔다.

영락교회에 도착하니 동창 한 분이 마당에서 우리 부부를 반갑게 맞이해주셨다. "종수 왔니?" 하면서 그의 어깨에 손을 얹고 걸어 들어가는 모습이 정다웠다.

예배 후 연세대학교 부총장이셨던 박준서 목사님의 설교가 이어졌다. '비교하지 말라'는 주제로 사람을 있는 그대로 사랑하자는 내용이었다. 내게도 큰 힘이 되고 다시금 용기를 준 설교였다.

남편을, 우리 부부를 다른 사람과 비교하지 않고 살아온 시간이, 그리고 그에게 나쁜 소리 하지 않고 지내온 시간이 이렇게 응답받는다는 생각에 감사하고 또 감사했다.

이어진 친교 시간에 남편은 친구들에게 과거 이야기를 들으며 웃기도 했다. 헤어질 시간이 되었을 때도 나는 저만치 뒤따르며 친구들과 어울리며 주차장까지 함께 걸어나가는 그의 모습을 지켜보았다. 친구들과 어깨를 나란히 하고 걸어가는 그의 뒷모습을 볼 수 있다니, 정말 이런 시간도 오는구나…. 입에서 연신 '주님, 감사합니다'라는 말이 나왔다.

그런데 사람이란 참 간사했다. 6월 모임부터는 남편이 나보다 신나서 모임에 임했고, 오히려 내 마음은 조금씩 무거워졌다. 더 솔직히 말하면 가기가 싫었다.

그 모임에 나오는 이들은 모두 사회적으로 성공한 사람들이었다. 남편의 삶과는 전혀 다른 삶을 사는 사람들, 당연히 아내들도 나와는 달랐다. 반가운 인사를 나눈 첫 모임과 달리 우리 부부는 다른 사람들과 나눌 대화가 없어졌다. 하나님의 자녀라는 사실 외에는 공통분모가 전혀 없었다. 단지 주님이 계신 곳이기에 갈 뿐이라는 생각이 강하게 들었다.

꽃이 많아서 이종수 씨가 특히 좋아하던 경기도 광주의 한 찻집에서, 2005년.
남편에게 세상으로 나갈 용기, 사람의 눈빛을 마주하고 인사에 대답하고 싶은
용기를 준 《종수이야기》와 방송은 내게도 큰 영향을 끼쳤다.
그에게만이 아니라 내게도 소중한 책이다. 《종수이야기》 덕분에
그는 경기고등학교 55회 동창 명부에서 '사망'했다가 살아난 사람이 되었다.

사람을 비교하지 말라는 설교를 같은 자리에서 들은 것이 불과 두 달 전이고, 내 삶이 그렇게 힘들었던 만큼 주님의 은혜를 더 많이 받을 수 있다고 감사드렸던 내가 아니었던가. 눈물 흘리며 뜨거운 감사 기도를 올린 지가 얼마나 되었다고 다른 사람들과 우리를 비교하는 잘못을 벌써 저지르고 있었다.

나는 흔들리는 나 자신을, 그것도 주님의 가르침과 다른 방향으로, 스스로도 옳지 않다고 믿어온 방향으로 기우는 내 자신을 꾸짖었다. 더 열심히 기도했고, 더 열심히 세상으로 나가려고 노력했다.

하지만 신우회 모임은 2004년을 마지막으로 더 이상 나가 않았다. 그도 횟수가 거듭될수록 동창 모임에 나가는 것을 거부했다. 내 잘못인 것 같아 설득하고 노력했지만 연말 모임이 마지막이 되었다. 그도 친구들과 나눌 얘깃거리가 없다는 것을 느꼈던 것 같다.

계속 참석하자고 설득했던 것은 그가 느끼는 소외감을 해결해주지도 못하면서 방치하는 것이라는 생각이 들어서였다. 반복되는 소외감이 그에게 좋지 않은 영향을 미칠 것이라는 생각도 들었다. 그래서 그가 다시 원하면 참석하리라는 기대와 약속을 하는 것으로 신우회 모임은 접어야 했다.

2000년이 되었지만 이종수 씨의 시계는 여전히 1960년이었다. 그의 시계는 40년 동안 멈춰 있었다. 내가 시간을 되감아줄 수는 없었다. 대신 그의 시계가 그 순간부터라도 더 활기차게 움직이도록, 현재 살아 숨 쉬는 그의 역사가 제대로 기록될 수 있도록 최선을 다하는 것이 내 일이었다.

새로운 세상을 보고
아이처럼 기뻐하던 당신

2000년 가을, 우리 부부는 꿈같은 여행을 했다. 미국 여행을 다녀온 것이다. 그와 함께 해외여행을 가다니, 정말이지 깨고 싶지 않은 꿈처럼 행복한 시간이었다.

친정 어머니와 형제들은 1998년 미국으로 옮겨가서 국내에는 친정 식구가 없었다. 어머니와 동생들은 여전히 나에게 큰 힘이었고 의지할 수 있는 유일한 존재였지만 아무래도 조금 더 외로워진 것은 사실이었다. 외로움을 느낄 정신적, 시간적 여유도 없었지만 의지가 되고 실질적으로도 큰 도움을 주는 형제들과 어머니가 사는 미국에 가고 싶다는, 나도 함께 살고 싶다는 생각은 종종했다.

하지만 그것이 생각에 그쳐야만 한다는 것도 알고 있었다. 이종수 씨는 비자를 만드는 과정도 불가능했다. 그를 두고 나 혼자 다녀올 수도 없었다. 잠시라도 그를 부탁할 사람이 없었고, 있다 하더라도 그러고 싶지 않았다.

나는 그가 만 60세가 되어 인터뷰 없이 비자를 받을 수 있는 시기가 되면 미국 여행을 시도해보리라 기대했고, 그 바람을 이루었다. 2000년이 되자마자 비자를 신청했고, 6월 그의 미국 비자가 내 손에 들어왔다.

미국행 비행기를 타기 전날, 우리 두 사람은 너무 흥분해 한숨도 자지 못했다. 출발 일주일 전에는 남편이 기침을 심하게 하고 열이 39도까지 오르는 등 갑자기 심하게 아파 응급실에 실려 가는 바람에 미국행을 미뤄야 하나 했었다. 그런 일이 있었기 때문에 더 조심하고 더 각별히 신경 썼는데도 그나 나의 상태를 완전히 컨트롤할 수 없었다.

사실 그에게는 어머니와 동생을 만나기 위해 미국에 간다는 말을 최대한 늦게 했다. 그는 하고 싶다는 생각이 들면 무엇이든 당장 하자고 끊임없이 졸랐는데, 미국 가는 일은 조른다고 해줄 수 있는 일이 아니기 때문이다. 그래서 출발 한 달 전에야 미국 홍일이(남동생 이름) 집에 간다고 말했다.

그는 남동생을 많이 좋아했다. 남편처럼 사회화가 덜 된 사람, 아이 같은 사람은 본능으로 자신에게 진심으로 잘하는 사람을 안다. 그래서 그는 친정 식구들을, 특히 남동생을 참 좋아했다.

여행을 위해 그가 협조해야 일도, 미리 준비할 것도 많았는데 좋아하는 홍일이에게 간다고 해서인지 일러주는 것을 잘 따라 하고 출국 날짜도 잘 기다려 주었다. 출발 3일 전부터는 너무 들떠서 설사도 하고 잠도 잘 자지 못했다.

우리가 탈 애틀랜타행 비행기는 아침 열시 비행기여서 집에서 여섯시에는 출발해야 했기에 잠시라도 눈을 붙이게 하려고 미리 알아봐둔 안정제를 먹게 했는데도 그는 눕지도 않고 집 안을 왔다 갔다 했다. 나는 결국 기저귀를 차게 하고 둘이서 밤을 새웠다.

다음날, 비행기 좌석에 앉기 전까지 미국행을 취소해야 하는 일이 생길까봐 나는 계속 조마조마했다. 공항에 도착해서 수속을 밟는 동안 그가 내게 몸을 바짝 밀착시키는 것이 느껴졌다. 새로운 환경이 두렵고 불안한 모양이었다.

"자신 있죠? 비행기 탈 자신 있죠?"

"자신 있지."

나는 일부러 다른 반응은 보이지 않고 고개만 끄덕였다. "근데 비행기 타다가 떨어지면 어떡해?"라고 묻기에 나는 여전히 표정 변화 없이 천연덕스럽게 "진순이가 업을 테니 걱정하지 마"라고 말했다.

"말도 안 되는 소리."

그는 짜증스럽게 대꾸했지만 난 모르는 체했다. 그렇게 하는 게 그 순간에 가장 좋다는 걸 알기 때문이었다. 대신 이륙 대기 중이나 준비 중인 비행기를 보여주며 이런저런 얘기를 해주었다. 다행히 마음을 놓으며 덜 불안해하는 것 같았다.

문제는 비행기를 탄 후였다. 그는 상당히 불안해하면서 이륙을 기다리는 동안 5분이 멀다 하고 화장실에 가고 싶다고 했다. 안전벨트 비상등이 꺼진 후에도 계속 화장실에 가고 싶어 했고, 어떨 땐 기침이 너무 심해 일부러 화장실에 데려가기도 했다.

그 와중에 웃지 못할 에피소드도 있었다. 화장실에 둘이 들어가는 것을 한 외국인이 스튜어디스에게 말한 모양이었다. 그 외국인은 우리가 화장실을 다른 용도로 사용할 거라고 생각한 듯했다.

노크 소리가 들려 대답을 하니 스튜어디스가 왜 두 명이 들어갔느냐고 물었다. "할아버지가 장애인이라 도와줘야 해서 함께 들어갈 수밖에 없어요"라고 대답했고, 스튜어디스는 몰랐다며 미안하다고 말했다. 긴장한 와중에 그런 상상의 대상이 되었다니 우습기도 하고 기분이 희한했다.

15시간이 넘는 비행시간 동안 남편은 많이 불편해했다. 지난밤을 꼬박 새웠는데도 한숨도 자지 않았다. 그렇다고 영화를 볼 줄 아는 것도, 책을 읽는 것도 아니라 나도 그와 얘기하거나 아무것도 않고 시간이 흐르기만을 기다렸다.

비행기를 타기 전부터 비행 중에도, 잠시 후 애틀랜타 공항에 도착한다는 안내 방송이 나올 때까지 나는 조마조마하고 걱정스러웠다. 그나마 그가 힘든 상황을 잘 참아주어 다행이었다. 그도 첫 해외여행이, 자신이 좋아하는 홍일이의 집에 가는 것이 그만큼 좋았던 것이다.

애틀랜타 공항에 도착해 "큰아버지 여기가 미국이야"라고 말해주었더니 그도 고개를 크게 끄덕이며 "그래, 그래"라고 대답했다. 그도 나도 그 어느 때보다 목소리가 컸다.

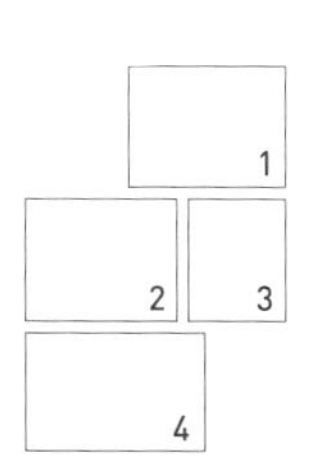

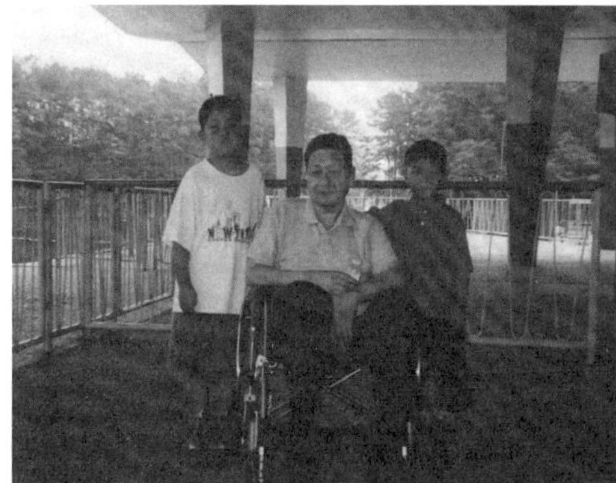

미국 여행 때 친정 식구들과 함께 한 행복한 시간들.
1, 2는 2000년 첫 번째 방문 때, 3, 4는 2004년 말 두 번째 방문 때의 사진이다.

공항에는 어머니와 동생, 조카가 마중 나와 우리를 기다리고 있었다. 그 모습을 발견하고 그가 나보다 먼저 "홍일이!"라고 소리치며 손을 번쩍 들었다. 그 소리를 듣고 두리번거리던 동생도 우리를 발견하고 뛰어와 그를 와락 껴안았다.

"매부 잘 오셨어요."

엄마도 곁으로 오셔서 "큰아버지, 건강하게 잘 와줘서 고마워"라고 말씀하셨다. 그는 "네, 어머니"라고 대답하며 고개를 숙였다. 그의 얼굴에는 연신 웃음이 떠나지 않았고 감격스러운 기색이 역력했다. 그 모습을 보는 나도 웃고 있다고 생각했는데, 내 볼을 타고 눈물이 흘러내리는 것이 느껴졌다.

그것이 첫 미국방문이었다. 첫 방문을 포함하여 나는 그와 함께 총 세 번 미국 여행을 했다. 한 번 가면 두 달 정도 머물렀다. 기적 같은 일이었다. 첫 방문은 동생들이 힘을 합해서 비용 일체를 치러주었기에 가능했고 두 번째와 세 번째 여행은 다른 분들의 도움이 보태져 이뤄진 일이었다. 경제적 지원뿐만 아니라 가족과 지인들의 따뜻한 사랑이 우리에게 기적이 일어나게 했다.

미국 여행은 단순히 아름다운 풍경과 새로운 문화를 즐길 수 있어서 행복했던 시간이 아니었다. 고마운 사람들의 큰 사랑으로 우리 부부가 세상에 더 많은 감사와 희망을 가질 수 있게되어 행복한 시간이었다. 내게는 그가 더없이 환하게 웃는 모습을 볼 수 있어서, 그와 함께 가족의 사랑을 느낄 수 있어서 행복한 순간이었다.

그가 미국 여행에서 가장 좋아했던 곳은 디즈니랜드였다. 두 번째 방문에서 찾은 곳이었는데, 캐릭터 인형과 분장한 직원들의 모습에 눈이 휘둥그레졌고, 놀이기구도 많이 탔다. 그의 얼굴에서 웃음이 떠나지 않다. 조카들하고도 놀아줘야 하고 매형하고도 놀아줘야 해서 계속 이리저리 뛰어다니는 동생이 고맙고, 또 미안했다.

기쁨이 넘치는 그에게 "큰아버지 미국에 오는 거 대단한 거야. 아무나 오는 거 아니야. 우린 벌써 두 번째잖아? 더 대단한 거지"라고 말하면 그는 웃으면서 "알았어, 알아. 그만, 그만"이라고 말했다. 그렇게 장난까지 치며 나도 소녀 때로 돌아간 기분이었다.

미국 여행을 하는 동안 그는 마치 아이 같았다. 새로운 장난감이나 신기한 물건을 보자 처음에는 잠시도 눈을 떼지 못하다가 그것이 마음에 들면 손뼉치며 좋아라 하는 아이. 나도 그런 그와 함께 아이처럼 순수한 마음으로 돌아가 행복한 시간을 보냈다.

다시 만날 때까지,
평안하시기를!

2012년 5월 8일, 붉은 카네이션 같은 햇살이 아침부터 창을 통해 눈부시게 들어오고 있었다.

방에서 나와 보니 남편이 소파에 누워 있었다. 종종 있는 일이라 아침 식사를 준비하려고 주방 쪽으로 가다가 소파 쪽으로 갔다. 뭔가 이상한 기분이 들어서였다. 가까이 가서 보니 그의 낯빛이 더 안 좋아 보여, 손으로 이마를 짚어봤다. 열이 느껴졌다.

"열나는 거 같은데…."

다시 한 번 만지니까 그가 내 손을 밀치며 화를 냈다.

"남의 이마를 왜 만져?"

하지만 그가 화를 내는 게 아니라 두려워하는 것임을 나는 알았다. 그는 몸이 안 좋을 때 내가 만지면 더 싫어했다. 처음에는 몰랐는데 싫어하는 이유는 무서움이었다. 무서우니 괴팍해지는 것이다.

무서워하는 이유를 알기에 그가 그럴 때마다 나는 슬프고 안타까웠다. 자신이 아픈 것을 알면 입원시킬까 봐, 병원에 두고 가버릴까 봐 안 들키려고 하는 것이다.

남편만 그런 것이 아니다. 조현병 환자들은 아프다는 표현을 못하고, 안 한다. 그들은 병원, 특히 폐쇄병동에 대한 공포를 갖고 있다. 아프다고 하면 폐쇄병동에 또 가게 될까 봐 두려워한다. 그래서 조현병 환자들은 아파도 아프다는 말조차 못 하고, 가족들은 그걸 지켜보고 살아야 하는 것이다.

"큰아버지, 지금 열이 많이 나서 병원에 가야 해."

"병원에 왜 가? 난 병원 안 가!"

그가 목소리를 높였다.

"여보, 진순이 말 잘 들어. 우리는 정신병원에 가는 게 아냐. 안 가. 열이 나서 일반 병원가는거야. 119 불러야 해."

그는 절대로 안 된다고 펄펄 뛰었다. 27년 동안 정신병원에서 보낸 시간이 두려움으로 남은 데다가 당뇨로 다리를 잘라내는 수술까지 했던 그가 병원을 싫어하는 건 당연했다.

나는 차가운 수건으로 몸을 식히며 열이 내리기만 기다렸다. 하지만 워낙 열이 높아 결국 119를 불러 병원에 갔다. 맥박수도 다른 날보다 많이 높았다.

그날 구급대원과 응급실에 근무하는 의사와 간호사들을 접하면서 느낀 게 많았다. 그분들의 입장에서는 어쩔 수 없는 한계일 수도 있지만, 조현병 환자와 살아온 가족으로서 하고 싶은 말이 많다. 그분들이 애쓰시는 건 안다. 그리고 그 수많은 병의 특징을 다 알 수 없다는 것도 안다.

하지만 구급대원도, 응급실 간호사도 자꾸 남편에게 "어르신 괜찮으세요?"라고 물었고, 남편은 남편대로 자기는 괜찮다고, 자기는 환자가 아니라고 우겼다. 그러면 그분들은 내게 이해할 수 없다는 표정을 지어 보였다. 나는 그때마다 구구절절 설명해야 했다.

"이분은 원래 안 아프다고 해요. 하지만 맥박이 130이 넘고 열도 이렇게 나는데, 보시면 환자라는 거 아시잖아요."

간호사는 내 말에 아무 대꾸를 하지 않고 자리를 비우더니 돌아와서 또 다시 남편에게 어디가 아픈지 물었다.

"지금 어디가 제일 불편하세요?"

"나 안 아프다니까! 진순이가 데려온 거지, 난 안 아파!"

나는 하도 답답해서 목소리를 높일 수밖에 없었다.

"제발 제게 물어봐 주세요."

"왜 아줌마한테 물어봐요? 아픈 사람은 어르신이잖아요?"

의사도 내 말을 이해하지 못했다.

"이분은 의사가 물어보면 자기 입원시킬까 봐 겁이 나서 무조건 안 아프다고 해요. 일단 나한테 물어봐 주세요."

문제는 그때부터였다. 평소 무슨 약을 먹느냐는 질문에 당뇨약도 먹고, 정신건강의학과 약도 먹는다고 대답하니 병원 측 태도가 돌변했다.

"네? 정신과 약이요? 언제부터요? 증상이 뭔데요? 그럼 이분, 대화는 가능해요?"

나는 그들의 질문 공세에 솔직히 화가 났다. 응급실에선 환자의 통증 원인을 알아내기 위해 문진 외에 여러 가지 검사도 하고, 의료기록도 체크해본다는 것을 안다. 하지만 그들의 질문 속에는 정신질환을 앓고 있는 사람에 대한 편견이 있었다.

"열은 나지만… 본인은 아픈 데가 없다는데 다른 쪽 병원에 가보셔야 하는 건 아니에요? 여기서 봐도 되는지… 본인은 안 아프대잖아요."

노골적으로 그렇게 말을 할 때는 나도 참을 수가 없었다. '다른 쪽'이라 하면 정신병원을 가리키는 것이라는 걸 모를 수가 없었다.

"열이 나는 이유라도 알려주셔야죠. 열도 내려주시고."

남편이 아파서 걱정되어 죽겠는데 그런 편견까지 더해지자 아픔이 몇 배로 늘어났다. 열의 원인은 전립선의 염증이었다. 그래서 비뇨기과에서 전립선 치료를 받기 시작했다.

2012년, 그는 환자가 되어 지냈다. 탈장이 되어 옆구리에 육안으로 확인될 정도로 혹처럼 불거져 나왔다. 평소 그가 기침을 많이 하는 데다 몸이 노화돼서 일어난 현상이라 했다. 게다가 탈장된 부위를 없애기 위해 수술할 방법도 없다고 했다.

게다가 왼쪽 발뒤꿈치에 혹이 생겼는데, 당뇨 후유증으로 생긴 것으로, 혹이 다리로 퍼지면 다리를 또 절단해야 한다고 했다. 다리 절단수술을 또 해야 한다니, 믿을 수 없었다.

"선생님, 전 수술 또 못 시켜요. 그 흉한 꼴은 두 번 다시 볼 수가 없어요."

의사도 이해한다면서 혹이 다리로 퍼지지 않도록 최대한 노력하는 수밖에 없다고 했다. 병원에서는 파스 같은 것을 주면서 뒤꿈치에 붙였다가 5일에 한 번씩 갈아주라고 했다.

"갈아줄 때 진물이 있으면 빨리 병원으로 오셔야 해요."

발뒤꿈치에 테이프를 갈아 줄 때마다 심장이 떨렸다. 다시는 그 험한 수술을 겪게 하고 싶지 않았다. 나 역시 그 고통스러운 과정을 다시 밟을 수 없을 것 같았다. 매일 기도하고 또 기도했다.

그는 나이가 들면서 날로 정신이 맑아졌다. 대화하면서 생각도 하는 그를 보면서 나는 아주 기뻤다. 반면에 육체는 빠른 속도로 늙어갔다. 그래서인지 움직이는 것을 몹시 부담스러워 했다. 기침도 심해 듣는 나까지 가슴이 아팠다. 특히 밤 열한시 정도에 아주 심한 기침을 하곤 했는데, 그때는 아프다는 말까지 했다.

어이없는 말처럼 들리겠지만, 나는 그가 아프다고 말하는 것이 좋았다. 남편이 아픈데 좋아하는 아내라고 이상하게 여길 수 있다. 하지만 나는 그가 아플 때 아프다고 말할 수 있게 된 것이 좋았다.

아프다고 말하면 정신병원에 들어가서 죽을 때까지 갇혀 있을까 봐 아프단 말도 제대로 못하는 정신질환자들의 슬픔을 누가 알까? 다행히 이종수 씨는 점점 호전되어 아프면 아프다고 말할 수 있게 되었다. 그만큼 그가 나를 믿는다는 게 느껴져 가슴이 찡했다.

"진순이, 나 몹시 아퍼. 나 죽으면 안 돼."

"아프다고 다 죽는 거 아니야, 걱정하지 마. 죽지 않아."

"그래, 알았어. 됐어."

꼭 그런 말을 들어야 잠을 청했던 남편이었다. 나는 그런 그를 보며, 앞으로도 '죽지 않아'라는 말을 계속 해주고 싶었다.

2013년 1월 20일이었다. 아침에 일어나 보니 거실 소파에 누워 있는 그의 얼굴이 백지장처럼 하얬다.

"큰아버지, 얼굴이 백지장이야. 왜 이래? 추워?"

"안 추워."

하지만 얼굴색이 너무 하얬다. 나는 덜컥 겁이 났다. 얼른 매실차를 뜨겁게 타서 먹였지만 안색은 돌아오지 않았고, 느낌이 아무래도 이상했다.

"큰아버지, 안 되겠어요. 병원 가요."

힘없이 누워 있던 그는 어디서 그런 힘이 났는지 화를 벌컥 냈다.

"너는 나 데리고 병원 가는 게 취미야? 니 일이야?"

그가 화를 내는 건 문제가 아니었다. 아픈 그를 그냥 내버려 둘 수가 없었다.

응급실에 가서 피검사를 했더니 빈혈지수가 5로 나왔다. 빈혈지수는 13이 정상이고, 4만 되어도 사망할 수 있다고 했다. 그런데 그는 5라는 것이었다.

"아무래도… 오늘을 못 넘기실 것 같아요. 유감입니다. 가족들을 부르셔야 할 것 같습니다."

순간 머리가 텅 비어버리는 것 같았다.

"가족이 없어요."

내가 그 말을 하고 있는지도 인식할 수 없었다. 의사가 나를 끌어안으며 물었다.

"아니 왜 가족이 없어요?"

나도 속으로 물었다. '그러게요. 왜 그에겐 가족이 없을까요? 왜….'

잠시 후 나는 정신을 차리고 친한 선배에게 전화를 했다.

"우리 큰아버지, 오늘 못 넘기신대."

선배가 한걸음에 달려와 주었다. 담당 의사가 선배한테도 같은 말을 한 모양이었고, 선배는 빨리 손을 쓰라고 소리를 쳤다. 나는 병원에 뭘 요구할 힘도 없었다.

관건은 그의 몸이 피 주사를 받아 들이냐, 못 받아들이느냐라고 했다.

"피 주사가 잘 들어가면 고비를 넘길 수 있습니다. 그런데 피 주사를 몸에서 받지 못하면… 도리가 없습니다."

그런데 피 주사는 일반 병동이 아니라 중환자실에서만 놓을 수 있다고 했다. 남편은 중환자실에 들어가지 않겠다고 했고, 나도 정말 중환자실에 보내기 싫었다. 하지만 그 길밖에 없었다. 그를 중환자실에 두고 나는 그 옆 가족 쉼터로 마련된 방에서 마음을 졸이며 기도를 했다.

다행히 그의 몸은 피 주사를 받아들였다. 그날을 못 넘길 수도 있다는 고비는 일단 넘긴 것이다. 피 주사는 20대 이상 놓을 수 없어, 20대를 맞고 일단 일반 병실로 옮겼다. 중환자실에 들어간 지 5일 만이었다. 그가 끝까지 내 손을 놓지 않아줘서 고마웠다.

하지만 며칠 후 퇴원할 때 의사는 이렇게 말했다.

"고비를 넘긴 건 정말 놀라운 일이에요. 너무 간절하셔서 이 말씀을 드리기가 너무 어려운데…, 앞으로 3, 4개월 정도밖에 못 버티실 거예요."

나는 그 말이 3년, 4년으로밖에 안 들렸다. 아니, 나는 그렇게 들었다. 3, 4개월이 아니라 3, 4년이라고.

2013년 5월 9일, 정기적으로 가는 내분비내과를 찾았다.

"요즈음 식사를 잘 안 하시고 자꾸 죽을 먹겠다고 해요. 선생님, 매일 걱정이에요. 입원해 있으면 안 될까요? 조금이라도 안심이 될 거 같아요."

"그 마음은 알겠지만 입원한다고 될 일은 아니에요. 마음 비우시고 두 분 다 편안하게 지내는 게 제일 좋습니다."

나는 의사 말처럼 이제는 그가 떠나는 순간을 준비해야겠다는 생각이 들었다. 하지만 계속 준비만 하고 싶었다.

6월 1일, 남편의 컨디션이 좋았다. 아침 식사도 점심 식사도 다른 날보다 좀 더 먹었다. 그런데 오후 3시 30분쯤, 어딘가 조금 이상하다는 느낌이 들었다. 설명할 수 없지만 이상한 기운이 느껴졌다. 나는 겁이 났다.

"큰아버지! 우리 병원가자!"

"또, 또! 넌 진짜 취미냐?"

나는 남편의 말을 못 들은 척했다. 하지만 우겨도 될 것 같지 않은 기분이 들어 설득하는 것은 포기했다. 다행히 그의 안색이 조금 나아져 나는 가슴을 쓸어내렸다.

저녁 식사도 하고, 그를 휠체어에 앉히고 담요를 덮어준 다음 집 밖으로 나갔다. 그날은 아파트에 정기적으로 열리는 장이 서는 날이었고, 장이 서는 날이면 우리 둘이 함께 구경하곤 했기 때문에 그 날도 구경삼아 나간 것이다. 휠체어를 밀며 한 바퀴 도는데 저절로 이런 기도가 나왔다.

'얼마든지 휠체어를 밀 수 있습니다. 이렇게 남편과 함께 산책할 수 있도록 해주세요.'

그의 얼굴에도 생기가 도는 것 같아 마음이 조금 더 편안해졌다. 그런데 그가 "목이 말라"라면서 집에 가서 물을 마시자고 했다. 서둘러 집으로 돌아왔다.

그의 몸이 많이 허약해진 뒤로는 휠체어를 방에 있는 침대 옆까지 밀고 왔다. 그를 침대에 눕혀놓고 물을 갖다 주었다. 그리고 물수건으로 몸을 닦아주기 시작했다. 저녁마다 하는 일이었다.

"진순이, 뜨거운 수건으로 좀 닦아줘."

그는 내가 닦아주는 걸 좋아하지 않았다. 내가 수건으로 몸을 닦으면 "얼른얼른 대충 해"라며 질색을 했다. 자신의 몸을 만지는 걸 싫어하는 사람인데 구석구석 물수건으로 닦는 게 편안할 리 없었다. 그나마 그의 아내 '이진순'이니까 내버려두는 것이다. 그런데 이번엔 스스로 뜨거운 물수건으로 닦아달라고 했다.

"뜨거운 수건으로 닦으면 시원할 거 같다."

나는 얼른 뜨거운 수건을 만들어서 그의 몸을 닦았다.

"진순이, 시원해."

그 목소리가 정말 편안했다. 몸을 다 닦고, 물도 한 잔 더 마시고 그가 좋아하는 떠먹는 요구르트도 먹였다.

몇 분이나 지났을까? 10분? 그가 졸리다고 말했다.

"어, 그럼 자."

내가 그에게 한 말이었다. 그리고 마지막 말이 되었다.

나는 휠체어 바퀴를 닦은 다음, 방을 닦고 있었다. 그러다 그를 바라보는데 느낌이 이상했다. 입이 약간 열려 있고 눈도 가늘게 떠져 있는 것 같았다.

"큰아버지, 큰아버지! 정신 차려봐. 정신 못 차리면 큰일 나!"

그의 몸은 반응하지 않았다.

그는 잠든 채 고통 하나 없이 주님 곁으로 갔다. 73년이라는 고단한 삶을 마감하고 고통을 끊고 자유로운 영혼으로. 그의 얼굴은 평온했다. 살짝 벌어진 입술은 가벼운 미소까지 띠고 있었다.

평생 기도했던 대로 아름답고 평화롭게 육신과의 인연을 끊어낼 수 있어 정말 감사했다. 이번에도 주님은 내 기도를 들어주셨다.

'하나님, 우리 종수 씨를 저보다 일주일이라도 먼저 데려가 주세요. 제가 그의 마지막 길을 챙겨주어야지요. 그를 위해 기도도 드리고, 찬송가도 불러주고 싶어요. 그리고 주님, 그가 주님 곁으로 갈 때 편안히 잠들 듯 갈 수 있게 해주세요. 사는 동안 고통을 껴안고 산 사람입니다. 이생의 끈을 놓고 주님 곁으로 가는 순간만이라도 편안히 갈 수 있게 해주세요.'

주님은 나의 기도를 들어주셨다. 혼자 장례를 치르면서 그가 행복한 사람이라는 생각이 들었다. 주님께서 편안하게 데려가셨고, 자신을 위해 울어주고 기도해주는 사람도 있으니 말이다. 그를 두고 내가 먼저 갔다면 얼마나 끔찍했을까?

다행이라는 생각이 들면서도 한편으로 나는 누가 마지막 길을 챙겨줄까 싶은 생각도 들었다. 그가 떠나고 나니까 이제야 내 걱정이 되었다. 하지만 그를 잃은 슬픔 위로 당장은 어떤 감정도 떠오르지 않았다.

그런데 세상을 떠난 그의 주검을 정리하는 과정에서 애써 누르던 슬픔이 폭발하고 말았다. 그가 아프지 않고 잠자듯 떠날 수 있어 감사한 일이라는 생각으로 마음을 다스리고 있었는데, 주검을 거두는 과정은 편하지 않았다.

집에서 돌아가셨기 때문이라며 파출소까지 가서 조서를 꾸며야 했다. 내가 남편을 해코지했는지 조사하는 게 분명했다. 나는 그를 생각해서 내 감정을 꾹꾹 누르며 조서 작성에 협조했다. 하지만 그게 끝이 아니었다. 부검을 해야 한다며 부검 다음 날까지 장례식을 미뤄야 한다는 것이었다. 억장이 무너졌다.

그의 병력과 당뇨합병증으로 얼마 전 의정부성모병원 중환자실에 있었다는 사실이 밝혀지고 나서야 부검하지 않고 장례를 치러도 된다는 결론 났다. 절차상 그럴 수 있다는 생각을 하면서도 죽고 나서가 아니라 살아 있을 때 더 많은 관심을 보여줬더라면 얼마나 좋았을까 라는 생각이 저절로 들었다.

부검 여부가 결정 나기 전, 부검 때까지 남편의 시신을 냉동고에 보관해야 한다고 했을 때였다. 나보고는 집에 갔다가 다음 날 아침에 와도 된다고 말했다. 어떻게 그럴 수가 있을까? 난 절대 그렇게 할 수 없다고 잘라 말했다.

밤 아홉시경이었고, 나는 그를 차가운 냉동고에 집어넣는 걸 바라보기만 했다. 내 심장까지 어는 것 같았다. 얼마나 추울까. 밖에서 기다리던 나는 밤 열두시부터 토하기 시작했다. 몇 번을 토했는지 모르겠다. 내가 토하는 게 살려고 먹었던 음식들인지, 긴 세월 동안 눌러두었던 설움인지, 그를 잃은 막막함인지 알 수 없었다. 그 모든 것이 한꺼번에 터져 나왔던 것 아니었을까.

날이 밝기 시작할 때, 나는 다시 몸과 마음을 추슬렀다. 그의 마지막 길을 챙겨줄 수 있도록 해달라고 간절히 기도해왔는데 정신을 놓고 있을 수 없었다.

교회 식구들과 지인들이 병원을 찾아와 나를 위로하고 도와줬는데도 너무 외로웠다. 마치 냉동실에 그와 함께 있는 것처럼 춥고 외로웠다. 남편과 살 때는 이 세상에 우리 두 사람뿐이라는 사실이 외롭지 않았다. 그런데 그가 떠나고 나니 우리가 외로웠다는 것을 인정하게 되었다.

미국에 있는 그의 남동생이나 여동생에게 연락할 길도 없었다. 그나마 그의 사촌 여동생이 서울에 살고 있어 어떻게 연락을 해서 미국에 좀 알려달라고 했다. 사촌 여동생이 전해주는 말은 "안 오겠다네요"였다. 할 말도 없고, 더 이상 감정도 생기지 않았다.

그렇게 그는 떠났다.

꽃다운 열아홉 살부터 조현병에 걸려 멋진 할아버지가 되도록 그 병의 손아귀에서 벗어나지 못하고 아프고 힘든 삶을 살았던 그는, 내 평생 기도에 대한 응답처럼 마지막 길은 편안하게 떠났다.

그와 함께 살아온 27년이라는 세월은 나에게 몇 번의 인생을 사는 느낌과 깨달음을 주는 시간이었다. 스스로도 믿을 수 없을 정도로 고통스러운 시기도 있었지만 우리는 함께 잘 이겨냈다.

나는 다시 같은 상황이 되어도 그의 아내로 사는 길을 선택할 것이다. 그와 함께하지 않았다면 결코 알지 못했을 인생의 의미를 깨달을 수 있는 삶이었다. 우리의 삶이 얼마나 수많은 감사로 이어져 있는지도, 주님의 말씀을 알아가고 실천해가는 기쁨까지도 진실로 느낄 수 있었던 소중한 시간이었다.

30년 가까운 세월을 서로 인내하면서 가정을 꾸려 갈 수 있었던 데 감사하며 나는 그의 마지막 길을 챙겨주었다. 그가 주님 곁에서 더 이상 아프지 않고 외롭지 않기를 기도하면서.

2013년 6월 3일, 이종수 씨를 떠나보내던 날.
화장을 해서 남양주의 납골당에 모셨다.

눈물로 가슴에 묻은 사랑

2014년 2월 말, 납골당에 있는 그를 만나고 돌아오는 길이었다. 아직 매서운 바람 끝에 봄이 느껴졌다. 헐벗은 가로수 색도 조금 달라 보였다. 봄은 한겨울 속에서 이미 준비되고 있었다. 다시는 봄이 올 것 같지 않은 혹독한 추위가 지나면 포근한 바람이 우리를 어루만지고 환한 꽃들이 우리를 반겨주는 걸 보면서 나는 자연의 순리에 새삼 놀라고 탄복한다. 자연이 그러하듯 순리를 따르며 살리라는 생각도 뒤따른다. 그를 떠나보내고 여름과 가을을 지내고 겨울을 맞이할 즈음이 되어서야 겨우 나는 가슴속의 봄을 준비하기 시작했다.

24시간 늘 함께 살았던 그가 없어지자 무엇을 해야 할지 몰라 서성이게 되었다. 하지만 그렇게 살면 안 된다는, 힘을 내서 더 의미 있게 시간을 보내라는 소리가 내 안에서 끊임없이 들렸다.

'그래, 내가 이렇게 슬픔에만 잠겨 지낸다면 그도 하늘나라에서 편안하게 나를 기다릴 수 없을 거야.'

그를 납골당에 모시고 나는 한 달에 두 번은 그를 찾아갔다가 나중엔 한달의 한 번씩 그를 찾았다. 그의 사진 앞에 서니 나를 꾸짖는 소리가 들리는 것 같았다.

"아니, 나 혼자 두고 어디 돌아다니다 와?"

그러면 나는 대답했다.

"그러게요. 난 당신을 두고 왜 이렇게 혼자 다니는 걸까요?"

지하철을 타거나 길을 걷다가도 마음이 급해지곤 했다. '그가 나 없는 걸 얼마나 싫어하는데' 하면서 나도 모르게 서둘게 되었다. 그와 살면서 생긴 버릇이다.

중환자실에서 나와 일반 병실로 옮겼을 때 "진순이 왜 안 보였어?"라던 그의 목소리가 다시 들려 눈물이 핑 돌았다. 중환자실에서 내가 안 보이니까 불안했던 것이다. 나 역시 그를 볼 수 없어 조마조마했다. 입원해야 할 상황이 오면 그는 항상 "나 두고 안 갈 거지?"라고 물었다. 가족들이 자신을 정신병원에 남겨두고 가 버렸다는 사실, 27년 동안 병원에 갇혀 살았던 트라우마는 그를 평생 가두고 있었다.

그는 나를 만난 뒤 모든 것을 내게 의지했다. 그것은 나에 대한 애정보다 생존본능에 가까웠을 것이다. 자신을 버리지 않을 것 같다는 믿음을 가졌던 모양이었다. 그리고 그는 필사적으로 내게 매달려 27년을 살았다.

그런데 그만이 내게 매달려 살아온 것이 아니라는 걸 그가 떠나고 난 뒤 알았다. 그가 없으니 나는 내 몸도 제대로 사용하지 못했다. 내 몸을 어떻게 써야 하는지 몰라 낯설고 서툴렀다.

그는 걸을 때 항상 내 왼쪽 어깨를 사용했었다. 내 어깨를 짚고서야 걸을 수 있었기 때문이다. 한 손에 지팡이가 있었지만 내 어깨가 없으면 걸을 수가 없었다. 휠체어를 탈 때는 내가 밀어줘야 움직일 수 있었다. 나는 한쪽 겨드랑이 남편의 의족을 낀 채 휠체어를 밀고 다녔다.

그런데 그가 없으니 내 몸을 자유롭게 쓸 줄 몰라 어색하기 짝이 없었다. 집에 있으면 온통 그와 관련된 생각밖에 나지 않아 약속이나 볼일이 없어도 일단 집 밖으로 나오는데, 아침 일찍 집에서 나와 버스를 타면 '갔다가 빨리 와야지'라는 생각부터 들었다. 그와 살 때 늘 그래 왔던 것이다. 이른 시간이라 승객도 없는 버스 속에서 '그 사람을 어디 두고 내가 왜 이러고 다니지?'라고 중얼거리며 나도 모르게 눈물을 정신없이 닦다 보면 몇 정거장 지나 있었다.

'아, 그래, 이제 큰아버지 없지. 집에서 날 기다리지 않지.'

그러다가 정신을 차리곤 하는데, 그때 느껴지는 스산함과 허전함이란 말로 설명할 수가 없다. 하지만 이제 그 허전함을 에너지로 바꾸려고 노력 중이다.

내 일상 모든 순간에 그의 흔적은 남아 있다. 집에 들어가기 위해 엘리베이터를 타면 나는 '8'이라는 숫자를 가만히 쳐다보다 천천히 누른다. 그는 숫자에 전혀 관심이 없었다. 계속 환이라는 단위를 쓸

만큼 돈에 대한 개념도 없었다.

내가 현재 살고 있는 아파트에서 그와 함께 4년을 살았는데 하루 한두 번 이상 엘리베이터를 탔지만 그때마다 나는 그에게 "8층 누르세요"라고 말해주었고, 그제야 그는 버튼을 눌렀다. 내가 말을 해주지 않으면 누르지 않고 가만히 있었다. "왜 안 눌러요?" 물으면 "니가 누르라고 안 했잖아?"라고 대답했다.

어떨 때는 "그렇게 계속했는데도 생각 안 나요?"라고 물었는데, 기분이 좋은 날에는 씩 웃으며 "생각 안 나"라고 말하지만 기분이 안 좋을 때는 "니가 지금 나 교육시키냐? 지금 뭐하자는 거냐?" 하며 짜증을 내기도 했다. 가끔은 일부러 버튼 누르라는 말을 안 하기도 했지만 그는 한 번도 스스로 8층 버튼을 누른 적이 없었다. 4년 동안 살면서 말이다.

죽을 때까지 돈을 원이 아니라 환으로 부를 정도로 숫자에 관심 없었고, 자신의 주민등록번호와 집 주소는 물론 전화번호도 기억하지 못하던 그가 유일하게 기억하는 것은 바로 그의 생일이었다.

그가 기억하는 단 한 가지가 숫자가 생일 날짜였기 때문에 매년 생일은 더욱 멋지고 성대하게 챙겼다. 생일 케이크를 꼭 준비하는 이유도 축하 노래뿐만 아니라 초의 개수 때문이었다. 그는 꼭 초의 개수를 헤아렸고, 그걸 무척 좋아했다.

2014년 생일 때에도 평소 남편이 좋아하고 편안해하던 분들, 지금 다니고 있는 물댄교회 정종락 목사님과 지인들이 오셔서 생일을 축하해주셨다. 남편은 정 목사님을 참 좋아했었다. 교회에 나가서 만나는 사람 중에 그가 유일하게 마주보고 웃는 사람이다. 그도 자신의 생일날 하늘나라에서 우리를 보며 좋아했으리라 믿는다.

봄맞이 옷장 정리를 하면서 아직 장롱에 걸려 있던 그의 옷들을 꺼내 박스에 담았다. 그리고 봄에 입던 옷도 꺼내 박스에 담았다. 나는 그의 옷을 다 버리지 못하고 있었다. 그가 특히 좋아했던 옷이나 특별한 날을 기념하여 사준 옷, 어렵게 구한 옷, 그렇게 사연이 있는 옷들은 버릴 수가 없었다. 눈에 보이는 것을 치운다고 내 가슴에 새겨진 그가 없어질 리도 없는데, 차마 그럴 수가 없었다.

하지만 나는 그것들마저도 박스에 넣었다. 이제 그를 슬픔이 아니라 다른 식으로 기억해야 한다고 나 자신을 달래면서 차곡차곡 개켜 넣었다. 이제 그를 그리워하고 슬퍼하는 것은 그만하고 그를 통해 느낀 사랑을 좀 더 많은 곳에 뿌릴 수 있도록 부지런히 움직여야 한다고 다짐했다.

그렇게 그의 옷들을 정리하면서 나는 다시 한 번 그의 체온을 느껴보았다. 남편 옷에는 특징이 있다. 하나같이 지퍼가 없다. 그의 외투를 살 때 가장 중요한 조건은 가격이 아니었다. 요즘 옷들은 거의 지퍼, 그것도 이중 지퍼로 되어 있는데, 그는 지퍼를 사용하지 못해 무척 불편했기 때문에 지퍼는 무조건 피하고 단추로 된 옷을 찾아야 했다. 당연히 옷을 사기가 무척 어려웠다.

그는 옷 색깔을 고집하지도 않았고 새 옷, 헌 옷을 따지지도 않았다. 입기 편한 옷, 그것이 옷의 첫 번째 조건이었다. 지퍼가 없는 옷을 고르다 보니 젊은 애들이 입는 옷도 입게 되었다. 남들은 "패션

감각이 있으시다. 젊은 옷을 좋아하시나 봐요"라고 말했지만 의도는 그게 아니었다.

그는 딱히 좋아하는 스타일도 없었고, 새 옷을 사달라고 조른 적도 없었다. 내가 백화점이나 마트에 가서 "오늘 큰아버지 겉옷 사러 왔으니 골라 봐요" 하면 그는 "옷을 뭘 사?"라고 큰소리로 악을 쓰며 나를 밖으로 잡아당겼다. 그러고는 금세 "그래, 사 봐! 제법이야, 진순이"라고 말하는 식이었다.

외투만이 아니다. 티셔츠도 목 부분이 올라오는 것은 안 되고, 소매 끝이 일명 시보리로 마감 처리된 것이 좋았다. 요즘 티셔츠는 소매 끝이 넓어서 식사할 때 음식에 닿기 때문에 그때마다 끝을 접어줘야 했다. 내가 미처 접어주지 못할 때는 아차 하는 순간에 벌써 음식이 묻었다. 소매를 빨리 접으려고 하면 "음식 먹는데 왜 남의 옷을 만지고 난리야?"라며 악을 썼다.

이종수 씨는 키가 크고 어깨도 넓은 좋은 체격이라 남방, 특히 체크 남방을 입으면 멋진데 외출 후에 빨리 단추를 풀어주지 못하면 그걸 참지 않고 본인이 풀다가 잘 안 되면 힘으로 확 뜯어서 벗기 때문에 그런 옷은 오래 입지 못했다.

바지 구하기도 힘들었다. 오른쪽 다리가 장딴지까지 절단된 상태라 앞 지퍼가 있는 바지는 못 입었다. 그래서 그의 허리둘레는 32인치인데 34인치를 사서 허리 부분을 고무줄로 수선해서 입혔다. 화장실 문제가 있었기 때문에 바지는 더욱 신경을 썼다.

옷 하나도 남들이 걱정하지 않는 사소한 부분까지 신경 써야 했고, 남편 스스로 해결할 수 없었기 때문에 그의 옷을 준비하는 것도 중요한 일이었다. 다시 그의 옷을 고르고, 사고, 수선하고 싶다는 생각이 들었다. 하지만 나는 개켜 넣은 옷 속에 그런 생각과 그리움도 꼭꼭 개켜 넣었다.

그리고 그 그리움을 양분 삼아 그가 내게 심어 준 사랑의 씨앗을 키워 같은 병을 앓고 있는 사람들과 가족들을 위해 남은 시간을 보내리라 다짐했다. 내 안에 봄의 생명력을 불어넣고 그 기운을 다른 사람들과 나누는 삶을 살리라, 그런 다짐으로 매일을 살았다.

결국 어머니를 보내드린 자식은 큰아들

이종수 씨의 장례식에 그의 피붙이는 단 한 명도 없었다. 그가 가족에게서 버림받았다는 사실은 결혼 직후에 알게 되었다. 그의 가족은 열아홉 살 이종수를 정신병원에 입원시키는 순간, 자신들의 머릿속에서 그를 지워버린 듯했다. 그와 나를 대하는 가족들의 태도에서 그 사실을 깨달았지만, '그래도 설마…'라는 최소한의 기대는 남아 있었다.

하지만 그것조차 이종수 씨 어머니가 우리에게 알리지도 않고 미국으로 떠나버렸을 때, 그리고 그의 동생이 아버지가 남긴 형 몫의 재산까지 다 챙겨가면서 우리가 살던 집을 경매로 날렸을 때 미련 없이 깨져 버렸다.

그럼에도 불구하고 그의 죽음을 알리면서 그의 마지막 길에는 어떤 식으로든 마음을 보여 주기를 바랐다. 작은 기대였다. 그에게 사과하고 용서를 구하기를 바랐는데 그 바람마저 외면당하고 철저하게 부서졌다. 새삼 놀랍거나 서운하지는 않았다. 그저 이종수가 안됐고, 가여웠다.

그들이 하는 일에 더 이상 놀랄 일은 없을 것이라 생각했는데, 나는 또 한 번 놀라고 말았다. 참으로 충격이었다. 2013년 4월, 아반떼XD를 구입했었다. 그전까지 차는 LPG 차량이라 트렁크에 휠체어가 들어가지 않아 휠체어를 많이 타기 시작하면서 차를 바꾼 것이다. 내가 99퍼센트, 이종수 씨가 1퍼센트를 부담하는 것으로 하여 장애인 차량을 구입하였다.

6월, 그가 떠난 뒤 나는 차를 팔았다. 그와 둘이서 타던 차를 도저히 혼자 탈 수 없을 것 같아서 급하게 팔았다. 그런데 이종수 씨의 지분 1퍼센트 때문에 그의 인감이 필요하다는 것을 알게 되었다. 인감을 떼던 중 가족증명서를 떼 보니 그의 어머니가 102세의 나이로 살아 계신 걸로 되어 있었다. 어머니가 살아계시기 때문에 자동차 명의 이전을 하려면 어머니 인감이 필요했다.

이미 판 차의 명의 이전을 위해, 그것도 1퍼센트 지분 때문에 그런 절차를 거쳐야 하는 것이 불편했지만, 무엇보다 놀라운 것은 어머니가 아직 생존해 계신다는 기록이었다.

우리는 어머니가 2006년에 돌아가신 것으로 알고 있었다. 2007년 미국에 간 지인으로부터 어머니가 돌아가신 사실을 전해 들었기 때문이다. 그런데 살아 계신 것으로 되어 있다니, 정말 102세의 나이로 살아 계시기라도 하단 말인가?

도저히 이해가 되지 않았다. 어쨌든 어머니 인감이 필요했기 때문에 친구에게 부탁해서 그의 사촌 여동생에게 연락했다. 어머니가 돌아가신 걸로 알고 있는데, 생존해 계신 것으로 되어 있으니 미국에 연락해서 사망신고를 하라는 말을 전해달라는 내용이었다. 그런데 사촌 여동생은 "못 들은 것으로 하겠습니다"라며 부탁을 거절했다고 했다.

어머니의 사망신고만 되어 있었다면 문제는 그나마 쉽게 풀렸을 것이다. 그의 인감을 떼서 처리하면 되었으니 말이다. 그런데 생각지도 못한 일이 발생했고, 거기에다 미국에 연락할 길도 없으니 설상가상이었다. 하는 수 없이 직접 어머니 사망신고를 하기 위해 출입국관리사무실을 찾아가 가족관계증명서를 보여주면서 출국확인증명서를 떼 달라고 했다. 그런데 그마저도 불가능했다. 며느리는 가족이 아니기 때문이랬다. 이 나라에는 이해할 수 없는 것이 참 많았다.

그의 남동생이나 여동생이나 이해할 수 없었다. 어떻게 어머니가 돌아가셨는데 사망신고도 하지 않았을까. 미국에서 사망진단서를 받아서 대사관에 신고만 해도 처리가 된다는데, 그 간단한 절차를 왜 밟지 않았을까?

결국 나는 변호사의 힘을 빌려 재판을 할 수밖에 없었다. 어머니의 사망을 근거할 만한 것이 없어서 재판은 6개월 정도 걸린다고 했다. 그래도 해야 하는 일이었다.

도대체 이 상황을 어떻게 설명해야 할지 알 수 없었다. 나는 결혼을 하고도 그의 호적에 오르기 위해 재판을 거쳐야 했다. 재판을 통해 2년 7개월 만에 그의 아내로 호적에 오를 수 있었다.

그런데 그와 헤어지기 위한 과정도 법의 힘을 빌어야만 가능하다니. 그 사실을 납득하기 어려웠다. 왜 나는 그와의 만남도 헤어짐도 법의 힘을 받아야만 할까?

그의 어머니는 이 상황을 어떻게 생각하실까? 당신이 매정하게 버렸던 자식이 자신의 마지막 길을 정리했다는 사실을 아실까? 아들로 여기지 않았던 아들이 결국 당신의 삶을 정리해준 것을 아실까? 알면 어떤 심정이실까?

처음에는 어이없고 막막하더니 다시 생각해보니 내가 이종수 씨 어머니의 사망신고를 할 수 있었던 것이 다행이다 싶었다. 만약 내가 몰랐다면 그의 어머니는 앞으로도 몇 년, 혹은 몇십 년을 더 살아계시는 걸로 남아 있었을지도 모른다.

그의 형제들은 항상 자신의 이익만 생각했다. 이종수 씨가 병들지 않았다면, 사회적으로도 인정받고 경제적으로도 여유가 있었다면 문지방 닳도록 찾아왔을 사람들이다. 그들은 어디선가 장애인을 보면 한 번이라도 자기 형을, 오빠를 생각할까?

그가 슬프고 아픈 인연은 다 털어버리고, 하늘나라에서는 평온하고 행복하기를 바란다.

제 5 부

함께 사는 세상을 꿈꾸며

세상에서 가장 두려운 건 편견이다

그와의 결혼 후 남편의 병을 알면서도 왜 결혼했느냐는 질문을 정말 많이 받았다. 지레짐작으로 돈을 보고 결혼했거나 혹은 나에게 어떤 문제가 있을 거라 쑥덕거리는 사람들도 적지 않았다.

남편을 열렬하게 사랑해서 결혼했느냐고 물으면 답은 '아니오'다. 하지만 가족으로서 사랑하고 존경했느냐고 물으면 그렇다. 나는 남편에게서 편안함과 따뜻함을 느꼈고, 그 감정이 사랑으로 발전해서 부부로서 애정을 나누며 살았다.

그래서 나는 내 남편을 더욱 세상 앞에 떳떳하고 당당하게 드러내고 싶었다. 칠십대의 남편은 누가 봐도 근사한 노신사였다. 내 말에 열심히 귀를 기울이고 어색하지만 상황에 맞게 행동하는 그를 보며 잔잔한 행복을 느끼곤 했었다. 하지만 여전히 세상의 편견 속에서 내 남편은 그저 '정신병자'로 살다 이생의 삶을 마감한 사람이었다.

내가 남편과 살면서 가장 듣기 싫고 괴로웠던 말은 정신병자였다. 어디가 어떻게 아픈지, 얼마나 증상이 나아졌는지는 관계없이, 상대에 대한 작은 존중도 없이 몰아붙이며 카인의 표시처럼 갖다 붙인 말, 정신병자. 주변 사람들은 물론 방송에서도 너무 쉽게 그 단어가 튀어나왔다. 때론 그 단어가 영원한 낙인처럼 느껴지기도 했다.

암도 고치는 현대의학에서 정신병은 불치병이 아니다. 다른 질병처럼 조기에 발견해 적절히 치료하면 얼마든지 고칠 수 있는 병이다. 당뇨병이나 고혈압 같은 만성질환처럼 꾸준히 치료하고 약을 먹으며 증상을 관리하면 세상에서 당당하게 살아갈 수 있다. 하지만 세상의 편견은 정신질환자와 그의 가족들에게 너무 가혹한 환경을 만들었다.

정신질환자에 대한 복지가 엉망인 우리나라에서는 가족만이 그들의 유일한 안전망이다. 대부분의 정신질환자 가족들이 사회와 국가의 도움 없이 환자의 인생을 책임진다. 치료비를 부담하고 간호하며 재활을 돕기 위해 아등바등 살아간다. 하지만 사회와 이웃들 사이에서 그들은 정신질환자의 가족이라는 이유로 또 죄인이 되어야 한다. 그 무서운 편견들 때문에 당당하게 나서서 정신질환자를 위한 복지 정책이나 사회안전망을 요구하지 못한다. 그 매서운 편견과 싸울 일이 아득해서 우리는 또 입을 다물고 만다.

정신질환은 특정한 누군가에게 잠복해 있다가 생기는 괴질 같은 질병이 아니다. 몸의 어느 부분이 여러 이유로 고장 나서 생기는 다른 병과 똑같다. 다만 그 부위가 콩팥이나 심장, 혈관이 아니라 뇌의 한 부분이라는 것만 차이가 있을 뿐, 약물 등으로 충분히 관리할 수 있다는 점은 다르지 않다. 그러니 이들을 그냥 여느 환자처럼 대해주었으면 한다. 동정도 말고, 우대도 말고, 그냥 '똑같이' 말이다.

누군가는 현대인이 가장 가까이해야 할 치료 시설은 정신건강의학과라고 했다. 과도한 스트레스와 압박으로 가장 다치기 쉬운 것인 정신이기 때문이다. 사람들은 다들 그 말에 동의하면서도 본인이나 가족이 정신건강의학과 치료를 받게 되면 매우 거북해 한다. 주변의 시선도 그 거북함을 키우는 데 한몫한다. 친구나 동료가 스트레스 때문에 괴로워하거나 우울증을 염려하면 정신건강의학과에 가보라고 권하면서도 막상 가서 진찰을 받고 약을 먹기 시작했다고 하면 대번에 보는 눈이 달라지고 뒤에서 수군거리기 일쑤다. 이것이 우리의 현실이다.

이런 편견이 없어져야 많은 사람이 필요한 치료를 받고 사회가 더 건강해질 수 있다고 생각한다. 어떤 병이든 적극적으로 치료해야 빨리 낳는다. 또 많은 이들이 열심히 치료하려 할수록 치료 방법도 발전하지 않을까.

덧붙여 얘기하자면 중증 정신질환자에 대한 복지 정책도 개선되어야 한다. 남편과 같은 중증 정신질환자나 그 가족이 인간다운 권리를 누릴 수 있는 제도가 우리나라에는 거의 없다고 해도 과언이 아니다. 내 경우 남편이 1급 장애 판정을 받았음에도 작은 집을 소유하고 있다는 이유로 어떤 혜택도 받을 수 없었다. 그런 제도상의 허점이 너무나 많다.

나뿐만 아니라 중증 정신질환자의 아내는 남편을 24시간 돌봐야 하기 때문에 다른 직업을 가질 수가 없어 생활이 곤란한 경우가 많다. 중증 정신질환자 가족들을 위해 약값 지원뿐만 아니라 최소한의 인간적인 생활을 할 수 있는 최저생계비 지원이 하루 속히 이뤄졌으면 한다.

정신질환 장애인의 재활과 취업을 위한 환경도 절실하다. 정신병의 치료는 적절한 약물과 재활을 병행하면 훨씬 효율적이다. 정신재활은 정신장애인의 취직 기회 제공과 작업이 뒷받침될 때 비로소 실질적인 효과를 거둘 수 있다.

하지만 무엇보다도, 가족을 대신해서 중증 환자를 돌봐줄 수 있는 제대로 된 치료기관이 가장 시급하다. 내 남편 이종수 씨가 그러했듯이, 정신질환은 오랫동안 시설에 입원해 있을수록 악화되고 만성화되어 결국에는 불치병처럼 되고 만다. 우리나라에서는 그 짐을 가족에게 모두 떠맡기고 있는 형편이다. 돌봐줄 수 있는 가족이 살아 있을 땐 그래도 다행이다. 만약 돌봐주는 가족이 환자보다 먼저 죽는다면, 환자를 안심하고 맡길 수 있는 치료기관이 없다. 오죽하면 많은 환자 가족들이 환자가 자신보다 먼저 죽기를 눈물로 기도할까.

"주님, 당신께서 정신병은 누구의 죄도 아니고 당신의 뜻을 나타내기 위한 것이라 하셨어요. 주님의 말씀은 제게 가장 큰 힘이었습니다. 하지만 현실 속에서 이 병을 앓고 있는 당사자들이나 가족이 겪는 아픔을 다 어찌 말로 표현할 수 있겠어요? 주님, 제가 이종수 씨를 데리고 하늘나라 갈 때까지 잘 살겠으니, 이 사람이 그들을 대표해서 다 앓고 갈 테니 이 세상의 정신병을 없애주시기 간절히 바랍니다."

남편이 들으면 화를 낼지도 모를 기도였다. 나도 어리석었다는 생각이 든다. 하지만 우리 사회에서 정신질환자로, 정신질환자의 가족으로 사는 것이 얼마나 힘들고 고독했으면 그런 기도를 드렸을까.

자신보다 가족이 먼저 죽기를 바라는, 이처럼 아픈 기도가 더는 이어지지 않도록 사회가 관심을 가지길 간절히 바란다.

정신장애인과 그 가족을 위한 사회안전망이 절실하다

남편은 정신지체 1급 장애인이었다. 앓고 있던 병도 한두 가지가 아니었다. 3개월에 한 번씩 병원에 가서, 과마다 순회를 하다시피 했다. 제일 먼저 정신건강의학과, 다음은 당뇨 치료를 위한 내과, 당뇨합병증으로 온 안질환 때문에 가는 안과, 비뇨기과, 내분비내과, 또 일 년에 두 번은 재활의학과에 가서 물리치료를 받아야 했다.

당뇨병으로 다리를 잃었고, 만성적 운동 부족 탓에 당뇨 수치도 300, 400을 넘기기 일쑤였다. 음식으로 혈당을 조절해 보려고 노력했지만 역부족이었다. 그런 생활이 이어지면서 가장 힘든 부분은 당연히 경제적인 부분이었다.

다른 장애인 가족도 마찬가지겠지만 우리 부부의 생활비에서 가장 많은 비중을 차지하는 건 병원비였다. 매달 들어오는 국민연금이 수입의 전부인 우리 부부에게 꾸준히 들어가는 병원비는 여간 부담스러운 것이 아니었다. 들어오는 돈은 거의 병원비로 나갔기 때문에 생활비는 언제나 없다시피 했다.

생활은 죄 없는 친정 동생에게 전적으로 의지했다. 일이 년도 아니고 몇십 년 동안 정말 미안했지만 방도가 없었다. 돈을 벌고 싶어도 다른 사람의 도움 없이는 일상생활조차 할 수 없는 남편을 집에 혼자 두고 나갈 수도 없었다.

보통 장애인은 병원에 가면 무상으로 진료를 받을 수 있을 거라고 생각한다. 일부분은 맞는 말이다. 이종수 씨 같은 중증 장애인은 의료비의 10퍼센트만 본인이 부담하면 됐다. 문제는 조건이다. 국민기초생활법에 의해 수급권자로 인정받은 장애인만 혜택을 받을 수 있다. 그러려면 장애인은 자기 집이 있으면 안 된다. 자기 차도 있으면 안 된다. 만약의 경우를 대비해 통장에 몇백만 원이라도 넣어두면 안 된다.

집과 자동차를 합친 총자산이나 소득인정액(소득평가액에 재산의 소득환산액을 더한 숫자)이 정부가 정한 최저생계비를 넘으면 국가로부터 '부자 장애인'으로 취급받아 의료 보호를 받지 못한다.

우리 부부에게는 70제곱미터가 안 되는 작은 집과 작은 차, 국민연금 32만 원이 있었다. 그것 때문에 장애인 건강보험 혜택을 받지 못했다. 병원과 가까운 우리 집은 남편이 동생에게 빼앗기지 않고 지킨 유일한 재산이자 우리 노후를 책임질 마지막 보루였다.

장애인에게는 차도 필수품이다. 두 다리가 없는 남편 같은 사람이 휠체어를 타고 지하철로 이동하기란 불가능에 가깝다. 차를 없애볼까 하고 버스를 이용해 보기도 했다. 그러나 휠체어를 실을 수 있는 버스는 아예 없고 목발로 탄다 해도 불친절한 기사라도 만나면 잘 태워주지도 않을뿐더러 간신히 올라타면 자리에 앉기도 전에 급출발하는 바람에 혼난 경험이 몇 번 있어 나중에는 엄두도 내지 않았다. 지하철이나 버스 대신 택시를 탄다면 외출을 자주 하지 않아도 매달 택시비만 20만 원 이상은 나갈 테니 결국 차를 팔려는 생각은 포기하고 말았다.

장애인증을 갱신하기 위해 동사무소에 갈 때마다 이런 어려움을 토로하고 건강보험 혜택이라도 받을 길이 없겠느냐고 호소하면 너무도 태연하게 들려주는 대답이 있었다.

"집을 다른 사람 명의로 돌리세요." 혹은 "이혼하세요."

"네? 이혼이요?"

"집을 아줌마 명의로 하고 서류상으로 이혼하면 이종수 씨는 기초생활수급자가 되잖아요."

기가 막혔다. 눈 가리고 아웅이라더니 서류를 거짓으로 꾸미면 인정될 일이 법 때문에 안 된다는 것이다. 이것이 대한민국의 장애인 복지의 현주소다. 영국이나 스웨덴, 캐나다 같은 나라에서는 장애로 인정하는 범위가 우리나라보다 훨씬 넓을 뿐만 아니라 장애인으로 간주하면 예외 없이 의료보호 혜택을 주는 것은 물론이고 연금이나 수당 등의 형태로 상당한 금액을 지급한다고 한다.

장애를 단지 신체나 정신의 결함으로만 보는 게 아니라 얼마나 사회적인 어려움을 겪느냐에 초점을 두어 치료와 재활, 일정 수준의 생활을 보장해 줌으로써 장애인도 인간으로서 최소한의 품위를 유지하면서 대등하게 살아갈 수 있도록 배려하는 것이다.

나는 비록 장애인이지만 내 남편을 사랑한다. 사랑하는 내 남편과 이혼하는 것은 싫었다. 서류상으로나 실질적으로나 세상의 다른 부부들처럼 떳떳한 한 쌍의 부부로서 쫓겨날 걱정 없는 내 집에서 살고 싶었다. 그게 그렇게 큰 꿈이었을까?

내 남편 이종수 씨는 친구가 없었다. 그래서 나도 친구를 만나지 않았다. 남편은 친구도 없이 외롭게 병과 싸우는데 나만 친구를 만나기가 미안했다. 아직 서로를 잘 모르는 상태에서 급하게 내 친구를 보여주면 남편이 혼란스러워하지 않을까 두렵기도 했다. 어쩌면 정신장애인의 아내로서 감수해야 할 편견이 더 두려웠는지도 모른다.

다른 사람과 접촉이 거의 없이 그렇게 5년을 지냈다. 5년 정도를 갇혀 살고 나자 교회 등을 통해 같은 아픔을 가진 가족들과 만나 이야기를 나눌 정도의 여유를 갖게 되었다. 내가 밖에 나갈 처지가 못 되었기에 만남은 주로 우리 집에서 이루어졌다.

절망에 빠져 우리 집에 찾아온 정신장애인 가족들이 돌아갈 때는 희망을 품고 환한 얼굴로 돌아갔다. 이종수 씨와 비교하면 자기 가족은 정상이나 다름없이 느껴져 '아, 우리보다 더한 사람도 있구나!' 마음에 위안이 됐던 모양이다.

남편의 상태가 중증이었던 만큼 경험의 폭이 더 넓은 내가 어느 사이엔가 장애인 가족들의 상담자 역할을 하게 되었다. 가족 중의 누군가가 정신병에 걸리면 집안 망신에다 재산만 다 말아먹는다는 잘못된 관념이 뿌리 깊게 배어 있는 이 사회에서 그래도 치료해 보겠다고 발버둥 치며 정신장애인을 끌어안고 살아가는 그들이 고마워 나는 언제 어느 때고, 한밤중에 상담을 청해 와도 기꺼이 응해주었다. 일 년에 십여 명씩 십 년 동안 꽤 많은 가족들과 만났다. 그중에는 연락이 끊긴 사람도 있지만 지금까지 각별한 관계를 유지하고 있는 사람들도 많다.

정신장애인 가족들과 만나면서 가장 뼈저리게 느낀 것은 '인권'이었다. 정신장애인과 그 가족들의 '인권'.

이종수 씨의 아버지는 국제인권옹호 한국연맹 회장이었다. 그러나 그 아버지에 의해 정작 아들은 27년이나 집에 한 번도 나와보지 못하고 정신병원에 숨겨져 있어야 했던 것은 우리 사회의 아이러니라고 밖에 해석되지 않는다.

정신장애인도, 그 가족도 인간인 이상 인간으로서 마땅히 누려야 할 권리가 있건만 그들의 인간적인 권리를 인정해주고 배려해주는 따스한 시선과 제도가 이 땅에는 없는 거나 마찬가지이다. 이 사실이 정신장애인과 가족들을 가장 힘들게 한다.

덧붙여 꼭 한마디 하고 싶은 것은 정신건강의학과 환자에 대한 사회의 눈초리이다. 사람들은 흔히 말했다.

"정신과 환자라는 걸 알면서 왜 결혼했느냐?"

그렇다면 나도 상대에게 이렇게 말할 수 있다.

"그러는 너는 왜 멀쩡한 사람이랑 결혼했냐? 정신과 환자하고 하지."

정신건강의학과 환자는 결혼하지 말라는 말인가, 아니면 정신건강의학과 환자는 정신건강의학과 환자하고만 결혼해야 한다는 법이라도 있단 말인가? 비장애인과 정신장애인의 차이는 무엇일까.

나는 비장애인과 정신장애인이 결혼해 사는 것을 보더라도 비난도, 격려도 하지 말고 그냥 똑같이 보아달라고 말하고 싶다. 어떤 사람들은 대놓고 말하지는 않아도 잔뜩 색안경을 쓰고 본다.

'돈이 없으면 결혼을 했을까?'

'멀쩡한 사람이 왜 정신과 환자한테 시집을 갔을까?'

세상에서 가장 바보 같은 시선이다. 정신건강의학과 환자인들 정신병이 걸리고 싶어 걸린 것도 아니고, 어떤 장애나 그렇듯이 누구나 살다 보면 정신장애인이 될 수 있다.

최근에는 우리나라도 복지 수준이 높아져 장애인에 대한 배려도 많아지고 암이나 에이즈 같은 병에는 사회 각계에서 큰 관심을 쏟고 있다. 언론은 물론이고 정치인, 연예인까지 나서서 캠페인을 벌이고 모금을 하는 등 장애인의 처우를 위해 노력하는 분위기다.

그런데 유독 정신장애인에 대해서만은 정확한 통계조차 없다. 지금은 정신장애인도 장애인에 포함돼 약간의 보조금을 받을 수 있지만 이것은 시작에 불과하다. 정신장애인과 그 가족들은 여전히 소외되어 있다.

정신장애인 가족의 고통은 직접 겪어보지 않으면 상상조차 할 수 없다. 그러나 그들이 원하는 것은 특별한 대접이 아니다. 손가락

질도, 지나친 우대도 하지 말고 그저 남들과 똑같이 바라보아 달라고 요구할 뿐이다.

가족들이 가장 바라는 것은 물론 정신병이 낫는 것이다. 그런데 정신병은 낫지 않는다는 잘못된 믿음과 정신건강의학과 약을 오래 먹으면 인체에 해롭다는 오해로 종종 원치 않는 결과를 맞기도 한다. 어차피 낫지 않을 병인데 약을 오래 먹을 필요가 있느냐, 혹은 약을 너무 많이 먹으면 사람 구실을 못하니 조금 먹는 게 좋다고 생각해 임의로 약을 끊었다가 큰 낭패를 보는 것이다.

현대의학에서 조현병은 불치병이 아니다. 다른 질병처럼 조기에 발견해 적절히 치료하면 얼마든지 고칠 수 있다. 다만 당뇨병이나 고혈압 같은 다른 만성질환처럼 치료하는 데 시간이 오래 걸리며 때로는 평생 관리해야 한다는 차이가 있을 뿐이다.

내가 만난 정신장애인 중에도 완쾌되어 대학에도 가고 꿈꾸는 일을 하기 위해 노력하는 사람이 있다. 작은 알약을 일주일에 한두 번 먹을 정도로 호전되어 결혼을 한 사람도 있고 직업을 갖고 손수 돈을 벌어 사회인으로서 당당하게 생활하는 사람도 있다.

정신장애인이나 그 가족들이, 나아가 우리 사회의 모든 사람이 정신병이란 입에 담지 못할 수치스러운 병이 아니라 뇌의 어느 부위가 조금 잘못되어 약을 먹고 관리할 뿐이라는 걸 제대로 인식하기를 간절히 바란다.

우리 사회에서 정신장애인의 가족은 정신장애인의 유일한 사회안전망으로, 그들의 인생을 책임지고 치료비를 부담하고 정신적인 버팀목도 되어야 한다. 그러다 보니 정신장애인의 가족에게 행복이란 먼 나라 이야기다. 사회적인 도움 없이 개인의 행복을 고스란히 바치고도 모자라 늘 죄인으로 살아야 한다. 이러한 현실에서 정신장애인 가족들에게 말하고 싶은 게 많았다.

한참 뒤떨어져 있는 우리나라의 정신장애인 복지 수준을 끌어올리기 위해 똘똘 뭉치자는 말이 꼭 하고 싶었다. 미국 같은 나라에서는 장애인 가족들이 수백만 표를 무기로 엄청난 정치적 영향력을 발휘하고 있다. 미국에 정신장애인을 위한 사회안전망이 잘 구축되어 있는 것은 결코 우연이 아니다. 우리나라의 정신장애인 수가 백만여 명이라고 하는데, 가족까지 합하면 4백만 명은 족히 된다. 이 사람들이 모이면 얼마든지 큰 힘을 발휘할 수 있다.

그리고 가족이 먼저 건강해야 한다. 그래야 정신장애인를 돌볼 힘도 생기고 필요한 것을 요구할 배짱도 생긴다. 제발 종교에 잘못 의지하지 말자고 호소하고 싶다. 기도나 굿 따위로 낫게 한다고 치료 시기를 놓치거나 약을 중단해 병이 악화되는 경우를 너무 많이 보아왔다.

부모나 아내에게 모든 책임을 지우지 말고 다른 가족들과 미리 책임을 분담하는 것도 반드시 필요하다. 정신장애인을 환자라고 무시하지 말고 그가 무엇을 원하는지, 무엇을 할 수 있는지 충분히 알아보고 계획을 세워서 부모가 죽은 후에라도 자립할 수 있게 해 주어야 한다.

일도 못하는 장애인은 어찌 살라고요?

내 남편 이종수 씨는 한 번도 일을 하지 못했다. 평생 일해서 돈을 번 적이 없다. 그런 데다 나도 밖에 나가 일을 하지 못했다. 이종수 씨 같은 중증 장애인은 24시간 곁에 누군가가 붙어 있어야 한다.

그러니 우리 부부에게는 근로소득이 있을 리 없다. 그러나 소득이 없다고 살아 있는 사람이 지출을 안 할 수 없는 노릇이다. 문화비며 외식비, 여행비 등 사치성 지출은 꿈도 못 꾼다 해도 먹고 입고 자는 데만도 매달 꼬박꼬박 돈이 든다.

더구나 장애인에게는 이른바 장애로 인한 추가 비용이 있게 마련이다. 병원비, 약값, 장애용구 구입비, 차량이 없다면 이동을 위해 이용해야 하는 택시비 등 비장애인 가정에서는 지출하지 않아도 되는 비용이 꽤 된다. 우리 부부도 고정 병원비며 약값이 꽤 많이 들었다. 남편이 앓고 있는 여러 가지 질환 가운데 하나가 갑자기 악화되기라도 하면 병원비는 그보다 훨씬 많아진다.

장애인 가정은, 장애의 경중에 따라 다르지만 비장애인 가정보다 상당히 많은 생활비를 쓸 수밖에 없다. 선진국은 이러한 어려움을 고려해 장애인의 생활 유형, 생애 주기, 장애 정도, 소득 수준, 서비스 욕구 등을 세밀히 하나하나 따져 종합적인 복지를 시행하고 있다. 이에 비해 우리나라는 장애 가구 중에서 집도 소득도 없는 극빈층, 이른바 기초생활 수급자에게만 그것도 매우 미흡한 수준의 혜택을 주고 있다.

조그만 집이라도 있으면 아무리 살기 어려워도 건강보험 혜택도, 기초생계비 지급도 받지 못하는 식이다. 장애인이 노점이라도 해서 한 달에 몇십만 원이라도 벌면 당장 수급권자 대상에서 제외될 수 있다. 저소득 가구나 저자산 가구는 정상적인 사회 보호를 받을 수 없게 만드는 현재와 같은 장애인 복지는 대다수 장애인을 더 가난하게, 더 비참하게 만들 뿐이다.

우리나라의 장애인은 약 480만 명에 이르고 등록된 장애인은 약 215만 명 정도라고 한다. 사람들은 흔히 장애는 선척적인 것으로 생각하지만 통계로 보면 장애인 10명 중 9명은 후천적인 장애인이다. 누구라도 뜻하지 않게 장애인이 될 수 있다.

내 남편만 해도 고등학교 때까지는 체조를 좋아하는 신체 건강한 청년이었다. 그 시절의 모습을 기억하는 사람은 정신지체 1급 장애인이 된 그의 모습을 보고 깜짝 놀랐다. 사회가 발전할수록 공해나 질병, 산업재해, 교통사고 등으로 후천적 장애인이 많아질 거라고 한다.

한 나라의 장애인 복지는 일종의 보험이다. 사고가 날지 안 날지, 암에 걸릴지, 안 걸릴지 모르지만 평소에 조금씩 저축해 두었다가 만약의 경우 도움을 받는 보험 말이다.

장애인 복지에 소요되는 비용은 결국 우리가 낸 세금이다. 마치 보험회사가 적립된 보험금을 재난을 당한 사람에게 지급하듯이 국가가 국민의 세금 중 일부를 가지고 장애인이 인간답게 살 수 있도록 해주는 것이 장애인 복지인 셈이다.

장애인 복지가 일종의 보험이라면 그 혜택의 정도와 범위가 넓을수록 세금을 내는 국민들은 언제 어느 때 닥칠지 모를 재난에도 안심하고 살아갈 수 있을 것이다. 장애인 복지 문제는 먼저 장애 가정이 된 우리 부부 같은 사람들에게 한정된 것이 아니라 이 땅에서 살아가는 모든 국민과 자녀들에게도 필요하고 중요한 일이다.

이종수 씨는 조현병이 심각했지만 27년이란 세월 동안 내가 옆에서 도와주고 사랑으로 격려해준 덕인지 주변 사람들은 물론이고 담당 의사도 놀랄 정도로 호전되었다.

내 남편의 변화된 모습은 정신장애인 가족에게 작지만 희망의 불씨가 되었다. 그래서 참 다행이라 생각한다. 그가 이 세상에 희망의 씨앗을 남기고 갈 수 있어서 참 좋다. 그 씨앗은 사랑이란 거름으로 자란다는 것을 경험으로 알았다. 그가 떠나고 나 혼자 남은 지금, 그가 남기고 간 희망의 씨앗으로 사랑을 키워 장애인들과 가족들에게 도움이 되려고 한다.

이종수 씨의 아버지 이활은 아들 이종수를 위해 개인적으로 여러 가지 안전장치를 해 놓았다. 모 대학에 수백 점의 골동품을 기증하고 그의 가족이 그 대학병원에서 무료로 치료를 받을 수 있게 해 두었다. 그래서 그 대학은 매년 사람을 보내 이종수 씨 집과 유대관계를 유지해 왔으며 이종수 씨 아버지가 회장이었던 국제인권옹호 한국연맹도 그 대학에서 운영했다.

이종수 씨가 다리를 절단하고 생활비와 병원비가 없어 어려울 때, 삼청동 집을 왔다 갔다 하던 대학 담당자를 찾아가 집안 사정을 이야기하고 대학병원에 입원할 수 있게 해달라고 청했다. 그러나 그는 동생 이태성이 와서 부탁하면 들어줄 수 있지만 이종수는 안 된다고 대답했다. 나는 눈물을 머금고 돌아섰다.

'그래, 정신장애인 이종수는 이활의 아들로 취급하지 않겠다는 말이지.'

그것이 정신장애인과 그 가족이 매일 부딪히는 현실이다. 생각다 못해 선유리 땅에 있는 별장에 들어가서 살 궁리도 해보았다. 아버님이 남긴 90만 제곱미터에 달하는 선유리 땅은 당시 국방부에서 사용하고 있었다. 관계자를 찾아가 사정을 이야기했으나 탄약 창고가 있어 민간인이 들어와 살 수 없다는 말뿐이었다.

어느 날 국방부로부터 그곳을 수용보상하겠다는 연락이 왔다. 국방부에서 나의 요구는 거절한 채 수용보상 절차를 진행했던 것이다. 오갈 데 없는 우리의 사정은 아랑곳없이 보상은 늦어지고 액수는 낮아졌다. 이종수 씨는 자기 것을 가지고 있으면서도 소외되고 어려움을 겪었는데 다른 장애인들의 고충은 오죽할까.

그래서 우리 사회에 하고 싶은 말이 많다. 정신장애인도 장애인으로 인정되어 장애인 수첩을 발급받게 된 것은 다행이다. 그러나 그것은 시작에 불과하다.

정신장애인 가족에게는 약값 지원뿐만 아니라 최소한의 인간적인 생활을 할 수 있는 최저생계비 수준의 지원이 필요하다. 이것은 정신장애인의 천국이라는 캐나다는 물론이고 일본과 홍콩 등에서도 이미 시행되고 있는 일이다.

그리고 정신장애인의 재활 취업을 위한 환경이 필요하다. 정신병의 치료는 적절한 약물과 재활을 병행하면 훨씬 효율적이다. 정신재활은 취직 기회와 직장이 보장돼야 실질적인 효과를 거둘 수 있다. 일반 장애인에 대해서는 일정 정도의 고용이 의무화되어 있지만 정신장애인은 포함되어 있지 않다.

그리고 정신장애인이 사생활을 보장받으며 생활하고, 정신 재활을 도모할 수 있는 쾌적한 주거 시설과 환경이 마련되었으면 한다. 이제는 우리 사회에 정치적인 장기수가 없다고 하지만 정신보건 시설에 갇힌 정신장애인은 죄수 아닌 죄수로 종신형을 살고 있는 것이나 진배없다.

내 남편이 그랬듯이 정신병은 오래 시설에 입원해 있을수록 악화되고 만성화되어 불치병처럼 되고 만다. 그렇다고 가족에게만 모든 짐을 떠맡길 수도 없다. 정신장애인을 돌보던 가족이 자기가 죽은 후에라도 안심하고 맡길 수 있는 믿을 만한 환경이 절실하다.

꼬리표를 달지 마세요

정신질환자를 다루는 기사나 방송에서 여전히 '정신병자'라는 단어를 사용하는 것을 볼 수 있다. 그럴 때면 정말 답답하고 속상하다. 정신질환자에 대한 사회적 인식은 언제나 나아지고 정신병자라는 단단한 벽은 언제쯤 사라질까? 가장 기분 나쁜 것은 정신질환자의 이야기를 흥미 위주의 순간적인 기삿거리로 다루는 매체의 태도다.

《종수이야기》를 출간하고 난 뒤, 〈이것이 인생이다〉와 〈아침마당〉 외에도 몇몇 방송에서 우리 부부를 취재하고 싶다는 연락을 해왔다. 같은 상황에 처한 장애인과 그 가족들에게 조금이나마 용기를 줄 수 있을 것이라는 희망으로 인터뷰에 응하고 방송 출연을 했다. 우리 이야기를 듣고 공유하려는 사람들이 고마웠다.

하지만 그동안 살면서 '내 맘 같지 않다'는 말을 충분히 겪어온 나로서도 그 과정에서 많은 실망을 맛봐야 했다. 방송사 입장에서는 시청률을 다른 채널에 빼앗기지 않기 위해 새롭고 자극적인 소재를 찾는 것은 이해한다. 하지만 정신지체 장애인인 남편과 힘겹게 살아가는 나에게 어느 날 흥밋거리로 가볍게 웃을 수 있는 프로그램에 출연해 달라는 제의를 했을 때는 억장이 무너지는 듯했다.

정신 멀쩡하고 사지육신 온전한 내가 정신분열에 한쪽 다리마저 없는 남자와 20년 넘게 부부로 살아왔으니, 세상에 이런 일이 다 있느냐는 것이었다. 나로서는 어떻게 인연이 되어 남편을 만나게 되었고 결혼을 해서 최선을 다해 살아왔을 뿐이었다. 여느 부부처럼 가정을 이루고 잘 살고 있는데 무슨 신기한 일이나 되는 듯 오락성 프로에 내보내고 싶다는 말이었다.

"왜요? 싫으세요?"

치미는 화를 참는 내게 방송사 관계자는 의아하다는 얼굴로 되물었다. 마치 방송에만 나가면 누구나 당연히 좋아해야 한다는 듯이. 장애인 부부가 주인공이지만 어떤 뚜렷한 목적도, 의미도 없는 모습에 씁쓸한 마음마저 들었다.

그간 그래도 조금 낫다 싶은 프로그램에 출연한 적이 있었다. 녹화를 진행할 때는 "선생님, 선생님!" 하면서 더없이 상냥하게 굴던 사람들이 일정이 끝나자마자 그걸로 끝이었다. 녹화 테이프를 보내주기로 한 날이 너무 지나 전화를 거니 대뜸 "누구시죠?"라고 묻는 사람도 있었다.

"이종수? 이종수가 누구지?"

한참이나 생각을 더듬다 "아, 정신장애 할아버지!" 하는 것이었다. 서운한 마음에 나도 모르게 목소리가 높아졌다.

"싫다는 사람 온갖 말로 설득해 내보내 놓고 그새 잊을 수가 있어요? 테이프도 여태 안 보내주고! 도대체 우리 부부를 뭘로 보는 거예요? 다른 장애인도 이런 식으로 대하나요? 우리 같은 사람들이 받는 상처는 생각 못 하세요?"

그제야 너무 바빠서, 시간이 없어서 운운하며 변명했지만, 난 그 변명을 다 듣지도 않고 수화기를 내려놓았다.

그 뒤에도 몇 차례인가 방송 인터뷰에 응해 출연한 적이 있다. 다 마찬가지였다. 준비할 때는 하나같이 "일 다 끝나도 놀러 올게요. 봉사도 오고 좋은 말씀도 들으러 올게요" 등등 듣기 좋은 소리를 한다. 그때마다 나는 담담하게 대답한다.

"방송 끝나면 테이프나 제때 보내주세요."

우리 부부는 한동안 방송국의 '찍을 거리'였다. 여름이 끝나기 전에 또 방송 출연 제의가 왔기에 보육원 장애아들과 함께 찍었으면 한다고 했더니 반응이 시큰둥했다. 버려진 아이들이 그곳에만 있느냐는 분위기였다.

우리 부부는 정기적으로 보육원에 가서 아이들과 함께 도자기도 빚고 즐거운 시간을 보냈다. 비록 버려진 장애아들이지만 한 손으로 정성스레 도자기를 빚는 모습이 얼마나 아름다운지, 나의 표현 능력으로는 묘사할 수 없을 정도이다.

도자기 하나를 완성하는 데 장애아들은 보통 아이들보다 훨씬 많은 시간이 걸린다. 하지만 그 속에서 인내와 희망이라는 귀중한 보석을 만들어 낸다. 아이들 하나하나를 보노라면 사람이 꽃보다 아름답다는 말이 절절하게 와 닿는다.

내가 방송에 원하는 것은 그리 대단한 것이 아니었다. 장애인을 연예인이 기르는 강아지나 상처 입은 동물처럼 단순한 흥밋거리 혹은 연민의 대상으로, 그것도 일회성으로 마구잡이로 취급하지 말아 달라는 것이다. '장애인과 더불어 사는 삶'이라는 거창한 표어를 입으로만 되뇌지 말고 장애인의 삶 속으로 좀 더 깊이 들어와 그들을 사랑으로 심도 있게, 지속적으로 보여주었으면 한다.

장애인과 장애인의 가족들도 사회적 인식을 바꾸기 위해 더 적극적으로 나섰으면 한다. 먼저 숨거나 움츠러들지 말고, 장애인도 불편한 곳이 있을 뿐 행복을 바라고 같은 감정으로 산다는 것을 적극적으로 알렸으면 좋겠다.

나미 가족모임에 다녀와서

이종수 씨와 미국을 몇 번 방문하면서 함께 가보진 못했지만 이전부터 꼭 한 번 가보고 싶었던 곳이 있었다. 바로 미국의 정신장애인 가족모임인 나미(NAMI, National Alliance on Mental Illness) 모임이다.

나미는 미국에서 활동 중인 정신장애인 가족모임으로 그 영향력이 굉장히 크다. '나미가 움직이면 대통령이 움직인다'는 말이 있을 정도다. 나미에 대한 이야기를 듣고 난 후부터 나는 언젠가는 꼭 나미 모임에 참석하리라 마음먹었다.

그가 떠나고 난 뒤 나는 일단 무조건 많이 움직이며 다양한 활동을 하려고 노력했다. 2013년 9월에는 혼자 미국에 계신 어머니를 만나러 갔었다. 혼자서는 처음 가는 미국이었다.

인천공항에 도착해서 짐부터 부쳐야 하는데 미국 비자를 깜빡하고 가져오지 않았다는 게 생각났다.

'내가 정말 정신이 없구나.'

남편을 보내고 난 뒤 나는 종종 정신을 놓고 있었다. 비자 문제를 해결할 방법을 알아보았더니 공항 2층에서 인터넷을 이용해 미국 비자를 뽑을 수 있다고 했다. 2층에 올라갔지만 어떻게 해야 하는지 깜깜했다.

지나가는 사람에게 도와달라고 해도 어느 누구 하나 도와주는 사람이 없었다. 바쁘다는 말만 할 뿐이었다. 다시 용기를 내서 내 사정을 자세히 말했다.

"미국 비자가 없어서 인터넷으로 뽑아야 하는데 제가 못하니 좀 도와주세요."

"죄송합니다. 저도 해본 적 없고, 지금 너무 바빠서요."

20분 정도 더 도움을 구해봤지만 안 돼서 그냥 포기하기로 했다. 마음 한편에선 남편은 놔두고 나 혼자 멀리 다른 나라에 가는 것 같아 망설여졌었는데, 잘 됐다는 생각도 들었다. 막 포기하려는 순간 어떤 남자분이 "아주머니 제가 도와드릴게요. 할 수 있을지 모르지만"이라고 말을 걸었다. "하나님이 보내신 것 같다"고 했더니 얼굴이 밝아지는 게 보였다.

"교회 다니세요?"

"네."

나는 반갑고, 좀 더 잘해주시길 바라는 마음에 "저는 전도사예요"라고 했다.

"아, 그러세요? 하나님이 그래서 절 보내셨나 봐요. 저도 지금 바뻔데 도와드리고 싶더라고요."

그 사람의 도움으로 나는 무사히 미국에 갈 수 있었다. 미국에 도착하고 나서 동생의 도움으로 나미에 대해 알아보았다.

"누나, 우리 집에서 별로 멀지 않은 지역에 모임이 있어. 내가 전화로 누나 이야기를 했더니 방문해도 좋다고 하네. 굉장히 친절했어."

가족모임이 있다는 목요일, 조카가 운전과 통역을 기꺼이 나서서 도와줘 나미 모임에 참석하게 되었다. 마음이 무척 들떴다.

나미 사무실에 들어서자 나이가 드신 아주머니가 인사도 하기 전에 날 안아줬다. 우리는 나라도, 언어도, 피부색도 다르지만 정신장애인 가족이란 것만으로 마음이 통했다. 동행해준 조카가 옆에서 내 남편이 54년 동안 병으로 앓다가 하늘나라로 갔다고 말하자, 그 아주머니는 자기 남편도 10년간 이 병을 앓다가 하늘나라에 갔다고 말했다.

"우리는 똑같은 삶을 살았어요."

그분은 아무런 말없이 나를 다시 안아주었다. 우리의 포옹 속에는 서로의 아픔을 나누며 위로를 얻었다.

"당신은 나보다 훨씬 훌륭해요. 27년을 어떻게 살 수 있었어요? 참 훌륭해요."

그분은 남편이 죽고 난 뒤 나미에서 봉사하고 있다고 얘기했다. 나미 모임은 가족들의 봉사로 운영되는데, 지위가 없는 평등한 모임이었다.

내가 방문했을 때는 공간을 둘로 나눠 한쪽에서는 정신질환을 앓고 있는 사람들이, 다른 한쪽에서는 그 가족들이 이야기를 나누고 있었다. 회비는 따로 없었고 가족들이 각자 집에서 간단한 다과를 준비해와 함께 나누면서 자신이 겪고 있는 어려움이나 심정 등을 이야기하며 용기와 지혜를 얻고 있었다.

"어디 가서 우리의 고통을 말할 수 있겠어요? 우리만 아는 이야기예요."

우리는 함께 울고 웃으며 이야기를 나눴다. 그 과정에서 마음이 따뜻해지고 행복해졌다. 한국어가 낯선 조카가 구체적인 통역에 어려움을 겪긴 했지만 굳이 말로 하지 않아도 서로 알 수 있었다.

나미의 존재는 정신장애에 대한 제도며 인식 면에서 우리나라가 아직 멀었다는 것을 더 잘 알게 해줬다. 우리나라에는 정신장애인이 쓸 복지관조차도 없다. 지난 대선 때 여당 간부를 만나서 정신장애인을 위한 복지관이 필요하다고 하니 정신장애가 뭐냐고 오히려 내게 물었을 정도였다. 그저 미친 병으로 생각할 뿐이고 정치하는 사람들조차 복지관 하나 만들 생각이 없다. 하지만 가장 큰 문제는 바로 우리 가족들에게 있다. 정신장애인의 가족들부터 인식을 바꾸고 태도를 바꿔야 정신장애에 대한 사회적 인식과 사회 제도가 바뀔 수 있다. '나미가 움직이면 대통령도 움직인다'는 말에서 많은 것을 알 수 있었다.

남편이 죽고 나니 내가 활동했던 가족모임에서 "이종수 씨가 돌아가셨으니까 이제 이진순 씨는 준회원이에요"라는 말을 들었다.

미국과 우리의 차이점이 단적으로 드러나는 부분이었다. 나미에서는 장애인이 세상을 뜨면 남은 가족에게 봉사를 부탁하는데, 우리는 등급을 낮추고 있었다. 도무지 이해가 안 됐다. 그런데 그 모임이 모델로 삼고 선망하던 곳이 바로 나미였다. 늘 '우리가 나미처럼 활동해야 한다. 나미에 가봐야 한다'라고 했었다.

나미의 의미는 함께한다는 데 있었다. 정신장애인 가족들이 하나가 되어 움직여야지 아픈 가족을 위해 실질적인 일을 할 수 있기 때문이다. 그리고 그들은 현실적으로 많은 결과를 내고 있다. 힘을 합쳤기 때문에 가능한 일이다.

그런데 우리나라의 정신장애인 가족들은 말하기 조심스럽지만, 같은 아픔을 겪고 있는데도 뭉치지 않는다. "내가 최고로 힘들게 살았다. 나 아니면 이 일은 할 수 없다"는 식이다.

장애인 가족들이 모임을 만들어 아픔을 털어놓는 것은 서로 위로하고 그 과정에서 자신도 치유 받기 위해서가 아닐까? 그래야 서로 용기를 주고 지식과 정보도 나눌 수 있을 텐데. 나아가 정부에 제도와 정책 보강을 해 달라고 강한 목소리를 내기 위해서 모이는 것일 텐데 이상과 현실은 다라 안타깝기 그지없다.

다행히 용인정신병원 WHO소속의 '가족강사'에서 가족들과 교류하며 한 달에 한 번씩 모여 가족 교육에 대해 공부하고 있다. 우리나라에 나미 같은 단체가 많이 생겼으면 좋겠다. 간절한 바람이다. 그리고 그 과정에 미력하나마 도움이 되고 싶다.

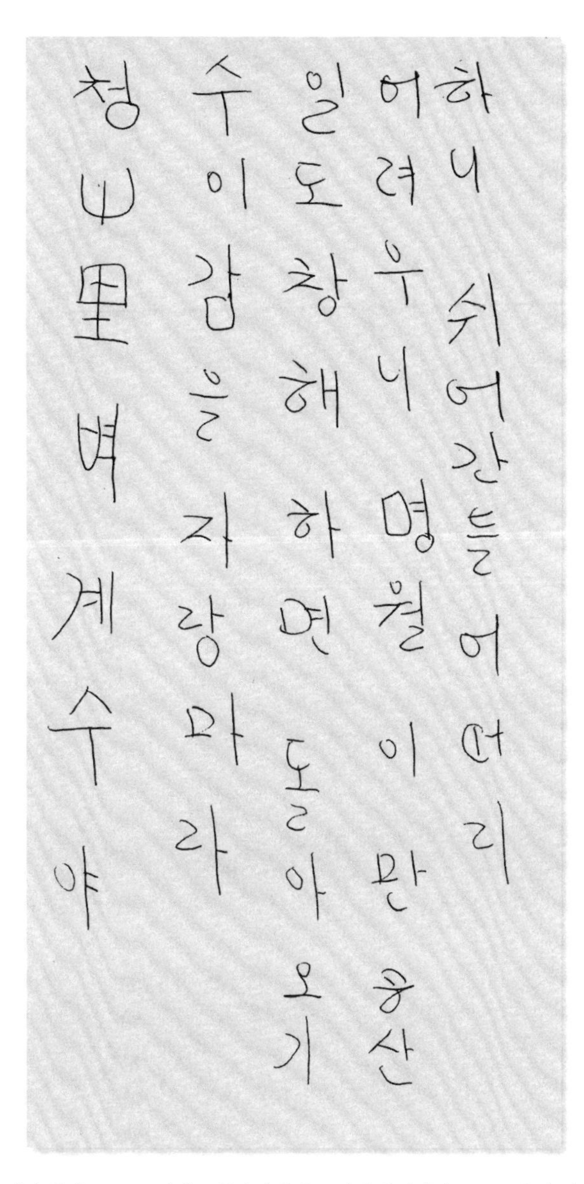

이종수 씨의 글씨. 스스로 씻지도 못하던 중증 조현병 환자였던 그는 꾸준한 기도와 사랑의 힘으로 조금씩 호전되어 나중엔 시도 적어줄 줄 아는 멋쟁이 신사가 되었다.

그는 사랑의 씨앗을
남기고 갔습니다

제 6 부

믿음, 소망, 사랑 그중에 으뜸은 사랑입니다

몸도 마음도 묶지 마세요

내가 남편을 데리고 향림원 보육원을 처음 찾은 것은 2003년이었다. 그곳에는 정신지체 아이들을 위한 도자기 작업장이 있는데, 처음 남편은 흙을 만질 생각조차 없었다. 향림원의 아이들은 정신지체에 육체적 장애까지 있는 경우가 많았다. 뇌성마비인 아이들도 있었다.

남편도 이제 스스로 뭔가 할 수 있을 것 같다는 생각이었기 때문에 "큰아버지도 한번 만들어볼래요?"라고 물었는데, 그는 단번에 싫다고 했다.

"내가 병신 애들하고 이것을 해야 해?"

그는 흙 근처에도 가려고 하지 않았다. 나는 물러서지 않고 몇 번이나 설득했다. 며칠 후에 남편을 데리고 한 전시장을 찾았다. 그에게 동기부여를 해주고 싶어서였다.

"당신이 그 아이들이랑 만든 것도 이렇게 전시를 하면 얼마나 좋을까?"

내 의도대로 그도 관심을 두기 시작했고, 우리는 뭘 만들면 좋을지를 의논해 컵을 만들기로 했다. 내가 먼저 초벌로 컵을 만들어 그에게 주면 그가 컵 뒷면에 자신의 이름을 썼다. 시간이 흐르자 스스로 컵을 빚기 했다.

우리는 일주일 한 번씩 향림원에 나갔고, 2004년과 2006년에는 아이들이 만든 것과 남편이 만든 것을 전시도 했다. 처음에는 종로화랑, 두 번째는 일원동 밀알특수학교 전시장에서였다.

많은 사람이 전시장을 찾아와 축하의 말을 해주니 그는 무척 좋아했다. 그는 내가 예상했던 것보다 훨씬 더 좋아했고, 더 적극적으로 작업에 임했다. 이런 경험을 통해 스스로 뭔가 할 수 있다는 것을 알게 되고, 그로 인해 자신감을 갖게 된 것이 나는 무엇보다 좋았다.

현실에서 정신장애인들이 갈 수 있는 곳은 거의 없다. 시간을 투자하고 스스로 몸을 이용해 생산적인 일을 할 기회도 없다. 특히 나이 먹은 정신장애인들은 더욱 그렇다.

도자기를 만드는 활동을 통해 향림원 장애인들의 몸과 마음은 자연을 접했고, 그런 과정은 재활에 큰 도움이 되었다. 곤지암에 있는 분도복지관에서는 장애인들이 소금을 구워서 팔기도 한다. 이런 곳이 많아졌으면 한다.

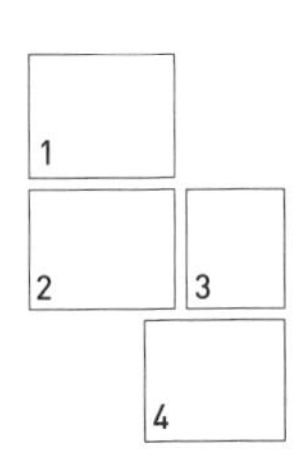

1은 향림원에서 도자기를 빚는 모습이다.
2, 3은 2004년 종로화랑에서 첫번째 도자기 전시를 했을 때.
많은 사람이 찾아서 축하해준 것이 그에게는 큰 기쁨이 되었다.
4는 밀알특수학교 전시장에서 2006년 두 번째 전시회를 했을 때.

내가 태화 샘솟는 집(이하 샘집)을 알게 된 것은 1993년이었다. 남편이 다니던 병원의 주치의가 그곳을 소개해 주면서 이런 말을 했던 것으로 기억된다.

"이종수 씨가 그곳에 다니기에는 나이도 많고 힘이 들겠지만, 부인께서 먼저 가서 분위기를 보세요. 이종수 씨가 병원에는 안 오려고 하니까 가능하면 그곳이라도 출퇴근시키려고 노력해보세요."

나는 선생님에게 전화번호를 물어 그곳에 전화를 해보았다.

"거기가 뭐 하는 곳인가요?"

"정신장애인으로 입원한 경험이 있고 주치의가 있고 현재 약을 먹고 있는 사람들이 모이는 곳입니다."

호기심 반 두려움 반으로 이종수 씨를 출퇴근시킬 수 있게 되기는 바라는 마음에 샘집을 방문해 보았다. 그때까지만 해도 내가 그곳에서 봉사하게 되리라고는 예상하지 못했다.

가서 보니까 그가 다니기에는 무리가 있었다. 우선 나이가 너무 많았다. 정신장애를 가진 사람이 온다고 했는데, 모두 젊은 사람들이었다. 또 대부분 혼자 대중교통을 이용해서 온다고 했다. 하지만 그는 버스를 탈 줄도 모르고 공중전화도 걸 줄 모르고 전화가 와도 잘 받지 못했다.

내 눈에 샘집 회원들은 대단히 양호해 보였다. 정신장애인이 대중교통을 이용해서 공공장소를 혼자 찾아간다는 것 자체가 내게는 큰 충격이었다. 샘집에 다녀온 뒤로 한동안은 안 간 것만 못할 정도로 속이 상했다. 그러면서도 한편으로는 뒤늦게 눈이 뜨인 기분이었다.

충격이 가라앉자 그곳을 다시 한 번 가봐야겠다는 생각이 들었다. 생각은 자꾸 발전해, '내가 그곳에서 봉사할 일은 없을까? 일주일에 한 번씩 바람을 쐬러 나가는 것도 좋겠지만 나는 어차피 정신장애인의 가족이 아닌가. 그 울타리를 떠날 수 없다면 아예 더 깊이 알자. 그래서 도움도 받고 도움도 주자' 하는 결심을 하기에 이르렀다. 나는 다음 날로 샘집을 찾아갔다.

"이곳에서 봉사할 수 있을까요?"

그러나 샘집은 전문 지식을 갖춘 봉사자를 원했다. 나는 전문 지식도, 자격증도 없었다. 그냥 집으로 돌아와 며칠을 기도하다가 용기를 내서 다시 샘집을 방문했다.

"저는 전문 지식도 없고 자격증도 없지만 제 가족 역시 같은 장애를 가졌으니 그런 사람이 봉사해야지 누가 하겠어요? 저를 써주세요."

"뜻이 정 그러하시다면, 제가 도와드릴 테니 무슨 일이든 하세요."

"무슨 일을 하면 좋을까요?"

관장님은 잠시 생각하더니 말했다.

"일주일에 한 번씩 하는 문우회 모임이 있어요. 문우회를 이끌어가던 대학원생이 바빠서 마침 그만둔다고 하니까 선생님이 맡아서 하시면 어떨까요?"

"그게 무슨 모임인가요?"

"글 쓰는 모임이에요. 주제를 정해서 쓰기도 하고 자유롭게 써와서 서로 돌려보면서 대화도 나누지요. 나중에 선생님이 코멘트만 해주시면 됩니다."

글 쓰는 모임이라고 하니 당황스러웠다. 나는 글을 써본 경험이 없었다. 그러나 일단 승낙하고 돌아와 수없이 준비 기도를 했다. 책을 보고 준비할 수도 없고 그 사람들이 어떤 글을 써올지도 모르니 그저 마음의 준비만 할 뿐이었다.

첫 번째 시간, 긴장된 마음으로 들어서니 젊은이들이 일고여덟 명쯤 모여 있었다. 회원들은 나를 보자 기다렸다는 듯이 질문을 퍼부었다.

"국문과 출신이에요?"

"작가예요?"

나는 국문과 출신도, 작가도 아니라고 대답했다. 그러자 "그럼 유명한 소설가 잘 알아요?"했다. 그것도 아니라고 하자 회원들은 나를 망연자실 쳐다보았다. 자신들의 아까운 시간을 낭비하는 게 아닐까 염려하는 눈빛이 역력했다.

"그럼 왜 왔어요?"

회원들의 목소리에는 답답함이 배어 있었다. 알고 보니 회원들은 글에 대한 관심이 대단했다. 그들 중 몇은 나름대로 소설까지 썼고 시인 못지않게 시를 여러 편 쓴 사람도 적지 않았다. 그런데 나는 일 년이 다 가도록 누구에게 편지 한 줄 써본 일이 없는 사람이었다. 시집을 언제 읽었는지도 아득했다. 소설이나 시나리오를 쓴다는 것은 나로서는 상상하기 어려운 일이었다.

다만 내게는 주께서 도와주시리라는 믿음이 있었다. 내가 남편 곁을 안 떠나며 그와 같은 형제자매들과 함께하겠다는데 주께서 안 도와주시겠느냐 하는 믿음의 힘이었다.

'하나님, 제게 지혜를 주세요.'

나는 간절히 기도했다. 다행히 나에게도 유리한 점은 있었다. 이전 선생님은 이십대 청년이었지만 나는 당시 이미 사십대였다. 나는 회원들을 부담 없이 안을 수 있는 여유가 있었다. 그들이 어떤 모습을 보여주어도 그들을 감싸줄 수 있다는 것이 나에게는 큰 재산이었다. 내 삶부터가 편치 않았으니 그들이 나약해질 때 힘이 되어줄 수 있다는 자신감이 용기를 주었다.

3년 이상 샘집에서 봉사하면서 나는 그곳에서 봉사하기를 참 잘했다는 생각을 여러 번 했다. 그곳에서 많은 회원을 만나면서 여자 회원이든 남자 회원이든 서슴없이 손을 잡고 포옹해줄 수 있게 되었다. 내가 만약 젊었다면 그 정도로 친밀해지기 어려웠을 것이다.

물론 처음부터 일이 잘 풀린 것은 아니었다. 한동안은 서로 서먹서먹했고 내가 국문과 출신이 아니라는 것 때문에 나를 은근히 무시하기도 했다. 회원 중에 시나 문장에 월등한 재능이 있는 사람을 발견하고 나는 부탁했다.

"나는 부족한 게 많으니 좀 도와주세요."

회원에게 선뜻 도움을 청할 수 있었던 것은 내 나이 덕이었다. 그 회원의 도움으로 몇 시간을 무사히 이끌어갈 수 있었다. 어느 날,

회원 중 한 명이 인천 기독병원 정신건강의학과에서는 '시 치료'라는 것을 한다는 이야기를 해주었다.

"그건 어떻게 하는 거예요?"

"똑같은 주제로 글을 써서 회원들이 돌아가며 읽으면서 공감대를 찾는 거예요. 나쁜 부분은 서로 공격하기도 하고요. 서로가 선생님이 되어주는 거지요. 맨 마지막에 지도자가 코멘트를 해주고요. 우리도 시 치료를 해보면 어떨까요?"

나는 그 회원에게 세 시간 정도 사례를 듣고 방법을 배워 문우회에 도입했다. 문우회는 그 후로 시 치료를 전문적으로 하게 되면서 활기를 띠었다. 회원 수도 늘고 말을 안 하던 회원도 점점 입이 트였다. 회원들은 하도 열성적이어서 나는 한 번이라도 빠질 수가 없었다. 그들에게 인간적으로 배우는 것도 많았다.

문우회의 활동이 어느 수준에 이르자 욕심이 생겼다. 내 남편도 그렇지만 아무래도 행동이 제약되기 마련인 회원들은 밖에 나가고 싶어 했다. 나는 백화점 문화센터를 찾아가 회원들의 특성을 설명하면서 한 번만이라도 문학 강좌를 듣게 해달라고 요청해 보았다.

내가 보기에 회원 중 몇 명은 조금만 소양을 쌓으면 정말 글을 잘 쓰게 될 것 같았다. 하지만 가족들조차 "네가 배워봐야 얼마나 배우겠니? 진짜 작가라도 될 거냐?" 하면서 희망도, 용기도 주지 않는 실정이었다. 정신장애인에 대한 사회의 냉대는 말로 표현하기조차 어려울 정도였다. 내 요청에 문화센터 담당자는 쌀쌀맞은 표정으로 대꾸했다.

"정원이 스무 명이기 때문에 그 이상은 의자를 놓을 수가 없어요."

"그럼 우리는 서서 들을게요. 서서 들을 수 있게라도 배려해주세요."

"강사에게 스무 명에 해당하는 강사료를 내는데, 열 명이 더 들으면 어떻게 해요?"

회원들은 단지 유명한 작가의 강의를 단 한 번이라도 듣고 싶은 것뿐인데 이 사회는 그것마저 용납하지 않았다.

그래서 생각해낸 것이 찻집 모임이었다. 나는 우선 사회복지사의 허락을 받고 잘 아는 찻집에 연락해서 장소를 빌려 달라고 부탁했다.

11월 마지막 주일, 회원들과 찻집에 들어서는 순간 우리 입에서는 탄성이 절로 나왔다. 그렇지 않아도 아늑한 찻집 한쪽에 우리를 위한 특별한 자리가 마련되어 있었다. 창밖에는 부슬부슬 늦가을 비가 내리는데 고요한 음악이 흐르고 때 이른 크리스마스트리에 탁자 위에는 예쁜 꽃까지 있었다.

우리는 마치 진짜 시인이라도 된 양 담배까지 피워가면서 진지한 대화를 나누고 즐거운 시간을 사진으로도 남겼다. 정신장애가 있는 회원들이 일반 찻집에서 몇 시간이나 분위기를 즐긴다는 것은 쉬운 일이 아니었다. 그때 찻집에서 함께했던 시간은 문우회 회원들 가슴에 한 편의 아름다운 영화처럼 깊이 각인되었다.

그러나 1996년에 이종수 씨가 중앙병원에 입원하게 되면서 샘집 봉사는 그만두게 되었다. 3년여 동안 회원들은 나를 신뢰하고 황송할 정도로 좋게 보아주었다.

"선생님은 지적으로 보여요."

"예뻐요."

"어떤 옷을 입어도 어울려요."

내가 평생 들어보지도 못한 칭찬의 말을 한꺼번에 몰아서 듣는 기분이었다. 문우회 회원들 간의 우정도 깊어갔다. 한 회원이 이삼 주 거듭 빠지면 서로 걱정해주었다. 친한 회원에게 왜 안 나오는지 알아오라는 숙제를 내주면 입원을 했다는 둥 여행을 갔다는 둥 반드시 숙제를 해왔다. 그러면서 회원들은 서로 관심이 생기고 속 이야기까지 털어놓는, 형제보다 더 가까운 친구가 되었다. 분위기가 무르익자 나도 어느 시점엔가 내 사정을 고백했다.

"사실 내 남편도 정신장애를 가졌어요."

회원들의 놀라던 표정이 지금도 눈에 선하다. 나는 늘 시작 시각보다 한 시간 정도 일찍 가서 회원들과 세상사는 이야기를 나누었다. 끝나고 이야기하기를 원하는 회원이 있으면 대화 상대가 되어주었다.

그분들과 그렇게 지냈던 시간이 나는 참 소중하고 즐거웠다. 그 후로 샘집 봉사활동을 다시 하고 있지는 않지만 이봉헌 관장님을 비롯한 샘집 회원들과의 관계는 지금도 계속 이어지고 있다.

희망의 끈을 놓지 마세요

희망은 인간에게 힘을 준다. 어떤 큰 어려움에 빠졌더라도 희망의 끈만 놓지 않으면 헤어나올 수 있다. 아무리 불가능해 보이는 일도 희망의 끈을 잡고 있으면 해낼 수 있다. 희망이야말로 하늘이 인간에게 내려준 가장 큰 힘이다.

그래서 나는 인간을 가장 못쓰게 만드는 것은 고통도, 고난도, 가난도, 병도 아니라 절망과 자포자기라고 생각한다. 희망의 끈을 놓아버리는 순간 그 사람은 끝없는 나락으로 떨어뜨리는 것이나 진배없다.

그럼 정신장애인도 희망을 가질 수 있을까? 정신장애인에게도 희망이라는 찬란한 보석을 가질 자격이 있을까?

길 가는 사람을 붙잡고 이런 질문을 던진다면 아마도 많은 사람이 고개를 갸우뚱거릴지도 모른다. 아직 우리 사회에서 정신병은 한 번 들면 고치지 못하는 불치병이란 인식이 지배적이기 때문이다. 정신장애인 가까이 살아가는 가족들에게 희망이란 너무 사치스러운 것으로 느껴지는 것이 사실이다.

그렇기 때문에 정신장애인과 그 가족들은 더욱더 희망의 끈을 굳세게 잡아야 한다. 남들이 희망찬 눈길로 보아주지 않기 때문에 스스로 두 배, 세 배 더 강하게 희망을 움켜쥐어야 한다. 그래야 산다.

이것은 나만의 억지 주장이 아니다. 정신건강의학과 의사들이나 사회복지사들이 공통적으로 하는 말이다. 희망이 정신장애인의 치료와 재활에 얼마나 큰 힘을 발휘하는지, 샘집에서 만난 한 청년을 보면서 절감했다.

가난한 집안에서 태어나 일찍 어머니를 여의고 어렵게 성장한 그 청년은 열두 살 때 집을 뛰쳐나와 전국을 떠돌아다녔다. 방황하다 집에 돌아오고 다시 가출하기를 수없이 하는 동안 구두닦이에서부터 중국집 배달원까지 안 해본 일이 없을 정도였다. 청년 말로는 스물다섯 살에 집에 돌아오기까지 서른 가지가 넘는 직업을 전전했다고 한다.

가족들은 청년이 10년 이상이나 방랑기를 고치지 못하자 더 이상 떠돌아다니지 못하도록 기도원에 보냈다. 그곳은 무허가 시설이었던 듯 정신건강의학과 약은 안 먹이고 안찰이라는 기도로 방랑벽을 고친답시고 수시로 때리고 쇠사슬로 발을 묶어놓았다. 청년의 발목에는 묶인 자국이 선명히 패어 있었다.

기도원에서 학대를 받다 못해 죽을 정도로 쇠약해지자 가족들은 그를 요양원으로 옮겼다. 그곳에서 청년은 비로소 정신건강의학과 약을 먹기 시작했다. 무의식중에 하염없이 돌아다니는 증세가 나타난 지 13년 만이었다.

규칙적으로 약을 먹으면서 마음이 진정된 청년은 폐쇄된 생활에 염증을 느껴 요양원을 나와 형의 집에 살면서 1986년 처음 샘집을 찾아왔다. 샘집 사람들은 청년에게 물었다.

"앞으로 무슨 일을 하고 싶어요?"

청년이 이제까지 살아오는 동안 한 번도 받아보지 못했던 질문이었다. 청년은 아무에게도 그런 질문을 받아보지 못했고 스스로도 자신이 무슨 일을 할 수 있는지, 무슨 일을 하고 싶은지 자문해 보지 않았기에 선뜻 대답하지 못했다. 샘집 사람들은 청년을 위로했다.

"지금 당장 대답하지 않아도 괜찮아요. 천천히 생각해 보세요."

청년은 생각하고 또 생각했다.

'나는 앞으로 무엇을 하고 싶은가.'

처음에는 막막하고 낯설기만 했는데, 자꾸 자신에게 물어보니까 대답이 한 가지로 모였다. 중단했던 공부를 계속하고 싶다는 것이었다. 청년은 샘집 사람들에게 조심스럽게 말했다.

"공부를 계속하고 싶어요."

말을 하면서 청년은 샘집 사람들의 눈치를 살폈다. 혹시나 정신장애인이 무슨 공부냐는 말이 나오지 않을까 걱정했다. 그러나 샘집 사람들은 반갑게 웃으며 청년에게 말했다.

"그래요? 그럼 어떻게 공부를 계속할 수 있을지 방법을 찾아보기로 해요."

청년의 얼굴빛은 금세 밝아졌다. 샘집 사람들은 청년과 함께 공부를 계속할 방법을 찾아보면서 훌륭한 정신건강의학과 의사와도 연결해 주었다. 의사는 청년의 어려운 형편을 고려해 약을 무료로 지어주기도 했다.

자기를 믿어주는 사람들과 함께 앞날을 계획하면서 청년은 공부에 전념했다. 청년은 중학교, 고등학교 검정고시에 합격해 방송통신대학교에 진학했다. 열두 살 때부터 정신병을 얻어 전국을 떠돌아다니던 거지 소년이 어엿한 대학생이 된 것이었다.

내가 문우회에서 청년을 만난 것은 방송통신대학교 2학년에 재학 중이던 때였다. 청년은 열심히 공부해 대학을 졸업하겠다는 강한 의지를 보였다.

어떻게 방황하던 정신장애인 청년이 삶의 목표를 정하고 그것을 이루기 위해 스스로 노력할 수 있었을까? 그 힘은 어디서 나왔을까?

나는 희망이 그 힘을 줬다는 걸 어렵지 않게 깨달을 수 있었다. 자신의 이야기를 귀담아들어주고 정신장애인에게는 없는 것이나 다름없다고 여겨지는 미래를 의논하고 계획을 세우며 도전하도록 격려해 주는 사람들 속에서 청년은 놓았던 희망의 끈을 다잡고 절망의 구렁텅이에서 헤어나올 수 있었다.

바로 그런 것이 정신장애인의 가족이 해야 하는 일이라는 걸 청년을 통해서 새롭게 배웠다. 동정하지도, 나무라지도, 화내지도 말고 목소리를 높이지 말고 같은 톤으로 미래를 의논하고 지지해줌으로써 정신장애인에게 희망을 돌려주는 것이 무엇보다 필요하다. 그리하여 정신장애인이 스스로 희망을 품고 건강한 삶을 살도록 격려해주어야 한다.

과거에는 정신병은 만성질환이니 가족들이 환자를 불쌍히 여기고 희생해야 한다고 생각했다. 가족들에게만 무리한 희생을 요구하니 정신장애인이 생기면 될수록 빨리 격리하는 게 상책이라는 경향이 생겨나기도 했다.

하지만 희생 강요와 격리는 진정한 해결책이 아니다. 오히려 문제를 회피하고 악화시킬 뿐이다. 정신병은 격리한다고 좋아지는 병이 아니다. 오히려 악화되어 돌이킬 수 없는 상태가 되고 만다. 이제는 생각을 바꾸어야 한다.

한결같은 마음이 사랑을 전해줍니다

이종수 씨는 누가 먼저 말을 걸면 일단 경계부터 했다. 조현병을 환자의 특징이다. 예를 들면 "이거 드시겠어요?" 하면 "아니요"라고 답한다. 그런데 다시 "안 드신다고요?"라고 물으면 "왜 안 먹어! 먹을 거예요!" 하고 소리치는 식이다.

나는 그와 이야기할 때 항상 눈을 맞추려고 애썼다. 눈을 마주치며 얘기하는 것이 뭐가 어려우냐고 할지 모른다. 하지만 정신질환을 앓고 있는 환자는 다른 사람과 눈을 잘 마주치지 않는다. 그래서 눈을 맞추려면 시간과 인내, 끈기가 필요하다.

그리고 말의 내용보다 목소리 크기에 민감하다. 나쁜 말도 아닌데 큰 소리로 말하면 방어심리가 작동하는 것이다. 예를 들어 누가 이종수 씨에게 인사를 했는데 이종수 씨가 대답이 없어 다시 큰 소리로 인사하면 그는 "왜 욕을 하냐?"면서 화를 냈다. 큰 소리는 무조건 자신에게 욕을 하는 것이라고 생각하기 때문이다.

물론 이런 반응도 병의 정도에 따라 다르다. 정신장애인 가족들은 정신장애인들이 표현에 한계가 있다는 것을 인지하고, 그들이 대인 관계에서 일으킬 수 있는 문제 행동과 원인을 잘 파악하고 접근해야 한다. 그런데 정신장애인의 가족들도 이유를 파악하지 못해 제대로 반응하지 못하는 경우가 많다.

"우리 아이는 뭘 물어봐도 대답을 안 하다가 나중에 다시 물어보면 '왜 그러세요?'라며 화를 내요. 정말 답답해요."

이런 식이다. 나는 의학적으로 설명할 만한 전문가는 아니지만, 그 순간에 환청이 있어서 구분하지 못하고 화를 냈을 수도 있다고 설명했다.

이종수 씨를 보면 머릿속에 아무것도 없는 사람처럼 초점 없는 눈으로 어딘가를 멍하니 쳐다볼 때도 있고, 하루 종일 눈물이 나서 피부가 빨갛게 벗겨질 정도로 눈물과 콧물을 닦아댄 적도 있었다.

이런 상황에서는 어떤 말도 듣지 못했다. 그래서 생각해낸 것이 그의 이마를 톡톡 쳐서 주위를 환기시키는 방법이었다. 내가 이마를 톡톡 치면 그는 나를 쳐다보며 이렇게 말했다.

"남의 이마를 남의 집 대문 두드리듯이 왜 두드리냐? 네 이마나 두드리지, 왜 남의 이마를 두드리냐?"

계속해서 그렇게 하니 가끔은 "왜 할 말 있어, 진순이?"하기도 했다. 이럴 때 하는 말은 80퍼센트 이상 받아들였다.

그와 오랫동안 살면서 나름대로 생각을 정리해보니, 그는 항상 너무 많은 생각 속에 파묻혀 사는 것 같았다. 그래서 어떨 때는 다른 사람이 하는 소리가 잘 안 들리는 것이다. 게다가 남편은 오랫동안 병원에 있었고, 결혼 후에도 의사소통 상대가 나밖에 없었다. 그래서 다른 사람과의 의사소통이 능숙하지 못해 우선 경계부터 하는 것이다.

남자가, 그것도 덩치 큰 남자가 말을 걸면 그는 일단 외면한다. 내가 함께 있는 자리라면 그러지 않는데, 내가 없는 자리면 자신이 먼저 큰소리치며 지팡이를 들고 제압했다.

이런 부분 때문에 보통 사람이 정신장애인을 무서워한다는 것도 안다. 이해가 안 되는 것은 아니다. 하지만 정신장애인들은 무서워서 먼저 방어를 한 것뿐이다. 그런 것을 무조건 정신병이 심하다고 단정하고 접근하지 말라고 한다. 그리고 무조건 정신장애인들 주변에 높은 담을 치는 것이다.

한번은 교회에서 이런 일이 있었다. 남편과 함께 교회에 갔다가 잠깐 만나야 할 사람이 있어 남편에게 엘리베이터 옆에 있는 의자에 앉아 있으라고 했다.

"금방 올 테니까 여기 가만히 앉아 계세요."

그런데 난리가 났다. 어떤 교회 형제님이 남편을 발견하고 추우니까 난로 쪽으로 가서 기다리라고 하자 그가 "이 새끼, 너 뭐하는 놈이야!"하며 지팡이를 휘두른 것이다.

"진순이가 이곳에 남아 있으라고 했는데 왜 말이 많아."

그나마 내가 그 순간에 나타나서 그를 진정시킬 수 있었다. 그 순간에는 남편보다 그 형제님이 먼저 걱정되었다. 얼마나 무섭고 당황스러웠을까. 내가 대신 몇 번이나 사과를 드렸다.

이런 일이 생기면 나도 많이 힘들었다. 하지만 그의 처지를 생각하면 내가 힘든 것은 문제가 아니었다. 그 일이 있은 후에 그는 더 외로워졌다. 소문이 나서 누구도 그에게 인사를 건네지 못했다. 곁에서 지켜보는 내 마음이 너무 아팠다. 사람들에게 이해해달라며 일일이 부탁할 수도 없었다. 그들의 입장도 이해하니까 말이다. 하지만 마음이 아프고 슬펐다. 그는 환자일 뿐인데 도움이나 동정의 대상이 아니라 기피의 대상이 된다는 사실을 새삼 확인했기 때문이었다.

하지만 길은 있다고 믿었다. 나는 끊임없이 그에게 해야 할 것을 알려주고 반복해서 말해줬다. 내 말을 받아들이고 자신의 생각을 표현할 수 있도록, 그리하여 그가 비장애인들과도 힘들지 않게 이야기할 수 있도록 매일, 매 순간 처음 얘기하는 마음으로 말하고 또 말했다.

그 과정에서 가장 필요한 것은 믿음과 인내였다. 나아질 것이라는 믿음으로 수백 번, 수천 번 말하고 가르쳤다. 남편은 그런 나의 노력을 알아주는 듯 조금씩 나아졌었다.

정신질환자들이 정신적으로든 육체적으로든 격리되지 않기 위해서는 가족들이 먼저 그들을 포기하지 말아야 한다. 그리고 비장애인의 시각과 기준으로 판단해서 절망하는 일도 없어야 한다.

열 번 해도 안 되면 백 번, 그래도 안 되면 천 번이라도 말하고 눈을 마주치기 위해 노력하고, 이해시키는 과정을 포기하지 않으면 우리의 말과 마음은 아픈 남편에게, 아내에게, 형제에게 가 닿을 것이다. 그리고 그렇게 전달된 마음이 희망의 씨앗이 될 것이라고 나는 믿는다.

그는 사랑의 씨앗을
남기고 갔습니다